四部要籍選刊·集部

文選

三

浙江大學出版社

本册目録（三）

卷十一

賦己

遊覽

宫殿

卷十二

江海

卷十三

賦庚

物色

鳥獸上

文選卷第十一

梁昭明太子撰

文林郎守太子右內率府録事參軍事崇賢館直學士臣李善注上

遊覽

宮殿

遊覽

登樓賦

盛弘之荆州記曰當陽縣城樓王仲宣登之而作賦

王仲宣 魏志曰王粲字仲宣山陽人獻帝西遷粲從至長安以西京擾亂乃之荆州依劉表後太祖辟爲右丞相掾魏國建爲侍中卒

登茲樓以四望兮聊暇古雅日以銷憂馮衍顯志賦曰伏朱樓而四望采三秀之華英孫卿子曰多暇日者其出入不遠也賈逵國語注曰暇閑也暇或爲假楚辭曰遷逡次而勿驅聊假日以消時邊讓章華臺賦曰冀彌日以銷憂漢書東方朔曰銷憂者莫若酒覽斯宇之所處兮實顯敞而寡仇說文曰屋宇邊謂樓之宇也西京賦曰雖斯宇之旣坦李尤高安館銘曰增臺顯敞禁室靜幽蒼頡篇曰敞高顯也爾雅曰仇匹也挾清漳之通浦兮倚曲沮之長洲挾猶帶也山海經曰荆山漳水出焉而東南注于睢漢書地理志曰漢中房陵東山沮水所出至郢入江睢與沮同

背墳衍之廣陸兮臨皋隰之沃流杜預左氏傳注曰陸道也孟康漢書注曰沃灌漑也北彌陶牧西接昭丘爾雅曰彌終也謂終極也盛弘之荆州記曰江陵縣西有陶朱公冢其碑云是越之范蠡而終於陶爾雅曰郊外曰牧荆州圖記曰當陽東南七十里有楚昭王墓登樓則見所謂昭丘華實蔽野黍稷盈疇春秋文耀鉤曰春致其時華實乃榮説文曰疇耕治之田也賈逵國語注曰一井爲疇雖信美而非吾土兮曾何足以少留楚辭曰雖信美而無禮北征賦曰曾不得乎少留説文曰曾謂辭之舒也遭紛濁而遷逝兮漫踰紀以迄今紛濁喻代亂也楚辭曰吸精粹而吐紛濁孔安國尚書傳曰十二年曰紀毛詩曰以迄于今毛萇曰迄至也情眷眷而懷歸兮孰憂思之可任韓詩曰眷眷懷顧毛詩曰豈不懷歸毛萇曰懷思也杜預左氏傳注曰任當也憑軒檻以遥望兮向北風而開襟言感北風逾增鄉思也小雅曰憑依也漢書曰天子自軒檻上隤銅丸韋

昭曰軒檻殿上欄軒上板也風賦曰有風颯然而至王乃披襟而當之**平原遠而極目兮蔽荆山之高岑**楚辭曰目極千里傷春心漢書臨沮縣荆山在東北也爾雅曰山小而高曰岑**路逶迤而脩迥兮川既漾**以上**而濟深**逶迤長貌也爾雅曰迴遠也韓詩曰江之漾矣不可方思薛君曰漾長也毛詩曰濟有深涉爾雅曰濟渡也**悲舊鄉之壅隔兮涕横墜而弗禁**楚辭曰忽臨睨夫舊鄉漢中山王勝曰不知涕泣之横集**昔尼父之在陳兮有歸歟之歎音**左氏傳曰孔丘卒公誄之曰尼父無自律論語子在陳曰歸歟歸歟**鍾儀幽而楚奏兮莊舄顯而越吟**左氏傳曰晉侯觀于軍府見鍾儀問曰南冠而縶者誰也有司對曰鄭人所獻楚囚也使稅之問其族對曰伶人也使與之琴操南音公曰樂操土風不忘舊也史記曰陳軫適楚秦惠王曰子去寡人之楚亦思寡人不陳軫對曰昔越人莊舄仕楚執珪有頃而病楚王曰舄故越之鄙細人也今仕楚執珪富貴矣亦思越不對曰凡人之思故在其病也彼思越則

越聲不思越則且楚聲人往聽之猶尚越聲也今臣雖弃逐之楚豈能無秦聲者哉人情同於懷土兮豈窮達而異心窮謂鍾儀達謂莊舄論語子曰小人懷土孔安國曰懷思也呂氏春秋曰道德於此窮達一也惟日月之逾邁兮俟河清其未極尚書曰日月逾邁若弗云來左氏傳鄭子駟曰周詩有之俟河之清人壽幾何杜預曰逸詩也爾雅曰極至也冀王道之一平兮假高衢而騁力賈逵國語注曰覬望也冀與覬同尚書曰王道正直孔安國曰王道平直也高衢謂大道也薛君韓詩章句曰騁馳也懼匏瓜之徒懸兮畏井渫之莫食論語子曰吾豈匏瓜也哉焉能繫而不食鄭玄曰我非匏瓜焉能繫而不食者冀往仕而得祿周易曰井渫不食爲我心惻鄭玄曰謂已浚渫也猶臣脩正其身以事君也張璠曰可爲惻然傷道未行也然不食以被任用也步棲遲以徙倚兮白日忽其將匿毛詩曰衡門之下可以棲遲楚辭曰步徙倚而遥思杜預左氏傳注曰匿藏也風蕭瑟而並興兮天

憯懆而無色楚辭曰蕭瑟兮草木搖落而變衰通俗文曰暗色曰黲憯懆與黲黲古字通獸狂

顧以求羣兮鳥相鳴而舉翼楚辭曰狂顧南行王逸曰狂猶遽也大戴禮夏

小正曰鳴也者相命也原野闃其無人兮征夫行而未息原野闃無農人

但有征夫而已周易曰闃其户闃其無人埤蒼曰闃靜也毛詩曰駪駪征夫心悽愴以感發

兮意怮怛丁達而憯七感切惻廣雅曰感傷也毛詩曰勞心怮怮毛萇曰憂勞也又曰勞心

怛怛毛萇曰怛怛猶怮怛也循堦除而下降兮氣交憤於胷臆於力切司馬

彪上林賦注曰除樓階也杜預左氏傳注曰交戾也王逸楚辭注曰憒薉也說文曰臆胷也夜參半

而不寐兮悵盤桓以反側方言曰參分也韓子曰衛靈公泊濮水夜分而聞有鼓瑟

者毛詩曰耿耿不寐易曰初九盤桓利居貞廣雅曰盤桓不進也毛詩曰展轉反側

遊天台山賦并序

支遁天台山銘序曰余覽內經山記云剡縣東南有天台山

孫興公 何法盛晉中興書曰孫綽字興公太原人也爲章安令稍遷散騎常侍領著作郎尋轉廷尉卿卒于時才筆之士綽爲其冠

天台山者蓋山嶽之神秀者也廣雅曰秀異也涉海則有方丈蓬萊登陸則有四明天台方丈蓬萊皆海中名山也爾雅曰高平曰陸謝靈運山居賦注曰天台四明相接連四明方石四面自然開窻皆玄聖之所遊化靈仙之所窟宅名山略記曰天台山即是定光寺諸佛所降葛仙公山也夫其峻極之狀嘉祥之美毛詩曰嵩高維嶽峻極于天東京賦曰備致嘉祥窮山海之瓌富盡人神之壯麗矣埤蒼曰瓌瑋珍琦也所以不列於五嶽闕載於常典者爾雅曰太山爲東嶽華山爲西嶽衡山爲南嶽常山爲北嶽嵩山爲中嶽常典五經之流也豈不以所立冥奧其路幽迴冥奧者冥冥深奧也幽迴遐遠也或倒景於重

溟或匿峯於千嶺重溟謂海也山臨水而影倒故曰倒景也始經魑魅之塗
卒踐無人之境杜預左氏傳注曰魑山神魅怪物莊子曰其道幽遠而無人舉世罕
能登陟王者莫由禋祀劉兆穀梁注曰舉盡也楚辭曰舉世皆然將誰告孔安國尚書
傳曰精意以享謂之禋故事絶於常篇名標於奇紀廣雅曰絶滅也篇即
常典也廣雅曰標書也奇紀即内經山記然圖像之興豈虛也哉非夫遺世
翫道絶粒茹芝者烏能輕舉而宅之列仙傳曰赤松子好食松實絶
穀孔安國尚書傳曰米食曰粒音立列仙傳讚曰吞水
湏茹芝莖斷食休糧以除穀氣廣雅曰茹食也讓慮切
楚辭曰願輕舉而遠遊非夫遠寄冥搜篤信通神者何肯遥想
而存之言非寄情遐遠搜訪幽冥篤信善道通神感化者何肯存之也余所以馳神運
思晝詠宵興俛仰之閒若已再升者也莊子老聃謂崔瞿曰其疾

也哉俛仰之間再撫四海之外也王弼周易注曰若辭也矐音劬方解纓絡永託兹嶺方猶將也
纓絡以喻世網也說文曰嬰繞也纓與嬰通郭璞山海經注曰絡繞也不任吟想之至聊奮藻
以散懷歸田賦曰揮翰墨以奮藻
太虛遼廓而無閡運自然之妙有太虛謂天也自然謂道也無閡謂無名妙有謂一也
言大道運彼自然之妙一而生萬物也管子曰虛而無形謂之道鵬鳥賦曰寥廓忽荒老子曰天法道道法自然鍾會曰莫知所出故曰自然王弼曰自然無義之言窮極之辭也又曰妙者極之微也老子曰道生一王弼曰一數之始而物之極也謂之爲妙有者欲言有不見其形則非有故謂之妙欲言其物由之以生則非無故謂之有也斯乃無中之有謂之妙有也阮籍通老子論曰道者自然易謂之太極春秋謂之元老子謂之道也融而爲川瀆結而爲
山阜老子曰三生萬物鍾會曰散而爲萬物也融猶銷也班固終南山賦曰流澤遂而成水停積結而爲山嗟
台嶽之所奇挺寔神明之所扶持廣雅曰挺出也魯靈光殿賦序曰豈非神明依

憑支持者也蔭牛宿以曜峯託靈越以正基天台越境故云牛宿也漢書曰越地牽牛之分野結根彌於華岱直指高於九疑結猶固也南都賦曰結根竦本華岱九疑皆山名也劉瓛周易義曰彌廣也應配天於唐典齊峻極於周詩配猶對也左氏傳周史謂陳侯曰姜太嶽之後也山嶽則配天杜預曰姜姓之先爲堯四嶽故曰唐典也邈彼絕域幽邃窈窕王逸楚辭注曰邈遠也絕遠也魯靈光殿賦曰旋室㛹娟以窈窕洞房叫窱而幽邃王逸曰邃深也近智以守見而不之之者以路絕而莫曉近智猶小智也爾雅曰之往也言近智守所見而不之假有之者以其路斷絕莫之能曉也方言曰曉知也哂夏蟲之疑冰整輕翮而思矯言淺近小智同乎夏蟲今既哂之故整翮思矯也馬融論語注曰哂笑也莊子北海若謂河伯曰夏蟲不可以語於冰者篤於時也司馬彪曰厚信其所見之時也方言曰矯飛也理無隱而不彰啓二奇以示兆劉向列女傳曰名無細而不聞行無隱而不彰二奇赤城瀑布也賈逵國語注曰兆形也赤城霞

起而建標甲遐瀑布飛流以界道支遁天台山銘序曰往天台當由赤城山爲道徑孔靈符會稽記曰赤城山名色皆赤狀似雲霞懸霤千仞謂之瀑布飛流灑散冬夏不竭天台山圖曰赤城山天台之南門也瀑布山天台之西南峯水從南巖懸注望之如曳布建標立物以爲之表識也戰國策曰舉標甚高界道謂爲道疆界也法華經曰黃金爲繩以界八道覿靈驗而遂徂忽乎吾之將行仍羽人於丹丘尋不死之福庭楚辭曰仍羽人於丹丘兮留不死之舊鄉王逸曰因就衆仙於明光也丹丘晝夜常明山海經有羽人之國不死之民苟台嶺之可攀亦何羨於層城薛君韓詩章句曰羨願也淮南子曰崐崘墟以下地中有層城九重是也釋域中之常戀暢超然之高情老子曰域中有四大漢書音義曰暢通也老子曰雖有榮觀宴處超然被毛褐之森森振金策之鈴鈴七啓曰余好毛褐未暇此服也金策錫杖也鈴鈴策聲披荒榛之蒙蘢陟峭

崿之崢嶸高誘淮南子注曰叢木曰榛孫子曰草樹蒙蘢文字集略曰崿崖也字林曰崢嶸山高貌濟楢由溪而直進落五界而迅征顧愷之啓蒙記注曰之天台山次經油溪謝靈運山居賦曰夌石橋之莓苔越楢溪之縈紆注曰所居往來要經石橋過楢溪人迹不復過此楢字雖殊並酉留切落邪行也五界五縣之界孔靈符會稽記曰此山舊名五縣之餘地五縣餘姚鄞句章剡始寧服虔漢書注曰鄞音銀跨穹隆之懸磴丁鄧臨萬丈之絕冥穹隆長曲貌西京賦曰閣道穹隆懸磴石橋也顧愷之啓蒙記曰天台山石橋路逕不盈尺長數十步步至滑下臨絕冥之澗冥幽深也踐莓苔之滑石搏壁立之翠屏莓苔即石橋之苔也翠屏石橋之上石壁之名也異苑曰天台山石有莓苔之險孔靈符會稽記曰赤城山上有石橋懸度有石屏風橫絕橋上邊有過逕纔容數人仲長子昌言曰斧帳翠屏之不坐莓音梅攬樛居求木之長蘿援葛藟力鬼之飛莖顧愷之啓蒙記注曰濟石橋者搏巖壁援女蘿葛藟之莖毛詩曰南有樛木葛

藟纍之毛萇曰木下曲曰樛爾雅曰女蘿兎絲賈逵國語注曰援引也雖一冒於垂堂乃求存乎長生漢爰盎諫上曰臣聞千金之子坐不垂堂老子曰長生久視之道東方朔十洲記曰桂英流丹服之長生必契誠於幽昧履重嶮而逾平幽昧謂道也鍾會老子注曰幽冥晦昧故稱爲幺既克隮於九折路威夷而脩通言其道嶮曲折有九也杜篤首陽山賦曰九折萋嶵而多艱韓詩曰道威夷者也恣心目之寥朗任緩步之從容列子曰晏平仲問養生於管夷吾曰恣目之所欲視恣意之所欲行寥朗謂心虛目明也說文曰寥虛空也毛萇詩傳曰朗明也列子曰子華之容緩步闊視尚書曰從容以和藉慈夜萋萋之纖草蔭落落之長松以草薦地而坐曰藉楚辭曰春草生兮萋萋杜篤首陽山賦曰長松落落卉木蒙蒙覿翔鸞之裔裔聽鳴鳳之嗈嗈裔裔飛貌也爾雅曰嗈嗈和也謂聲之和也過靈溪而一濯疏煩想於心胷靈溪溪名也廣

雅曰濯洗也賈逵國語注曰蹝除也蕩遺塵於旋流發五蓋之遊蒙因一濯而假言也六塵虛假而能不住故曰蕩雖遺而未能盡故曰遺中論曰六塵色聲香味觸法高誘淮南子注曰旋流深淵也身意皆淨而能不離故曰發五蓋非真而蔽己善行故曰遊大智度論曰五蓋貪欲瞋恚睡眠調戲疑悔禮記曰昭然發蒙五蓋或爲神表追羲農之絕軌躡二老之玄蹤羲農伏羲神農也廣雅曰軌跡也又曰躡履也二老老子老萊子也史記曰老子者楚苦縣人名耳字聃姓李氏見周之衰乃遂去西至關關令曰子將隱矣強爲我著書乃著上下二篇言道德之意又曰老萊子亦楚人也著書十五篇言道家之用脩道而養壽也劉向別錄曰老萊子古之壽者陟降信宿迄于仙都毛詩曰陟降廷止毛萇曰陟降上下左氏傳曰凡師一宿爲舍再宿爲信爾雅曰迄至也十洲記曰滄浪海島中有石室九老仙都治處仙官數萬人雙闕雲竦以夾路瓊臺中天而懸居朱闕玲瓏於林間玉堂陰映于高隅顧愷之啓蒙記

注曰天台山列雙闕於青霄中上有瓊樓瑤林醴泉仙物畢具十洲記曰承淵山金臺玉樓流精之闕瓊華之室西王母之所治真官仙靈之所宗也晉灼漢書注曰玲瓏明見貌彤雲斐亹亡匪以翼櫺曒公鳥日烱晃於綺疏斐亹文貌翼猶承也櫺窗閒子也毛詩曰有如曒日烱晃光明也李尤東觀銘曰房闥內布綺疏外陳薛綜西京賦注曰疏刻穿之也然刻爲綺文謂之綺疏也八桂森挺以淩霜五芝含秀而晨敷山海經曰桂林八樹在賁隅東郭璞曰八樹成林言其大也賁隅音番禺神農本草經曰桂葉冬夏常青不枯又曰赤芝一名丹芝黃芝一名金芝白芝一名玉芝黑芝一名玄芝紫芝一名木芝馮衍顯志賦曰食五芝之茂英惠風佇芳於陽林醴泉涌溜於陰渠邊讓章華臺賦曰惠風春施佇猶積也佇與佇同毛萇詩傳曰山南曰陽鄭玄周禮注曰陽林生於山南史記曰崐崘山上有醴泉白虎通曰醴泉者美泉狀如醴陰渠山北之渠建木滅景於千尋琪樹璀璨而垂珠淮南子曰建木在廣都衆帝所自上下日中無

景呼而無響蓋天地之中也山海經曰神人之丘有建木百仞無枝又曰崐崘之墟北有珠樹文王樹玗琪樹璀璨珠垂貌玗羽俱切璀七罪切

王喬控鶴以沖天應眞飛錫以躡虛列仙傳曰王子喬者周靈王太子晉也道人浮丘公接以上嵩高山三十餘年後人於山上見之告我家於七月七日待我於緱氏山頭果乘白鶴駐山頭毛萇詩傳曰控引也史記楚莊王曰有鳥不蜚蜚乃沖天百法論曰并及八輩應眞僧然應眞謂羅漢也大智度論曰菩薩常應二時頭陀常用錫杖經傳佛像

騁神變之揮霍忽出有而入無言衆仙既登正道故能騁其神變出於衆有而入無爲也淮南子曰出於無有入於無爲

於是遊覽既周體靜心閑王逸楚辭注曰閑靜也

害馬已去世事都捐莊子曰黃帝將見大隗于具茨之山適遇牧馬童子黃帝曰請問爲天下小童曰夫爲天下者亦奚以異乎牧馬者哉亦但去其害馬者而已矣郭璞曰馬以過分爲害歸田賦曰與世事乎長辭

投刃皆虛目牛無全莊子曰庖丁爲文惠君屠牛文惠君曰善哉技庖丁對曰

臣好者道進乎技矣臣始解牛時所見無非牛者三年之後未嘗見全牛也今臣以神遇而不以目視也凝思幽巖朗詠長川廣雅曰凝止也朗猶清徹也爾乃羲和亭午遊氣高褰楚辭曰吾令羲和弭節兮王逸曰羲和日御也午日中徐爰射雉賦注曰褰開也法鼓琅以振響眾香馥以揚煙法華經曰擊大法鼓又曰燒眾名香肆覲天宗爰集通仙天宗謂老君也通仙謂眾仙也其通猶通侯也尚書曰肆覲羣后孔安國曰肆遂也挹以玄玉之膏漱以華池之泉毛萇詩傳曰挹斟也山海經曰密山是生玄玉玉膏之所出郭璞曰言玉膏中又出黑玉史記曰崐崘其上有華池散以象外之說暢以無生之篇象外謂道也周易曰象者像也荀粲答兄俁云立象以盡意此非通乎象外者也象外之意故蘊而不出矣無生謂釋典也維摩詰曰是天女所願具足得無生忍俁牛矩切悟遺有之不盡覺涉無之有間言道釋二典皆以無爲宗今悟有爲非而遺之遺之而不盡覺

無爲是而涉之涉之而有閒言皆滯於有也說文曰悟覺也小雅曰閒隙也**泯色空以合跡**言有既滯有故釋典泯色空以合其跡道教忽於有而得於玄郭象莊子注曰泯平泯也又曰本末內外暢然俱得泯然無跡維摩經喜見菩薩曰色色空爲二色即是空非色滅空色性自空如是受想行識識空爲二識即是空非識性自空於其中通而達者爲入不二法門有謂有形也王弼老子注曰凡有皆始於無又曰有之所始以無爲本然王以凡有皆以無爲本無以有爲功將欲寤無必資於有故

忽即有而得玄

曰即有而得玄也王弼又曰玄冥嘿無有也

釋二名之同出消一無於三幡

釋謂解說令散也二名即有名物始無名物母也言二名雖異釋之令同出於道也老子曰無名天地之始有名万物之母故常無欲以觀其妙常有欲以觀其徼此两者同出而異名同謂之玄王弼曰两者謂始與母也同出於玄也異名所施不同也在首則謂之始終則謂之母也訓暢令盡也三幡色一也色空二也觀三也言三幡雖殊消令爲一同歸於無也郤敬輿與謝慶緒書論三幡義曰近論三幡諸人猶多欲既觀色空別更觀

識同在一有而重假二觀於理爲長然敬輿之意以色空及觀爲三幡識空及觀亦爲三幡

恣語樂以終日等寂默於不言夫言從道生道因言暢道之因言理歸空一故終日語樂等乎不言莊子曰言而足則終日言而盡道也又曰言無言終身未嘗言終身不言未嘗不言

渾萬象以冥觀兀同體於自然妙悟玄宗則蕩然都遣不知已之是已不見物之爲物故渾齊萬像以冥觀兀然同體於自然孝經鉤命決曰地以舒形萬象咸載冥昧也言不顯視也兀無知之貌也自然已見上文

蕪城賦

四言集云登廣陵故城漢書曰廣陵國高帝十一年屬吳景帝更名江都武帝更名廣陵江都易王非廣陵厲王胥皆都焉

鮑明遠

沈約宋書鮑昭字明遠文辭贍逸世祖時昭爲中書舍人上好爲文章自謂物莫能及昭悟其旨爲文多鄙言累句當時咸謂昭才盡實不然也臨海王子頊爲荆州昭爲前

軍掌書記之任子瑱敗爲亂兵所殺

瀰弭迆以爾平原瀰相連漸平之貌也廣雅曰迆斜也平原即廣陵也南馳蒼梧漲張海北走去聲紫塞鴈門南馳北走言所通者遠也漢書有蒼梧郡謝承後漢書曰陳茂常渡漲海如淳漢書注曰走音奏趨也崔豹古今注曰秦所築長城土色皆紫漢塞亦然故稱紫塞漢書有鴈門郡柂以漕渠軸以崐崗廣雅曰柂引也漕渠邗溝也左氏傳曰吳城邗溝通江淮杜預曰通糧道說文曰漕水轉穀也又曰軸持輪也崐崗廣陵之鎮平也類車軸之持輪河圖括地象曰崐崗之山橫爲地軸柂或爲陁軸或爲袖重江複關之隩四會五達之莊南臨江曰重濱帶江南曰複蒼頡篇曰隩藏也洛陽記曰銅駝二枚在四會道頭爾雅曰五達謂之康六達謂之莊當昔全盛之時車挂轊衛人駕肩全盛謂漢時也史記蘇秦說齊王曰臨菑之塗車轂擊人肩摩說文曰轊車軸端杜預左氏傳注曰駕陵也謂相迫切也廛閈撲卜地歌吹

沸天鄭玄周禮注曰廛民居區域之稱說文曰閈閭也方言曰撲盡也郭璞曰今種物皆生云撲地出也孶茲貨鹽田鏟利銅山聲類曰孶蕃也孶滋古字通也海賦曰陸死鹽田蒼頡篇曰鏟削平也初產切史記曰吴有豫章郡銅山吴王濞盜鑄錢煑海水爲鹽才力雄富士馬精妍班固傳贊曰材力有餘士馬強盛范曄後漢書曰王元說隗囂曰今天水完富士馬最強故能參秦法佚周令聲類曰參倂字也軼過也佚與軼通西都賦曰覽秦制跨周法劃崇墉剞濬洫圖脩世以休命字林曰佳刀曰劃剞謂除消其土也周易曰剞木爲舟薛綜西京賦注墉謂城洫池也左氏傳北宮文子曰其有國家令問長世尚書曰俟天休命春秋元命苞曰命者天之命也是以板築雉堞之殷井幹寒烽櫓之勤郭璞曰三蒼解詁曰板築牆上下板築杵頭鐵沓也鄭玄周禮注曰雉長三丈高一丈杜預左氏傳注曰堞女牆也殷盛也淮南子曰大構架興宮室雞棲井幹許慎曰皆屋構飭也郭璞上林賦注曰櫓望樓也格高五嶽袤廣三墳

蒼頡篇曰格量度也五嶽已見天台賦南北曰袤三墳未詳或曰毛詩曰遵彼汝墳又曰鋪敦淮墳爾雅曰墳莫大於河墳此蓋三墳崒慈聿若斷岸矗丑六似長雲崒高峻也矗齊平也製磁石以禦衝糊頳壤以飛文三輔黃圖曰阿房宮以磁石爲門懷刃者止之廣雅曰衝突也字書曰糊黏也户徒切毛萇詩傳曰頳赤也七啓曰燿飛文觀基扃之固護將萬祀而一君說文曰扃外閉之關也凡文士之言基扃汎論城關猶車稱軫舟謂之艫耳非獨指扃也固護言牢固也出入三代五百餘載音瓜剖而豆分王逸廣陵郡圖經曰郡城吴王濞所築然自漢迄于晉末故云出入三代五百餘載也漢書賈誼上疏曰高帝瓜分天下王功臣也澤葵依井荒葛罥塗王逸楚辭注曰風萍水葵生於池中罥猶絡也壇羅虺吁鬼蜮羽逼階鬬麏居筠鼯王逸楚辭注曰壇堂也毛詩曰爲鬼爲蜮毛萇曰蜮短狐也公羊傳曰有麇而角劉兆曰麇麞也麏與麇音義同鼯鼯鼠也木魅莫隗山鬼野鼠城

狐說文曰魅老物精也莫愧切楚辭九歌有祭山鬼漢書曰蘇武掘野鼠草實而食之魏明帝長歌行曰夂城育狐兎高墉多鳥聲風嘷雨嘯昬見晨趨左氏傳曰豺狼所嘷也胡高切飢鷹厲吻寒鴟嚇鶵厲摩也鄭玄周禮注曰吻口邊也士粉切鄭玄毛詩箋曰口拒人曰嚇火嫁切郭璞爾雅注曰鶵生而能自食者謂鳥子也伏虣藏虎乳血飡膚字書曰虣古文暴字蒲到切虣或爲甝爾雅曰甝白虎甝户甘切崩榛塞路崢嶸古馗服虔漢書注曰榛木叢生也廣雅曰崢嶸深冥也韓詩曰肅肅兎罝施于中馗薛君曰中馗馗中九交之道也仇悲切白楊早落塞草前衰崔豹古今注曰白楊葉圓李陵書曰涼秋九月塞外草衰塞或爲寒稜稜霜氣蔌蔌風威稜稜霜氣嚴冬之貌蔌蔌風聲勁疾之貌蔌素鹿切孤蓬自振驚砂坐飛無故而飛曰坐飛灌莽杳而無際叢薄紛其相依廣雅曰灌叢也王逸楚辭注曰草木交曰薄通池既已夷峻隅又已頹通池城濠

也峻隅城隅也直視千里外唯見起黃埃王逸楚辭注曰埃塵也凝思寂
聽心傷已摧天台山賦曰凝思高巖若夫藻扃黼帳歌堂舞閣之
基琁淵碧樹弋林釣渚之館藻扃扃施藻畫也司馬相如美人賦曰芳香芬烈黼
帳高張琁淵玉池也碧樹玉樹也吳蔡齊秦之聲魚龍爵馬之玩楚辭曰吳
歈蔡謳漢書藝文志有齊歌秦歌西京賦曰海鱗變而成龍又曰大雀踆踆又曰爵馬同轡皆薰歇
燼滅光沉響絕杜預左氏傳注曰薰香草也又曰燼火之餘木東都妙姬南
國麗人蕙心紈質玉貌絳脣陸機擬東城一何高曰京洛多妖麗玉顏侔瓊蕤然
京洛即東都也曹子建詩曰南國有佳人華容若桃李左九嬪武帝納皇后頌曰如蘭之茂好色賦曰腰如束
素蘭蕙同類紈素兼名文士愛奇故變文耳宋玉笛賦曰頳顏臻玉貌起楊雄蜀都賦曰姚朱頳離絳脣莫
不埋魂幽石委骨窮塵委猶積也豈憶同輿之愉樂

離宮之苦辛哉魏志曰明帝悼毛皇后有寵出入與帝同輿輦長門賦曰期城南之離宮天道如何吞恨者多抽琴命操爲蕪城之歌韓詩外傳曰孔子抽琴按軫以授子貢廣雅曰命名也琴道曰琴有伯夷之操夫遭遇異時窮則獨善其身故謂之操歌曰

邊風急兮城上寒井逕滅兮丘隴殘周禮曰九夫爲井又曰夫間有遂遂上有徑千齡兮萬代共盡兮何言莊子曰化窮數盡謂之死

宮殿

魯靈光殿賦 并序

王文考范曄後漢書曰王逸字叔師南郡宜城人也子延壽字文考有儁才遊魯作靈光殿賦後蔡邕亦造此賦未成及見延壽所爲甚奇之遂輟翰而止後溺水死時年二十餘

張載注

魯靈光殿者蓋景帝程姬之子恭王餘之所立也善曰漢書景帝十三王傳曰程姬生魯恭王餘初恭王始都下國好治宮室善曰漢書曰恭王徙魯好治宮室毛詩曰命于下國韋昭國語注曰曲沃在絳下故曰下國然以天子爲上國故諸侯爲下國遂因魯僖基兆而營焉昔魯僖公使大夫公子奚斯上新姜嫄之廟下治文公之宮故曰遂因魯僖基兆而營焉善曰史記季友奉公子申立是爲釐公釐與僖同爾雅曰兆域也遭漢中微盜賊奔突突唐突也詩云昆夷突矣自西京未央建章之殿皆見隳壞未央建章西京二殿之名杜預左氏傳注曰隳毀也而靈光巋丘軌然獨存巋然高大堅固貌也善曰孔叢子孔子曰夫山者巋然高意者豈非神明依憑支持以保漢室者也善曰廣雅曰意疑也然其規矩制度上應星宿音秀亦所以永安也善曰上應星宿謂觜觿陬也賦曰規矩應天上憲觜觿陬

予客自南鄙觀藝於魯南鄙荆州也廣雅曰鄙國也藝六經也魯有周公孔子在焉覩斯而眙丑吏切愕視曰眙本爲藝而來見此驚也曰嗟乎詩人之興感物而作見可嗟之物爲作詩作賦故奚斯頌僖歌其路寢而功績存乎辭德音昭乎聲善曰韓詩曰新廟奕奕奚斯所作薛君曰奚斯魯公子也言其新廟弈弈然盛是詩公子奚斯所作也左氏傳司馬侯曰先王務脩德音以亨神人毛詩曰我有嘉賓德音孔昭物以賦顯事以頌宣匪賦匪頌將何述焉遂作賦曰

粵若稽古帝漢祖宗濬哲欽明若順也稽考也言能順天地考行古之道者帝也濬深也哲智也又有深知欽明詩云濬哲維商書云放勳欽明善曰書曰粵若稽古帝堯又曰濬哲文明殷五代之純熙紹伊唐之炎精善曰殷盛也五代周殷夏唐虞也言漢盛於五代純熙之道而紹帝堯火德之運毛詩曰時純熙矣爾雅曰純大也孔安國尚書傳曰熙廣也爾雅曰紹

繼也詩含神務曰慶都生伊堯孔安國尚書傳曰堯以唐侯升爲天子李尤德陽殿賦曰若炎唐稽古作先東觀漢記序曰漢以炎精布耀或幽而光又馮衍說鮑永曰社稷復存炎精更輝荷天衢以元亨廓宇宙而作京衢道也易曰荷天之衢道大行也元善之長也亨嘉之會也天所覆爲宇中所由爲宙也善曰方言曰張小使大謂之廓　鄭玄周易注曰人君在上位負荷天之大道敷皇極以創業恊神道而大寧皇極皇建其有極謂得中也恊和神明之道而天下大寧皆謂初漢之盛時也善曰孟子曰君子創業垂統謂可繼也周易曰聖人以神道設教　於是百姓昭明九族彰序乃命孝孫俾侯于魯善曰尚書曰百姓昭明又曰彰敘九族孔安國曰九族高祖玄孫之親也爾雅曰命告也毛詩曰孝孫有慶又曰建爾元子俾侯于魯　錫介珪以作瑞宅附庸而開宇介大也圭長尺二寸謂之介瑞信也諸侯錫大圭以爲瑞信又以爲寶申伯之封云錫爾介圭以作爾寶古者附庸百里魯五百里之封也成王以周公有大功錫二十四等附庸方

七百里以是開居也善曰毛詩曰錫之山川土田附庸又曰大啓爾宇爲周室輔乃立靈光之秘殿配紫微而爲輔詩云秘宮有侐紫微至尊宮斥京師也善曰毛萇詩傳曰秘神也西京賦曰思比象於紫微春秋合誠圖曰北辰其星七在紫微中承明堂於少陽昭列顯於奎之分野善曰言承漢明堂而在少陽之位其光昭列顯於奎之分野也爾雅曰分次也漢書曰泰山郡奉高縣有明堂武帝造又曰少陽東方也又曰魯地奎婁之分野也一曰春秋說題辭曰心爲天明堂以布政敎言靈光承天之明堂在少陽之地瞻彼靈光之爲狀也則嵯峨嶵罪嵬隗峞巍𡾰㠑皆其形也善曰皆高峻之貌峞羌軌切巍五軌切𡾰盧罪切㠑枯罪切吁可畏乎其駭人也駭驚也故覩斯而眙孔安國尚書傳曰吁疑怪之辭迢嶢倜儻豐麗博敞洞轇轕乎其無垠也又其形也博廣也敞高平也善曰迢嶢高貌也倜儻非常也上林賦曰張樂乎膠葛之寓郭璞曰言曠遠深邈貌邈希世而特

出羌瓌譎而鴻紛羌辭也羌亦乃也善曰瑰異譎詭也甘泉賦曰上洪紛而相錯屹魚乙山峙以紆鬱隆崛魚勿岉勿乎青雲屹猶尊也高大貌詩云臨衝弗弗崇墉屹屹隆屈也西京賦曰終南太一隆屈崔崒崛岉乎青雲言此物上逮青雲善曰廣雅曰峙止也鬱坱鞅圠烏黠以嶒七耕竑宏崱助力繒綾陵而龍鱗崱崱嶷然皆其形也善曰坱圠無齊限之貌嶒竑深空貌繒綾不平貌甘泉賦曰嶔巖其龍鱗汩于筆磑磑五哀以璀璨赫熚熚亦而燭坤皆其形貌光輝也善曰汩汩淨貌磑磑高貌璀璨衆材飾貌熚光明貌燭坤光照下土狀若積石之鏘鏘又似乎帝室之威神威神言尊嚴也善曰積石山名西都賦曰激神岳之嶈嶈帝室天帝之室春秋合誠圖曰紫宮太帝室也崇墉岡連以嶺屬朱闕巖巖而雙立墉牆也善曰李尤德陽殿賦曰朱闕巖巖高門擬于閶闔方二軌而並入閶闔天門也王者因以爲門善曰二軌謂容兩車也鄭玄儀禮注曰

方併也周禮曰應門二轍鄭玄周禮注曰軌謂轍廣於是乎乃歷夫太階以造其堂俯仰顧眄東西周章造其堂觀其狀而賦之善曰孔安國尚書傳曰造至也彤彩之飾徒何爲乎澔澔涆涆流離爛漫善曰澔澔涆涆光明盛貌澔古老切涆古旦切流離爛漫分散遠貌皓壁暠曤以月照丹柱歙赩而電烻霞駮雲蔚若陰若陽其色狀也善曰暠白也古老切崔騆七依曰丹柱彤牆烻光盛起烻弋戰切瀖濩燐亂煒煒煌煌善曰采色衆多眇曤不定也霍音霍濩音獲隱陰夏以中處霱寥窲以崢嶸善曰陰夏向北之殿也韋仲將景福殿賦曰陰夏則有望舒涼室亦與此同霱寥窲崢嶸皆幽深之貌霱烏宏切寥魚夭切窲音巢澒獷炾以爣閬飇蕭條而清泠澒大也獷炾爣朗皆寬明也善曰飇蕭條清涼之貌獷苦晃切炾呼廣切爣土黨切閬音朗動滴瀝以成響殷雷應其若

驚善曰言簷霤垂滴瀝纔成小響室內應之其聲似霤之驚也說文曰滴瀝水下滴瀝之也耳嘈嘈以失聽目矎矎而喪精言炫燿也矎矎目不正也善曰埤蒼曰嘈嘈聲衆也廣雅曰矎視也洞簫賦曰愍眸子之喪精矎火縣切駢密石與琅玕齊玉璫與璧英琅玕珠也似玉尚書曰球琳琅玕善曰李軌法言注曰駢並也國語曰天子之室加密石焉韋昭曰密密理謂砥也然彼以密石磨琢此亦爲飾也西都賦曰裁金璧以飾璫璧英璧玉之英也孝經援神契曰玉英玉有英華之色遂排金扉而北入霄藹藹而晻曖言深邃也霄冥也旋室㛹娟以窈窕洞房叫窱而幽邃善曰淮南子曰傾宮旋室在崐崘閶闔之中徐幹七喻曰連觀飛榭旋室迴房旋室曲屋也㛹娟迴曲貌楚辭曰姱容脩態亘洞房西京賦曰望叫窱以經廷西廂踟蹰以閑宴西廂西序也踟蹰連閣傍小室也閑清閑也可以燕會踟蹰或移宇善曰踟蹰相連貌毛萇傳曰宴安也言安靜也東序重深而奧秘東序東廂也互言之文相避耳爾雅

曰東西廂謂之序善曰廣雅曰奥藏也字書曰祕密也屹鏗瞑以勿罔屑黶翳以懿濞寂寞之形也善曰瞑莫耕切魂悚悚其驚斯心猥猥而發悸驚斯於此驚也善曰蘇林漢書注曰葸葸懼貌猥與葸同說文曰悸心動也渠季切悸或爲欷於是詳察其棟宇觀其結構欲安心定意審其事也善曰高誘呂氏春秋注曰結交也構架也規矩應天上憲觜陬應天文星宿也憲法也善曰爾雅曰觜陬之星營室東壁也毛詩曰定之方中作爲楚宮毛萇曰定營室也觜子移切陬子瑜切倔佹雲起嶔崟離摟善曰甘泉賦曰大夏雲譎波詭離摟衆木交加之貌長門賦曰羅丰茸之遊樹離摟梧而相撐倔渠物切佹君委切摟力朱切三間四表八維九隅室毋三間則有四表四角四方爲八維并中爲九萬楹叢倚磊砢相扶楹柱也善曰磊砢壯大之貌浮柱岹嵽以星懸漂嶢峴而枝拄枝柱言無根而倚立也善曰甘泉賦曰抗浮柱之飛榱漂輕貌嶢峴不安之貌峴五

結切蒼頡篇曰柱枝也誅僂切飛梁偃蹇以虹指揭蘧蘧而騰湊善曰甘泉賦歷倒景而絕飛梁西都賦曰抗應龍之虹梁崔駰七依曰夏屋蘧蘧高也音渠王逸楚辭注曰湊聚也層櫨磥垝以岌峩曲枅要紹而環句善曰說文曰欂櫨柱上枅蒼頡篇曰枅柱上方木然枅櫨爲一此重言之蓋有曲直之殊爾要紹曲貌芝栭欑羅以戢孴枝牚杈枒而斜據芝栭山節方小木為之牚眉梁之上也各長三尺牚或作棖字善曰說文曰栭枅上梁蒼頡篇曰欑聚也戢孴衆貌孴乃立切說文曰牚柱也恥孟切杈枒參差之貌杈楚加切枒音牙毛萇詩傳曰據依也傍夭蟜以橫出互黝糾而搏負善曰夭蟜黝糾特出之貌蟜巨表切黝於糾切搏負負荷而攢搏也下岪蔚以璀錯上崎嶬而重注善曰岪蔚特起貌璀錯衆盛貌岪扶弗切崎嶬危嶮貌崎音綺嶬音蟻注猶屬也捷獵鱗集支離分赴善曰捷獵相接貌支離分散也縱橫駱驛各有所趣善曰縱橫四散也駱驛不絕

爾乃懸棟結阿天窻綺疎天窻高窻也綺文也疎刻鏤也善曰周書曰明堂咸有四
阿屋四垂也綺疎已見上文圓淵方井反植荷蕖反植者根在上而葉在下爾雅曰荷
芙蕖種之於員淵方井之中以爲光輝善曰鄭玄周礼注曰植根生之屬發秀吐榮菡萏披
敷綠房紫菂窋咤垂珠綠房芙蕖之房刻鏤爲之綠色紫菂菂中芍也爾雅曰其中菂
珠珠之實窋咤也善曰爾雅曰荷其華菡萏菡胡感切萏徒感切菂的與芍同音的說文曰窋物在穴中皃張滑
切咤亦窋也竹亞切雲楶藻梲龍桷雕鏤雲節畫雲氣爲山節也梲梁上楹又畫水草之
文龍桷畫椽爲龍善曰爾雅曰桷謂之節郭璞曰節櫨也楶與節同論語曰山節藻梲包咸曰梲者梁上楹畫
爲藻文鄭玄礼記注曰桷謂之梁楚辭曰仰觀刻桷畫龍蛇飛禽走獸因木生姿爲之
形也善曰高唐賦曰狀似走獸或象飛禽奔虎攫挐以梁倚仡奮釁而軒鬐
善曰攫挐相搏持也羽獵賦曰熊羆之挐攫張揖漢書注曰梁倚相著也仡舉頭也郭璞曰鬐背上鬣也杜預

左氏傳注曰疊動也虯龍騰驤以蜿蟺頷若動而躨跜善曰杜預左氏傳注曰頷搖頭也牛感切李尤辟廱賦曰万騎躨跜以攫拏躨跜動皃躨音逵跜音尼朱鳥舒翼以峙衡騰蛇蟉虯而遶榱榱亦椽也有三名一曰椽二曰桷三曰榱善曰春秋漢含孳曰太一之常居前朱鳥衡四阿之長衡也淮南子曰桁題不枅文字曰騰蟉蚪曲皃蟉力鳥切蚪巨繞切白鹿子蜺於欂櫨蟠螭宛轉而承楣善曰古王子喬辟曰王子喬參駕白鹿雲中遨子蜺延首之貌子甄熱切蜺詣結切方言曰未升天龍謂之蟠龍狡兔跧伏於柎側猨狖攀椽而相追善曰說文曰跧蹴也壯栾切柎音父玄熊舑舕以齗齗却負載而蹲跠跠踞也善曰舑舕吐舌貌舑吐玷切舕吐暫切蒼頡篇曰齗齒根也牛斤切廣雅曰蹲跠踞也齊首目以瞪眄徒脈脈而狋狋齊首目以瞪眄騈頭而相覯視脈脈狋狋視貌善曰埤蒼曰瞪直證切爾雅曰脈相視也莫華切說文曰狋犬怒貌牛飢切胡人遙

集於上楹儼雅跽而相對仡欺猥以鵰䀏鷓顙而睽睢狀若悲愁於危處憯嚬蹙而含悴皆胡夷之畫形也人尊於鳥獸故著在上楹儼雅而相對言敬恭也善曰儼雅跽貌說文曰跽長跪也奇几切欺猥大首也鵰䀏如鵰之視也聲類曰䁪驚視也䀏與䁪同呼穴切鷓鶘顙大首深目之皃鷓鳥交切鶘呼交切顙力交切睽睢張目皃孟子曰嚬蹙而言嚬蹙憂貌神仙岳岳於棟間玉女闚窻而下視神女之人又弥高也善曰岳岳立貌李尤函谷關銘曰玉女流眄而下視忽瞟眇以響像若鬼神之髣髴善曰瞟眇視不明之貌說文曰瞟睽也廣雅曰眇莫也響像猶依俙非正形聲也說文曰彷佛相似視不諟也諟與諦同圖畫天地品類羣生雜物奇怪山神海靈寫載其狀託之丹青千變萬化事各繆形隨色象類曲得其情言委曲得情也善曰列子曰千變萬化不可窮極繆形形不同也淮南子曰以鏡視形曲得其情

上紀開闢遂古之初更畫太古開闢之時帝王之君也善曰尚書考靈耀曰天地開闢曜
滿舒光楚辭曰遂古之初誰傳道之五龍比翼人皇九頭善曰春秋命厤序曰皇伯皇仲
皇叔皇季皇少五姓同期俱駕龍周密與神通號曰五龍又
曰人皇九頭提羽蓋乘雲車出暘谷分九河宋均曰九頭九
人也提羽蓋鳥之羽伏羲鱗身女媧蛇軀女媧亦三皇也善曰列子曰伏羲女媧蛇身而人面
有大聖之德玄中記曰伏羲龍身女媧蛇軀鴻荒朴略厥狀睢盱鴻大也朴質也略野
略上古之世爲鴻荒之世也畫其形亦質而略睢盱質朴
之形善曰法言曰鴻荒之世聖人惡之尚書璇璣鈐曰帝
舉以上朴略有象難傳西京賦曰睢盱跋扈字林曰睢仰目也盱張目也煥炳可觀黃帝唐
虞至於煥炳可觀唯黃帝堯舜以來易曰黃帝堯舜垂衣
裳而天下治善曰尚書璇璣鈐曰帝堯煥炳隆興可觀
軒冕以庸衣裳有殊車曰軒冠曰冕庸用也作此車服
以賜有功章有德書曰車服以庸
上曰衣下曰裳有功者賞無功者否故曰殊也下及三后婬妃亂主皆畫其形也三
后夏殷周也善

曰國語史蘇曰昔夏桀妹嬉有寵而亡夏殷辛妲己有寵而亡殷周幽褒姒有寵周於是乎亡忠臣孝子烈士貞女忠臣屈原子胥之等孝子申生伯奇之等烈士豫讓聶政之等貞女梁寡昭姜之等賢愚成敗靡不載叙善曰列子曰但伏羲以來賢愚好醜成敗是非無不消滅也惡以誡世善以示後善曰家語曰孔子觀於明堂覩四墉有堯舜桀紂之象而各有善惡之狀興廢之誡焉孔叢子子思曰古者則有國史書之以示後也善以爲示惡以爲誡也於是乎連閣承宮馳道周環馳道馳馬之道旋宮而帀毛萇詩傳曰年不順成馳道不脩善曰馳道人君所行之道也君必乘車馬故以馳爲名也陽榭外望高樓飛觀大殿無内室謂之榭春秋傳曰宣榭災榭而高大謂之陽長途升降軒檻曼延長途升降閣道上下也軒檻所以開明也善曰上林賦曰長途中宿郭璞曰途樓閣間陛道漸臺臨池層曲九成善曰言重高九層也呂氏春秋曰有娀氏有二佚女爲九成之臺也屹然特立的爾殊形高徑華蓋仰看天庭高徑所徑高九上至華蓋也善曰楚辭曰

登華蓋兮乗暘谷荅賔戲曰未仰天庭而覩白日飛陛揭孽緣雲上征善曰揭孽高貌中坐垂景頫視流星言臺之高自中坐而乗日景也楚辭曰流星墜兮成雨千門相似萬户如一千門萬户言衆多也相似如一言皆好也善曰漢書曰建章宫度爲千門萬户巖突洞出逶迤詰屈善曰子虛賦曰巖突洞房周行數里仰不見日或二或三爲數非正之辭也論語孔子曰加我數年可以學易何宏麗之靡靡咨用力之妙勤善曰小雅曰靡靡細也郭璞方言注曰靡靡細好也妙勤精妙功勤也非夫通神之俊才誰能剋成乎此勳善曰移太常博士曰聖上德通神明漢書曰益州刺史王襃聞王襃有俊才爾雅曰勳功也據坤靈之寶勢承蒼昊之純殷易曰地勢坤蒼昊皆天之稱也春爲蒼天夏爲昊天純大殷中也言魯承天之大中也包陰陽之變化含元氣之烟熅烟熅天地之蒸氣也善曰孫卿子曰陰陽大化周易曰四時变化春秋命厤序曰元氣正

則天地八卦孳周易曰天地絪緼萬物化醇玄醴騰涌於陰溝甘露被宇而下臻醴泉出地故曰陰溝也善曰春秋元命包曰天樞得則醴泉出孝經援神契曰德至天則甘露降朱桂黝儵於南北蘭芝阿那於東西黝儵阿那皆茂盛之貌善曰尚書大傳曰德光地序則朱草生礼斗威儀曰君乘金而王其政平則蘭芝常生鄭玄曰主調和也伏儼子虛賦注曰芍藥以蘭桂調食也然蘭既爲瑞桂亦宜同春秋運斗樞曰搖光得陵黑芝朱穆鬱金賦曰丹桂植其東祥風翕習以颯灑激芳香而常芬風之散物如灑颯然及激溉草木出其芳滋故云翕習以灑颯善曰禮斗威儀曰君乘火而王其政平則祥風至翕習盛貌颯素合切神靈扶其棟宇歷千載而彌堅善曰甘泉賦曰神莫莫而扶傾尔雅曰弥益也永安寧以祉福長與大漢而久存實至尊之所御保延壽而宜子孫善曰喪服傳曰天子至尊高唐賦曰延年益壽千萬歲毛詩曰宜爾子孫振振兮苟可貴其若斯孰亦有云而不珍毛萇詩傳曰云言也

爾雅曰珍美也

亂曰彤彤靈宮巋巖穹崇紛庬鴻兮善曰皆高大之貌巖助軌切庬莫蓳切鴻胡董切崱屴嵫釐岑崟崰嶷駢巃嵸兮善曰皆峻嶮之貌崱助力切屴音力嵫音兹釐音貍崰音菑嶷音疑連拳偃蹇崘菌踡嵼傍欹傾兮善曰皆特起之貌崘音倫菌巨貧切踡巨免切嵼音產歇欻幽藹雲覆霮䨴洞杳冥兮善曰皆幽邃之貌歇許乞切欻許勿切霮杜咸切䨴杜對切葱翠紫蔚礧碨瓌瑋含光晷兮善曰蔚文貌埤蒼曰礧碨礧也礧力罪切碨於賄切郭璞山海經注曰礧硌大石也音洛埤蒼曰瓌瑋珍琦也窮奇極妙棟宇已來未之有兮善曰周易曰上棟下宇以庇風雨神之營之瑞我漢室永不朽兮

景福殿賦

洛陽宮殿簿曰許昌宮景福殿七間

何平叔

典略曰何晏字平叔南陽人也尚金鄉公主有奇才頗有材能美容貌魏明帝將東巡恐夏熱故許昌作殿名曰景福既成命人賦之平叔遂有此作平叔爲散騎常侍遷尚書主選後曹爽反爲司馬宣王斬於東市

大哉惟魏世有哲聖武創元基文集大命武武帝文文帝並見魏都賦毛詩曰世有哲王尚書伊尹曰天監厥德用集大命孔安國曰集王命於其身皆體天作制順時立政東都賦曰體元立制順時立政謂依月令而行也禮記曰凡舉事必順其時尚書有立政篇至于帝皇遂重熙而累盛魏志曰明皇帝諱叡字元仲文帝太子也生數歲而有岐嶷之姿武皇異之文帝崩即皇帝位東都賦曰至乎永平之際重熙而累洽也遠則襲陰陽之自然近則本

人物之至情周易曰一陰一陽之謂道阮籍通老子論曰道法自然漢書晁錯對策曰計安天下莫不本於人情也上則崇稽古之弘道下則闡長世之善經稽古已見靈光殿賦尚書序曰謂之三墳言大道也左氏傳曰北宮文子曰有其國家令問長世又隨武子曰兼弱攻昧武之善經庶事既康天秩孔明尚書咎繇曰庶事康哉又曰天秩有禮毛詩曰祀事孔明故載祀二三而國富刑清歲三月東巡狩至于許昌魏志明紀曰大和六年三月行幸東巡四月行幸許昌宮春秋說題辭曰國富民康周易曰聖人以順動則刑罰清班固漢書述曰國富刑清尚書曰歲二月東巡狩至于岱宗柴望祠山川考時度方存問高年率民耕桑禮記王制曰歲二月東巡狩望祠山川問百年者就見之考時月定禮樂制度衣服正之史記曰撫萬民度四方王齊曰隅定四方而安撫之司馬彪續漢書曰凡郡國掌治民常以春行所至縣勸民農桑越六月既望林鍾紀律大火昏正桑梓繁

廡大雨時行尚書曰惟五月既望孔安國曰十五日日月相望也又越於也禮記曰季夏之月昏
火中又曰律中林鍾是月也大雨時行尚書曰庶草蕃廡三事九司宏儒碩生三事三公
也毛詩曰三事大夫莫肯夙夜九司九卿也春秋漢含孳曰九卿象河海劇秦美新曰耆儒碩老尒雅曰宏碩
大也感乎溽暑之伊鬱而慮性命之所平禮記曰季夏是月也土潤溽暑
伊欝煩熱貌周易曰乾道變化各正性命家語孔子對魯哀公曰分於道謂之命形於一謂之性王肅曰分於
道始得爲人也各受陰陽剛柔之性故曰形於一惟岷越之不靜寤征行之未
寧岷越吳蜀二境也尚書曰西土人亦不靜也乃昌言曰昔在蕭公暨于孫
卿皆先識博覽明允篤誠尚書曰禹拜昌言蕭公何也荀卿子曰宮室臺榭以避燥
濕養德别輕重也長笛賦序曰愽覽典雅左氏傳曰高陽氏有才子明允篤誠莫不以爲不壯
不麗不足以一民而重威靈不飭不美不足以訓後而

永厥成漢書曰蕭何治未央宮上見其壯麗甚怒何曰天子以四海爲家非令壯麗亡以重威且亡令後世有以加也賈逵連珠曰夫君人者不飾不美不足以一民國語屈建曰不可以訓後嗣不可以私欲干國毛詩曰我客戾止永觀厥成故當時享其功利後世賴其英聲杜預左氏傳注曰享受也史記司馬季曰助上養下多其功利封禪書曰飛英聲且許昌者乃大運之攸戾圖讖之所旌獻帝紀曰太史丞許芝奏故白馬令李雲上書曰許昌氣見於當塗高者昌於許當塗高者魏也今魏基昌於許漢微絕於許春秋元命包曰許昌爲周當塗春秋說題辭曰大運在五雜書摘亡辭曰五德之運遷杜預左氏傳注曰戾定也賈逵國語注曰旌表也苟德義其如斯夫何宮室之勿營帝曰俞哉廣雅曰何問也尚書帝曰俞孔安國曰俞然也玄輅既駕輕裘斯御禮記曰孟冬之月天子乘玄輅又曰是月也天子始裘論語子曰衣輕裘蔡邕月令章句曰凡衣服加於身曰御乃命有司禮儀是具禮記曰乃命有司漢

書景帝詔曰禮官具禮儀審量日力詳度貰務漢書曰王延丗功貰約省用日力寡孫子
曰必先筭其貰務鳩經始之黎民輯農功之暇豫左氏傳郯子曰以鳩其民
爾雅曰鳩聚也毛詩曰經始靈臺孔安國尚書傳曰黎衆也又輯集也左氏傳呂相絶秦曰芟夷我農功國語
優施曰我教暇豫之事君韋昭曰暇閒也豫樂也因東師之獻捷就海孽之賄
賂魏志明帝六年九月脩許昌宮十月田豫討大將周賀於成山殺賀東師獻捷蓋謂此也左氏傳曰齊侯
來獻戎捷漢書曰蟲豸之妖謂之孽以吴僻居海曲而稱亂故曰海孽魚列切爾雅曰賄財也立景福
之秘殿備皇居之制度魏志明紀曰脩許昌宮起景福殿魯靈光殿賦曰立靈光之秘
殿爾乃豐層覆之耽耽建高基之堂堂西京賦曰大廈耽耽史記曰楚
國堂堂之大也羅疏柱之汩王筆越肅坻直夷鄂五各之鏘鏘羅列也疏柱畫
柱也汩越光明貌坻殿基也鄂垠鄂也西京賦曰坻鍔鱗眴飛櫩翼以軒翥反宇巘

魚桀以高驤西京賦曰反宇業業飛櫩巘巘又曰鳳騫翥翡於甍標西都賦曰荷棟桴而高驤流羽毛之威蕤垂環玭之琳琅言宮室以羽毛爲飾又垂環玭及琳琅也西都賦曰翡翠火齊威蕤羽毛之貌爾雅曰肉好若一謂之環說文曰玭玭珠也蒲眠切參旗九旒從風飄揚周禮曰熊旗六斿以象伐毛萇詩傳曰參伐也然伐一星以旗象參故曰參旗周禮曰龍旗九旒今云參旗九旒蓋一指旗名一言旒數可以相明也皓皓旰旰丹彩煌煌旰旰煌煌皆盛貌故其華表則鎬鎬杲鑠鑠赫奕章灼若日月之麗天也華表謂華飾屋外之表也鎬鎬鑠鑠赫奕章灼皆謂光顯昭明也周易曰日月麗乎天鎬古皓切鑠舒藥切其奧秘則蘙蔽曖昧髣髴退概若幽星之纚連也魯靈光殿賦曰西序重深而奧秘蘙蔽曖昧髣髴退概皆謂幽深不明也幽猶夜也曖音愛概古愛切纚相連之貌力氏切既櫛比明逸而攢集又宏璉以豐敞毛詩曰其比如櫛璉未詳一曰

宏連大連衆木也王逸楚辭注曰横木關柱爲連璉與連古字通兼苞博落不常一象博落謂所繞者廣也郭璞山海經注曰絡繞也落與絡古字通遠而望之若摛朱霞而燿天文迫而察之若仰崇山而戴垂雲廣雅曰摛舒也宋衷易緯注曰天文者謂三光王褒甘泉賦曰却而望之鬱乎似積雲就而察之䨴乎若太山羌瓌瑋以壯麗紛彧彧其難分此其大較也角南都賦曰紛郁郁其難詳大較猶大略也孔安國尚書傳曰大較三品也若乃高甍萌崔嵬飛宇承霓薛綜西京賦注曰甍棟也緜蠻黮徒感䨴徒會隨雲融泄韓詩曰緜蠻黄鳥薛君曰緜蠻文貌黮䨴黑貌黮徒感切䨴徒對切融泄動貌也鳥企山峙若翔若滯言屋形高竦如鳥之企如山之竦若翔若滯山鳥之貌毛詩曰如鳥斯企說文曰企舉踵也去豉切魯靈光殿賦曰屹山峙以紆鬱峨峨嶫業嶫罔識所屆西京賦曰嵯峨捷業罔識所則雖離朱之至精猶眩曜

而不能昭晰也趙岐孟子章句曰離朱即離婁也淮南子曰離朱之明察箴末於百步之外箴古針字王逸楚辭注曰眆曬惑亂貌說文曰昭晰明也晰之逝切爾乃開南端之豁達張筍虡之輪䤵凡正門皆謂之端門春秋說題辭曰血書魯端門豁達門通之貌輪䤵其形也華鍾杌其高懸悍獸仡以儷陳言端門之內爲筍以懸華鍾又植悍獸爲虡以負之仡然相對而陳列之東都賦曰鏗華鍾獸負鍾已見西京賦何休公羊傳注曰仡然壯勇貌賈逵國語注曰儷偶也儷力計切體洪剛之猛毅聲訇普安磤其若震音真毛詩傳曰磤雷聲也於謹切爰有遐狄鐐質輪菌遐狄即長狄也以鐐爲質輪菌然也爾雅曰白金謂之銀美者謂之鐐郭璞曰音遼廣雅曰質軀也輪音倫菌其昊切坐高門之側堂彰聖主之威神言爲金狄坐於高門側堂之中以明聖主之有威神晏子曰景公坐於堂側芸若充庭槐楓被宸禮記曰仲冬之月芸始生鄭玄曰芸香草也若杜若也何休公羊傳注曰充蒲也槐楓

二木名說文曰宸屋宇也音辰綴以萬年綷以紫榛賈逵國語注曰綴連也晉宮閣銘曰華林園萬年樹十四株綷猶雜也毛詩曰山有紫榛毛萇曰榛木名或以嘉名取寵或以美材見珍萬年嘉名之屬紫榛美材之屬結實商秋敷華青春禮記曰孟秋之月其音商楚辭曰青春爰謝王逸曰青東方爲春位其色青藹藹萋萋馥馥芬芬爾其結構則脩梁彩制下褰上奇脩梁跨迴故曰褰衆彩殊制故曰奇徐爰射雉賦注曰褰開也說文曰奇異也桁梧複疊勢合形離桁梁上所施也桁與衡同梧柱也音悟赩如宛虹赫如奔螭宛虹奔螭梁上之飾也如淳漢書注曰宛虹屈虹也南距陽榮北極幽崖宜任重道遠厥庸孔多言椽栱交結南自陽榮而北至幽崖故云任重道遠其功甚多多當爲趨廣雅曰趨多也紙移切郭璞上林賦注曰榮屋南簷也在南曰陽論語曰任重而道遠於是列髹休彤之繡桷垂琬琰之文璫

言榱以綵漆飾之而爲藻繡以琬琰之玉而爲文璫漢書曰殿上綵周禮曰王之喪車綵飾鄭玄曰赤多黑少
謂之綵韋昭曰刷漆爲綵尚書曰弘璧琬琰在西序上林賦曰華榱璧璫蝹於云若神龍之登
降灼若明月之流光神龍繡榱也明月文璫也薛綜西京賦注曰蝹龍貌爰有禁
楄補沔勤分翼張楄附陽馬之短楄也說文曰楄署也扁從戶冊者署門戶也楄署雖殊爲文之
義則一也扁與楄同一音必緜切冊楚責切勤分翼張言如獸勤之分鳥翼之張釋名曰勤與肋古字通承
以陽馬接以貟方陽馬四阿長桁也禁楄列布承以陽馬衆材相接或貟方也馬融梁將軍
西第賦曰騰極受檐陽馬承阿斑閒賦白踈密有章廣雅曰斑分也毛萇詩傳曰賦布也
考工記曰畫繢之事赤與白謂之章飛柳鳥踊雙轅是荷飛柳之形類鳥之飛又有雙轅
任承檐以荷衆材今人名屋四阿栱曰櫼柳也劉梁七舉曰雙轅覆井芰荷垂英柳吾郎切赴險凌虛
獵捷相加其衆材相加或凌虛赴嶮獵捷相接之貌皎皎白閒離離列錢白閒

青瑣之側以白塗之今猶謂之白閒列錢金釭也西京賦曰金釭銜璧是爲列錢晨光內照流景外烶晨光日景也日光照於室中而流景外發而延起也西都賦曰激日景而納光烶起貌式延切烈若鉤星在漢煥若雲梁承天言宮殿烈然光明若鉤星之在河漢煥然高廣又似雲梁而承於天也廣雅曰辰星或謂之鉤星雲梁以雲爲梁也騁從增錯轉縣成郛騁或爲蝸言合衆板上爲井欄而形文錯若蝸之徙遞轉縣之各成郛郭茄蔤倒植吐被芙蕖爾雅曰荷芙蕖其莖茄其本蔤郭璞曰莖下曰藕在泥中者蔤音密蒼頡篇曰植種也繚了以藻井編以綷子會疏紅葩𩏂胡甲韘直甲丹綺離婁力俱反廣雅曰繚繞纏也西京賦曰帶倒茄於藻井披紅葩之狎獵又曰何工巧之瑰瑋交綺豁以疏寮綷疏謂繪五彩於刻鏤之中離婁刻鏤之貌劉向熏爐銘曰彫鏤萬獸離婁相加菡萏赩翕纖縟紛敷菡萏已見上文頷與菡同說文曰縟采飾也繁飾累巧不可勝書廣雅曰勝舉也言不可勝而書於

是蘭檽積重窶數矩設（蘭木蘭也以木蘭爲檽言蘭檽重疊交互以相承有似窶數故借其名焉蘇林漢書注曰窶數四股鉤窶其矩切數所柱切）欃（子兼）櫨各落以相承欒栱夭蟜而交結（欃即柳也欃子廉切說文曰櫨柱上枅也薛綜西京賦注曰欒柱上曲木兩頭受櫨者栱欒類而曲也夭蟜欒栱長壯之貌蟜其夭切）金楹齊列玉舄承跋（金楹金柱也而以玉礩承柱之跋也西京賦曰彫楹玉舄廣雅曰舄礩也禮記曰燭不見跋鄭玄曰跋本也方末切）青瑣銀鋪是爲閨闥（言以青鎖銀鋪是爲閨闥之飾漢書曰赤墀青瑣銀鋪以銀爲鋪首也長門賦曰擠玉戶而撼金鋪）雙枚既脩重桴乃飾（雙枚屋內重檐也重桴重棟也在內謂之雙枚在外謂之重桴言重檐既長因達于外而爲重棟以施采飾也枚莫囬切）棍梠緣邊周流四極（言以棍梠緣屋邊隅周帀流移至於四極說文曰棍梠秦名屋緜聯楚謂之梠也棍頻移切）侯衛之班藩服之職（言棍梠之居四極若五服之鎮外藩也周書有侯衛藩服小雅曰班

次也温房承其東序涼室處其西偏温房涼室二殿名卞蘭許昌宮賦曰則有望舒涼室羲和温房然卞何同時今引之者轉以相明也他皆類此開建陽則朱炎豔啓金光則清風臻建陽門在東金光在西白虎通曰炎者太陽韋仲將景福殿賦曰昭剛義於金光崇柔惠於建陽爾雅曰臻至也故冬不淒寒夏無炎燀言寒暑猶門故無寒燀之患毛萇詩傳曰淒寒風也國語太子晉曰水無沉氣火無炎燀韋昭曰燀炎起貌昌延切鈞調中適可以永年呂氏春秋曰衷也者適也高誘曰適中也舞賦曰永年之術墉垣碭基其光昭昭爾雅曰牆謂之墉說文曰碭文石也徒浪切昭之紹切周制白盛今也惟縹墉之色也周禮曰掌蜃共白盛之蜃鄭玄注曰盛猶成也謂飾墉使白之蜃蛤也今東萊用蛤謂之叉灰劉梁七舉曰丹墀縹壁紫柱紅梁落帶金釭此焉二等落帶壁帶也而交落之上施金釭而爲二等漢書曰昭陽舍其壁帶往往爲黃金釭函藍田璧明珠翠羽往往而在漢書曰昭陽舍

往往明珠翠羽飾之欽先王之允塞悅重華之無爲尚書曰重華濬哲文明温恭允塞孔安國曰舜有深智文明温恭之德信充塞四表上下也論語曰無爲而治者其舜也歟命共工使作繢明五采之彰施尚書帝曰垂命汝作共工又曰予欲觀古人之象作會宗彝以五采彰施于五色作服汝明鄭玄曰繢讀曰繪凡畫者爲繢胡對切圖象古昔以當箴規韋昭國語注曰箴箴刺王闕鄭玄毛詩箋曰規正圓之器以思親正君曰規也椒房之列是準是儀漢舊儀曰皇后稱椒房詩曰椒聊之實蔓延盈升美其繁興也觀虞姬之容止知治國之佞臣列女傳曰齊虞姬者名損之齊威王之姬也威王即位諸侯並侵之其佞臣周破胡專權擅勢嫉賢妬能即墨大夫賢而日毀之阿大夫不肖反日譽之虞姬謂王曰破胡諛讒之佞臣也不可不退齊有北郭先生者賢明於道可置左右王乃封即墨大夫以萬戶烹阿大夫與周破胡遂收故侵地齊國大治見姜后之解珮寤前世之所遵列女傳曰周宣王姜后者齊侯之女宣王王

之后也宣王嘗夜卧而晏起后夫人不出於房姜后既出乃脱簪珥待罪於永巷使其傅母通言於王曰妾不才妾之淫心見矣致君王失禮而晏朝注云永巷堂塗是也

賢鍾離之讜言懿楚樊之退身

列女傳曰鍾離春者齊無鹽邑之女也爲人極醜自詣宣王願乞一見宣王召見之乃舉手拊膝曰殆哉殆哉宣王曰願聞命對曰今西有横秦之患南有強楚之讎春秋四十壯勇不立此一殆也漸臺五層萬民疲困此二殆也賢者伏匿山林諂諛強於左右此三殆也酒漿沉湎以夜繼日女樂俳優縱横大笑此四殆也宣王喟然而歎寡人之殆幾不全拜無鹽君以爲王后漢書成帝曰久不見班生今日復聞讜言聲類曰讜善言也列女傳曰楚莊王樊姬者楚莊王之夫人也王嘗聽朝而罷晏樊姬曰何罷之晏也王曰今旦與賢者語樊姬曰王之所謂賢者諸侯之客與將國中士也王曰虞丘子也樊姬掩口而笑曰妾幸得充後宮妾所進者九人今賢於妾者二人與妾同列者七人今夫虞丘子之相楚十餘年矣其所薦者非其子孫則族昆弟未嘗聞其進賢而退不肖夫知賢而不進是不忠也若不知賢是無知也豈可謂賢哉

嘉班妾之

辭輦偉孟母之擇鄰漢書曰成帝遊於後庭嘗與班婕妤同輦婕妤辭曰三代末主乃有嬖女今欲同輦得無近似之列女傳曰孟軻母者即孟子母也號曰孟母其舍近墓孟子之少也嬉戲爲墓間之事踊躍築埋孟母曰此非所以居子也乃去舍市傍其子嬉戲爲賈又曰此非所以居處子也乃舍學宮之傍其子遊戲乃設俎豆揖讓進退曰此可以居子遂居及孟子長學六藝卒成大儒故將廣智必先多聞文子曰聰明廣智守以愚多聞博辯守以儉國語曰晉公使趙衰爲卿辭曰胥臣多聞臣不若也多聞多雜多雜眩眞楊子曰雜乎雜人病多知爲雜惟聖人爲不雜賈逵國語注曰眩惑也不眩焉在在乎擇人左氏傳士文伯謂晉侯曰務三而已一曰擇人杜預曰擇賢人也故將立德必先近仁言將欲立德必先近於仁賢也左氏傳穆叔曰太上立德禮記曰力行近乎仁也欲此禮之不僁去乾是以盡乎行道之先民大戴禮記曰禮義之不僁何恤人言禮記孔子曰行道之人國語曰古曰在昔昔曰先民也朝覲

夕覽何與書紳言朝夕觀覽圖畫何如書紳之事乎論語曰子張書諸紳若乃階除連延蕭曼雲征蕭曼蕭條曼延言高遠也西京賦曰途閣雲曼魯靈光殿賦曰飛陛揭孽緣雲上征櫺檻邳張鉤錯矩成西京賦曰伏櫺檻而頫聽薛綜曰櫺檻臺上欄也邳或爲丕孔安國尚書傳曰丕大也鉤以正曲矩以正方也莊子曰曲者不以鉤方者不以矩錯猶治也楯類騰蛇槢音習似瓊英榮楯彫鏤形類騰蛇衆槢文采又似瓊英越絕書曰越王句踐欲伐吳大夫文種於是作榮楯嬰以白璧鏤以黃金狀類龍蛇以獻吳王一曰應劭漢書注曰楯欄横也司馬彪莊子注曰槢棫楔也瓊英玉英也此既施之於櫺檻然凡楔皆謂之槢辭立切楔先結切如螭之蟠如虯之停廣雅曰無角曰螭龍有角曰虯龍蟠已見上文玄軒交登光藻昭明司馬彪上林賦注曰軒楯下板也上加漆故曰玄軒楯階除之欄故曰交登鄭玄周禮注曰登升也騶虞承獻素質仁形言爲騶虞以乘軒板狀軒軒然毛萇詩傳曰騶虞白虎黑文毛詩序曰仁如騶

虞則王道成矣劉熙孟子注曰獻猶
軒軒在物上之稱也廣雅曰質地也彰天瑞之休顯照
遠戎之來庭司馬相如封禪書騶虞頌曰厥塗靡從天瑞之徵王襃四子講德論曰南郡獲白虎
是以北狄賓也陰堂承北方軒九户在北故曰陰堂也方軒併窻也西京賦曰九户開闢
右个清宴西東其宇杜預左氏傳注曰个東西廂也清宴殿名韋誕景福殿賦曰離殿别
館槃如列星安昌延休清宴永寧連以永寧安昌臨圃洛陽宮殿簿曰許昌宮永寧殿
七間安昌殿十間臨圃殿名遂及百子後宮攸處韋誕景福殿賦曰美百子之特居嘉
休祥之令名鄭玄毛詩箋曰大姒十子衆妾則宜百子其殿之名蓋取於此處之斯何窈窕
淑女毛詩曰窈窕淑女君子好仇思齊徽音聿求多祜毛詩曰思齊大任文王之
母又曰大姒嗣徽音則百斯男又曰靡有不克自求伊祜其祜伊何宜爾子孫宜爾子孫
已見上文克明克哲克聰克敏蔡邕橋玄碑曰克明克哲實叡實聰毛詩曰農夫克敏

永錫難老兆民賴止錫之以難老令其壽考毛詩曰既飲旨酒永錫難老尚書曰一人有慶兆民賴之於南則有承光前殿賦政之宮洛陽宮殿簿曰許昌宮承光殿七間納賢用能詢道求中西京賦曰表賢簡能毛萇詩傳曰親戚之謀爲詢也疆理宇宙甄陶國風左氏傳齊賓媚人謂晉人曰先王疆理天下楊子法言曰甄陶天下其在和乎李耕曰埏埴爲器曰甄陶王者亦甄陶其民也埏失然切雲行雨施品物咸融周易曰雲行雨施品物流形融猶通也其西則有左城右平講肄之場七略曰楚鞠者傳言黃帝所作王者宮中必左城而右平城猶國也言有國當治之也楚鞠亦有治國之象左城而右平侯權景福殿賦曰乃造彼鞠室講肄謂習武也賈逵国語注曰肄習也二六對陳殿翼相當二六蓋鞠室之數而室有一人也李尤鞠室銘曰圓鞠方牆放象陰陽法月衡對二六相當卞蘭許昌宮賦曰設御坐於鞠域觀奇材之曜暉二六對而講功体便捷其若飛僻脱承便蓋象戎兵

言相僻脫似承敵人之便以象戎兵習戰之術也七略曰蹋鞠兵勢也漢書音義曰捽胡若今相僻卧輪之類僻匹赤切察解言歸譬諸政刑將以行令豈唯娛情言察之既解而各言歸斯實譬之政刑非爲戲樂而已七略曰蹋鞠其法律多微意皆因嬉戲以講練士至今軍士羽林無事使得蹋鞠歸田賦曰聊以娛情鎮以崇臺寔曰永始永始臺名倉君廩所居也韋仲將景福殿賦曰時襄羊以劉覽步華輦於永始知稼穡之艱難壯農夫之克敏複閣重闈猖狂是俟莊子曰猖狂妄行也京庾之儲無物不有毛詩曰曾孫之庾如坻如京鄭玄曰庾露積穀也西京賦曰于何不有不虞之戒於是焉取言有不虞之戒取京庾以給之周易曰君子以除戎器戒不虞爾乃建凌雲之層盤浚虞淵之靈沼凌雲層盤名也爲之以承甘露也虞淵靈沼名也韋仲將景福殿賦曰虞淵靈沼淥水泱泱毛詩曰王在靈沼清露瀼瀼淥水浩浩清露層盤之露也毛詩曰零露瀼瀼而羊切尚書曰浩浩滔天樹以

嘉木植以芳草西京賦曰嘉木樹庭芳草如積悠悠乎魚睢睢白鳥孔叢子孔子歌曰黃河洋洋悠悠之魚毛詩曰白鳥翯翯毛萇曰翯翯肥澤也翯與睢音義同沈浮翱翔樂我皇道言魚鳥得所若乃虯龍灌注溝洫交流言爲虯龍之形吐水灌注以成溝洫交橫而流東征賦曰望河洛之交流陸設殿館水方輕舟爾雅曰大夫方舟郭璞曰併兩船篁棲鶂鷺瀨戲鰋鮋音由服虔漢書注曰篁叢竹也鶂鷺二鳥名鰋鮋二魚名豐侔淮海富賑山丘字林曰侔齊等也馮衍爵銘曰富如江海孫卿子曰節用裕民且有富厚丘山之積矣爾雅曰賑富叢集委積焉可殫籌鄭玄周禮注曰少曰委多曰積儀禮注曰籌筭也雖咸池之壯觀夫何足以比雝春秋漢含孳曰咸池主五穀宋均曰咸池取池水灌注生物以爲名也元命包曰其星五者各有職以蓄積爲作恃五穀爾雅曰雝匹也視周切於是碣以高昌崇觀表以建城峻廬薛綜東京賦注

曰高昌建城二觀名也韋仲將景福殿賦曰北看高昌邪睨建城碣揭同岧嶤岑立崔嵬巒居爾雅曰山小而高曰岑又曰巒山墮郭璞曰山形長狹者荆州謂之巒飛閣干雲浮堦乘虛西都賦曰脩塗飛閣西京賦曰干雲霧而上達浮堦飛陛也遥目九野遠覽長圖謂建城也淮南子曰上通九天下貫九野高誘曰九天八方中央九野亦如之周禮曰遂人掌邦之野以土地之圖經田野頫眺三市孰有誰無謂高昌也韋仲將景福殿賦曰践高昌以北眺臨列隊之京市周禮曰大市日仄而市朝市朝時爲市夕市夕時爲市孟子曰古之爲市以其所有易其所無觀農人之耘耔亮稼穡之艱難惟饗年之豐寡思無逸之所歎毛詩曰或耘或耔黍稷薿薿尚書無逸周公曰嗚呼君子所其無逸先知稼穡之艱難乃逸又曰我聞在昔殷王中宗享國七十有五年高宗之享國五十有九年自是厥後立王生則逸或五六年或四三年感物衆而思深因居高而慮危謂三市也感猶思也周易曰日中爲市聚

天下之貨又曰君子安而不忘危惟天德之不易懼世俗之難知周易曰用九天德不可爲首也尚書曰爾亦弗知天命不易也觀器械之良窳以主察俗化之誠僞文子曰器械不惡而職事不慢也鄭玄禮記曰器械禮樂之器及兵甲也史記曰舜陶河濱器不苦窳晉灼曰窳病也班固漢書贊曰孝宣之治至於器械自元成間鮮能及之亦足以知吏稱其職民安其業瞻貴賤之所在悟政刑之夷陂晏子春秋景公謂晏子曰子之宅近市則識貴賤乎對曰既竊利之敢不識乎公曰何貴何賤是時也景公繁於刑晏子對曰踊貴而屨賤公是以省刑孔安國尚書傳曰夷平也陂險也亦所以省風助教豈惟盤樂而崇侈靡省風觀器械也國語伶州鳩曰天子省風以作樂助教察政刑也班固漢書述曰威實輔德刑亦助教子虛賦曰奢言淫樂而顯侈靡也屯坊列署三十有二星居宿陳綺錯鱗比聲類曰坊別屋也方與坊古字通釋名曰坊別屋名星散也列位布散也宿星宿也比比相次也扶至切辛

壬癸甲爲之名秩辛壬癸甲十干之名今取以題坊署以別先後也房室齊均堂庭如一出此入彼欲反志術廣雅曰術道也惟工匠之多端固萬變之不窮楚辭曰亦多端而膠加又曰萬變之情豈其可盡物無難而不知乃與造化乎比隆列子曰穆王見偃師歎曰人之巧乃與造化同功造化已見東都賦注讎天地以開基並列宿而作制制無細而不協於規景作無微而不違於水臬五結切無細不合皆言合也無微而違言不違也周禮匠人建國水地以縣置槷以縣眡其景爲規識日出之景與日入之景鄭玄曰於四角立植而縣以水望其高下高下既定乃爲位而平地也槷古文臬假借字也於所平之地中樹八尺之臬以縣正之眡之其景將以正四方也故其增構如積植木如林區連域絶葉比枝分離背別趣駢田胥附離背別趣各有所施也駢田胥附羅列相著也縱橫踰延各有

攸注公輸荒其規矩匠石不知其所斲墨子曰公輸般為雲梯鄭玄禮記注曰公輸若匠師也般若之族多技巧也孔安國尚書傳曰荒廢也莊子曰匠石之齊見櫟社樹觀者如市匠伯不顧司馬彪曰匠石字伯説文曰斲竹句切既窮巧於規摹何彩章之未殫爾乃文以朱綠飾以碧丹言既極規摹之巧而未盡采章之盛故文之以朱綠而飾之以碧丹也傅毅七激曰文以朱綠殫下或有駮字非也點以銀黃爍以琅玕黃謂黃金漢書曰楊僕懷銀黃也光明熠以入爚藥文彩璘班説文曰熠盛光也爚火光也埤蒼曰璘瑜文貌清風萃而成響朝日曜而增鮮雖崐崘之靈宮將何以乎侈旃穆天子傳曰天子升於崐崘之上觀黃帝之宮規矩既應乎天地舉措又順乎四時太玄經曰天道成規地道成矩文子曰舉措廢置不可不審順乎四時即順時立政也是以六合元亨九有雍熙呂氏春秋曰神

通乎六合高誘曰四方上下爲六合元亨巳見上文毛詩曰方命厥后奄有九有毛萇曰九有九州也東京賦曰上下共其雍熙尚書曰黎民於變時雍又曰庶績咸熙家懷克讓之風人詠康哉之詩尚書曰允恭克讓又咎繇乃歌曰元首明哉股肱良哉庶事康哉莫不優游以自得故淡泊而無所思毛詩曰優哉游哉鄭玄曰優游自安止也東都主人曰莫不優游而自自得玉潤而金聲淮南子曰所謂有天下者自得而已老子曰道之出口淡乎其無味說文曰泊無爲也莊子曰知反於帝宮見黃帝而問焉曰何思何慮則知道黃帝曰無思無慮則知道也歷列辟而論功無今日之至治直之反封禪書曰歷選列辟李尤平樂觀賦曰披典籍以論功蓋罔及乎大漢莊子曰容成氏大庭氏若此時至治也彼吳蜀之湮滅固可翹足而待之封禪書曰湮滅而不稱新序趙良謂商君曰君亡可翹足而待也廣雅曰翹舉也然而聖上猶孜孜靡忒求天下之所以自悟孟子曰鷄鳴而起孳孳爲善者舜之徒也孳與孜同

鄭玄毛詩箋曰忒變也家語魯君曰微夫子寡人無由自悟也招忠正之士開公直之路漢書谷永上書曰崇諫爭之官廣開忠直之路想周公之昔戒慕咎繇之典謨周公昔戒謂無逸也咎繇典謨謂康哉之歌也除無用之官省生事之故史記曰吳起如楚捐不急之官漢書蕭望之曰生事於外夷漸不可長公羊傳曰遂者何生事也何休曰生猶造也賈逵國語注曰故謀也絶流遁之繁禮反民情於太素淮南子曰凡亂之所由生者皆在流遁流遁之所生者五或遁於木或遁於水或遁於土或遁於金或遁於火此五者一足以亡天下也說文曰遁遷也尚書曰禮煩即亂太素樸素也東都賦曰昭節儉示太素故能翔岐陽之鳴鳳納虞氏之白環國語周內史過曰周之典也鸑鷟鳴於岐山世本曰舜時西王母獻白環及珮蒼龍覿於陂塘龜書出於河源魏志文紀曰青龍見於摩陂魏略文紀曰神龜出於靈池東京賦曰龜書畀姒班固漢書贊曰漢使窮河源也醴泉涌於池

圃靈芝之生於丘園魏志曰延康元年醴泉出芝草生於樂平郡揔神靈之貺祐集華夏之至歡王逸楚辭注曰揔合也春秋元命包曰通三靈之貺長楊賦曰受神人之福祐爾雅曰貺賜也祐福也尚書曰華夏蠻貊方四三皇而六五帝曾何周夏之足言鄭玄毛詩箋曰方且也燕丹子夏扶謂荆軻曰何以教太子軻曰高欲令四三王下欲令六五霸於君何如也

文選卷第十一

賜進士出身通奉大夫江南蘇松常鎮太等處承宣布政使司布政使胡克家重校刊

文選卷第十二

梁昭明太子撰

文林郎守太子右內率府録事叅軍事崇賢館直學士臣李善注上

江海

木玄虛海賦一首

郭景純江賦一首

海賦

木玄虛今書七志曰木華字玄虛華集曰爲楊駿府主簿傅亮文章志曰廣川木玄虛爲海賦文甚儁麗足繼前良

昔在帝嬀古爲巨唐之代帝嬀謂舜也尚書序曰昔在帝堯尚書曰釐降二女于嬀汭孔

安國曰舜所居嬀水之汭也左氏傳季文子使太史克對宣公曰舜臣堯舉八愷使主后土杜預曰爲堯臣也天綱浡蒲沒潏以出爲凋爲瘵側界反言水之廣大爲天綱紀浡潏沸涌貌桓子新論曰夏禹之時鴻水浡潏說文曰潏水涌出也又說文曰凋半傷也爾雅曰瘵病也尚書曰湯湯洪水方割孔安國曰割害也洪濤瀾汗萬里無際瀾汗長貌西京賦曰起洪濤而揚波長波涾徒荅澠杜我迆羊氏涎延八裔涾澠相重之貌迆涎邐迆相連也八裔猶八方也於是乎禹也乃鏟臨崖之阜陸決陂潢而相汥孟子曰當堯之時洪水橫流氾濫天下堯獨憂之舉舜舜使禹疏九河踰濟漯蒼頡篇曰鏟削平也淮南子曰禹有洪水之患陂塘之事高誘曰陂畜也塘堤也說文曰潢積水池也汥灌也啓龍門之岝嶺墾陵巒而嶄七咸鑿尚書琁璣鈐曰禹開龍門導積石鄭玄注曰龍門山名也岝嶺高貌岝助格切嶺五格切廣雅曰墾治也墾與墾音義同廣雅曰鐫謂之鏨仕咸切鏨與嶄古字通羣山既略百川潛渫息列切孔

安國尚書傳曰治山通水故以山名尚書曰嵎夷既略孔安國曰用功少曰略周書曰禹渫七十川大利天下尚書大傳曰百川趨於海爾雅曰潛深也說文曰渫除去也

決思朗漭莫廣澹徒敢泞騰波赴勢決漭廣大也澹泞澄深也泞音紵江河既導萬穴俱流尚書曰岷山導江又曰導河積石淮南子曰漕有萬穴掎居蟻拔五嶽竭涸九州掎拔竭涸言水既除掎拔而出竭涸而乾也掎引也廣雅曰拔出也五嶽泰華霍恒嵩高賈逵國語注曰涸竭也尚書序曰禹别九州瀝滴滲淫七林薈烏外蔚雲霧消流決烏黨瀼乃朗莫不來注說文曰瀝滴水下滴瀝也滲淫小水津液也滲音侵薈蔚雲霧霑潤也毛詩曰薈兮蔚兮南山朝隮消流小流也決瀼瀁淤也漢書杜欽曰屯氏河羡溢有填淤反瀼之害說文曰注灌也於廓靈海長為委輸毛萇詩傳曰於歎辭也爾雅曰廓大也孟子曰舜使禹疏九河踰濟漯而注諸海礼記曰三王之祭川也或源或委鄭玄曰委流所聚淮南子曰河水九折注海而流不絶者崐崘之輸也其為廣也其

爲怪也宜其爲大也爾其爲狀也則乃浟由湙亦瀲力冉
灩以冉浮天無岸浟湙流行之貌瀲灩相連之貌玄中記曰天下之多者水焉浮天載地說文曰
浮汎也沖冲瀜沆胡廣瀁余兩渺眇瀰弥湠炭漫沖瀜沆瀁深廣之貌渺㳽
湠漫曠遠之貌波如連山乍合乍散莊子曰白波若山噓噏許急百川洗
滌淮漢噓噏猶吐納也百川已見上文淮漢之流小而且穢故洗滌之襄陵廣舃漻交
濭濭浩汗尚書曰懷山襄陵又曰海濱廣斥史記曰斥爲舃古今字也漻濭廣深之貌若乃
大明摭彼苗轡於金樞之穴言月將夕也大明月也周易曰懸象著明莫大乎日月摭
猶攬也月有御故言轡金西方也河圖帝覽嬉曰月者金之精月有窟故言穴伏韜望清賦曰金樞理轡素月
告望義出於此翔陽逸駭於扶桑之津言日初出也翔陽日也淮南子曰日陽之主也
日中有烏故言翔逸駭言出疾也廣雅曰駭起也山海經曰湯谷上有扶木者扶桑也十日所浴彯匹遙

沙礐[苦角]石蕩颾[以出]島濱[言此二時風尤疾也易通卦驗曰巽風不至則大風發屋揚沙說文曰礐石聲也春秋命厤序曰大風飄石颾風疾貌說文曰島海中往往有山可居曰島]於是鼓怒溢浪揚浮[言風既疾而波鼓怒也上林賦曰沸乎暴怒]更相觸搏飛沫起濤[蒼頡篇曰濤大波也]狀如天輪膠戾而激轉[呂氏春秋曰天地如車輪終則復始高誘曰輪轉也上林賦曰宛潬膠盭]又似地軸挺拔而爭迴[河圖括地象曰地下有四柱廣十萬里有三千六百軸廣雅曰挺出也]岑嶺飛騰而反覆五嶽鼓舞而相磓[丁迴反岑嶺五嶽言波濤之形遞相觸激故或反覆故或相磓也爾雅曰山小而高曰岑五嶽已見上文磓猶激也]渭[謂]濆淪而滀[丑六]潔[他荅]鬱沏[切]迭而隆頹[渭亂貌濆淪相糾貌滀潔攢聚貌鬱盛貌沏迭疾貌隆頹不平貌]盤盓[于乙]激而成窟消[七笑]⿰氵冉[土含]滐[桀]而為魁[盤盓旋遶也消⿰氵冉峻波也毛萇詩傳曰傑特立也滐與傑同賈逵國語注]

曰川阜曰魁潤失冉泊匹帛栢而迆以爾颺余諒磊洛罪匒荅匌苦合而相
豗呼迴反潤疾貌泊栢小波也迆颺邪起也磊大貌匒匌重疊也相豗相擊也驚浪雷奔駭
水迸集七發曰波湧而濤起橫奔似雷字書曰迸散也開合解會瀼瀼傷濕
濕瀼瀼濕濕開合之貌葩華踧子六沑女六澒頂濘奴冷潗側立㵫女及反葩華分
散也踧沑蹙聚也澒濘沸貌潗㵫沸聲若乃霾莫排曀一計潛銷莫振莫竦
爾雅曰風而雨土爲霾陰而風爲曀霾音埋說文曰潛藏也廣雅曰振動也竦亦動也輕塵不飛
纖蘿不動爾雅曰唐蒙女蘿猶尚呀呼加呷餘波獨湧言風雖靜而餘波猶
壯呀呷波相吞吐之貌澎匹宏濞灪於勿磈烏埋碨烏罪磊山壟澎濞水聲洞簫賦曰
澎濞慷慨灪磈高峻貌碨磊不平貌爾其枝岐潭以審瀹藥渤蕩成汜音似管子
管仲對桓公曰水別於他水入於大水及海者命曰枝穆天子傳曰飲于枝詩之中郭璞曰水岐成詩詩小渚

也音止潭淪動搖之貌毛詩曰江有汜毛萇曰決復入爲汜也乖蠻隔夷迴互萬里若乃偏荒速告王命急宣列子曰殊方偏國張湛曰偏邊也毛詩曰肅肅王命飛駿鼓楫汎海淩山爾雅曰駿速也郭璞曰駿猶迅速亦疾也方言曰楫謂之橈東方朔對詔曰淩山越海窮天乃止於是候勁風揭桀百尺廣雅曰揭舉也百尺帆檣也維長綃所交挂帆席綃今之帆綱也以長木爲之所以挂帆也劉熙釋名曰隨風張幔曰帆或以席爲之故曰帆席也望濤遠決九永冏然鳥逝蒼頡篇曰冏光也鷸聿如驚鳧之失侶倏如六龍之所掣充制反鷸疾貌蘇武荅李陵書曰雖乘雲附景不足以比速晨鳧失羣不足以喻疾春秋命厤序曰皇伯登出扶桑日之陽駕六龍以上下說文曰掣引而縱也一越三千不終朝而濟所届左氏傳曰子文訓兵於睽終朝而畢爾雅曰濟度也孔安國尚書傳曰届至也若其負穢臨深虛誓愆祈負穢言身有罪若負

荷然尚書曰負罪引慝杜預左氏傳注曰愆失也鄭玄周禮注曰祈禱也則有海童邀路馬銜當蹊吳歌曰仙人齎持何等前謁海童爾雅曰邀遮也陸綏海賦圖云馬銜其狀馬首一角而龍形杜預左氏傳注曰蹊徑也天吳乍見而髣髴蝄像暫曉而閃式染屍山海經曰朝陽之谷神爲天吳吳爲水伯說文曰髣髴見不諟也楚辭曰時彷彿以遥見國語仲尼曰丘聞之水之怪龍罔象木之怪夔魍魎韋昭曰罔象食人閃屍暫見之貌羣妖遘迕眇少䀏余沼冶夷爾雅曰遘遇也小雅曰迕犯也眇䀏視貌冶夷妖媚之貌決帆摧橦直江戕風起惡去聲橦百尺也杜預左氏傳注曰戕卒暴之名也起惡起惡爲暴惡也廓如靈變惚怳幽暮廓猶開也言廓然暫開如神之變惚怳之頃而又幽暮也鄭玄禮記注曰幽闇者不明也氣似天霄靉愛靅費雲布言海神吐氣類於天霄靉靅昏闇貌韓子曰雲布風動䨪叔昱絕電百色妖露䨪昱疾貌妖露爲妖而呈露也呵歘許勿掩

鬱矆居縛睒失冉無度呵嗽掩鬱不明貌說文曰矆大視也又曰睒暫視也飛澇勞相磢楚爽激勢相沏楚櫛反言戕風迅疾而波浪相衝也澇大波也郭璞方言注曰澳錯也澳與磢同沏摩也楚乙切崩雲屑雨浤浤火宏汩汩屑雨飛灑之貌言波浪飛灑似雲之崩如雨之屑也李尤辟雝賦曰興雲動雷飛屑風雨浤浤汩汩波浪之聲也浤音宏踸勑甚踔丑角湛以甚濼藥沸潰渝溢踸踔湛濼波前卻之貌潰亂流也渝亦溢也瀖霍泋卉濩鑊渭蕩雲沃日瀖泋濩渭衆波之聲於是舟人漁子徂南極東言風起而浪驚故漂浮而無定毛萇詩傳曰極至也或屑沒於黿鼉之穴或挂罥於岑嶅敖之峯言被漂溺死非一所也屑猶碎也禮記曰屑桂與薑聲類曰罥係也爾雅曰山多小石曰嶅或掣充制洩余制於裸人之國或汎汎悠悠於黑齒之邦掣掣洩洩任風之貌汎汎悠悠隨流之貌淮南子曰自西南至東南有裸人國黑齒民許慎曰其民不衣也其人黑

鹵也或乃萍流而浮轉或因歸風以自反謝承後漢書鄭玄戒子書曰黄
巾爲害萍浮南北徒識觀怪之多駭乃不悟所歷之近遠蒼頡篇曰
駭驚也說文曰悟覺也爾其爲大量也則南澰歛朱崖北灑天墟音虛
廣雅曰澰漬也東都主人曰南燿朱垠垠亦崖也爾雅曰北陸虛也東演析木西薄青徐說文
曰演長流也言流至析木之境爾雅曰析木謂之天津海在青徐之東故云西薄小雅曰薄迫也尚書曰海岱
惟青州又曰海岱及淮惟徐州經途瀴烏冷溟莫冷萬萬有餘鄭玄周禮注曰經謂
里數也瀴溟猶絕遠杳冥也吐雲霓含龍魚淮南子曰四海之雲湊隱鯤鱗
潛靈居鯤鱗或爲昆山昆山方壺之屬也靈居衆仙所處也豈徒積太顛之寶
貝與隨侯之明珠琴操曰紂徙文王於羑里擇日欲殺之於是太顛散宜生南宮适之屬得
水中大貝以獻紂立出西伯墨子曰和氏之璧隋侯之珠將世之所收者常聞所未

名者若無言世之所收者常聞其名其或未名者若夲無也且希世之所聞惡烏

審其名言希世乃一聞之故不能審其名魯靈光殿賦曰邈希世而特出故可仿像

其色靉於愷霼虛氣其形仿像靉霼不審之貌爾其水府之內極深之

庭劉劭趙都賦曰其東則有天浪水府百川是理則有崇島巨鼇峌庭結峴五結孤

亭擘洪波指太清崇島五嶽也巨鼇大鼇也列仙傳曰巨鼇負蓬萊山而抃滄海之中列子

曰渤海之東名曰歸墟其中有五山帝命禺強使巨鼇

十五舉首載五山峙而不動說文曰海中往往有山可

依止曰島峌峴高貌山居海中故云擘峻極際天故云

指鄭衆周禮注曰擘破裂也東方朔十洲記曰冥海洪

波百丈鶡冠子曰上及泰清下及太寧碣磐石栖百靈鄭玄禮記注曰碣猶載也聲類曰磐大石

也百靈衆仙颺凱風而南逝廣莫至而北征言巨鼇多力遡風而行也

呂氏春秋曰南方曰凱風北方曰廣莫風其垠銀則有天琛水怪鮫人之室

天琛自然之寶也尚書曰天球在東序水怪奇石生乎
水濱也尚書曰鉛松怪石曹子建七啓曰戲鮫人劉淵
林吴都賦注曰
鮫人水底居
瑕石詭暉鱗甲異質
說文曰瑕玉之
小赤色者也詭
暉別色說文曰詭變也異
質殊形也廣雅曰質軀也
若乃雲錦散文於沙汭之際
綾羅被光於螺蚌之節
言沙汭之際文若雲錦螺蚌之
節光若綾羅也毛萇詩傳曰芮
崖也芮與汭通曹植齊瑟行
曰蚌蛤被濱崖光采如錦紅
繁采揚華萬色隱鮮
說
文
曰隱
蔽也
陽冰不冶陰火潛然
言其陽則有不冶之冰其陰
則有潛然之火也晏子春秋
曰陰冰凝陽冰厚五
寸說文曰冶銷也
熺炭重燔
許
眉
煩
吹烱九泉
古
永
熺炭
炭之
有光也廣雅曰熺熾也重燔猶重然也吹猶然也漢書
趙氏無吹火焉說文曰烱光也言火之光下照九泉地
有九重故
曰九泉
朱爓
熖
緑煙腰
一
眇
眇蟬蜎
一緣反腰眇蟬蜎
煙豔飛騰之貌爓
與
爓
同
魚則橫海之鯨突扤孤遊
弔屈原曰橫江湖之鱣
鱏郭璞山海經注曰橫

塞也宊抗高貌戛巖嶶傴高濤戛猶櫟也茹鱗甲吞龍舟廣雅曰茹食也莊子
曰吞舟之魚碭而失水高誘淮南子注曰龍舟大舟嗡虛及波則洪漣踧蹜吹澇則
百川倒流劉劭趙都賦曰巨鼇冠山陵魚吞舟吸潦吐波氣成雲霧蹜蹙聚貌踧子六切蹜所六切
或乃蹭七鄧蹬鄧窮波陸死鹽田蹭蹬失勢之貌鹽田海邊也張揖上林賦注曰
海水之崖多出鹽也巨鱗插雲鬐鬣刺天郭璞上林賦注曰鰭魚背上鬣也南都賦
曰森蕁蕁而刺天顱盧骨成嶽流膏為淵廣雅曰顱謂之顳顬魏武四時食制
曰東海有魚如山長五六里謂之鯢時死岸上膏流九頃春秋元命包曰積骨成山流血成淵若乃巖
坻直夷之隈沙石之嶔音欽郭璞上林賦注曰坻岸也說文曰隈水曲也嶔沙石嶔岑也
毛翼產鷇苦候剖卵成禽爾雅曰生哺鷇郭璞曰鳥子須母食也剖猶破也鳧
雛離褷所宜鶴子淋滲所今反西京雜記曰太液池其間鳧雛鶴子布滿充積離褷淋滲毛

羽始生之貌羣飛侶浴戲廣浮深翔霧連軒洩余世洩淫淫軒舉也洩洩淫淫飛翔之貌翻動成雷擾翰爲林翻動貌漢書趙王曰聚蚊成雷孔安國尚書傳曰擾亂也王弼周易注曰翰高飛貌更相叫嘯詭色殊音詭異也若乃三光既清天地融朗淮南子曰夫道紘宇宙而章三光杜預左氏傳注曰融朗也不汎陽侯乘蹻去喬絶往淮南子曰武王渡于孟津陽侯之波逆流而擊曹植苦寒行曰乘蹻追術士遠在蓬萊山抱朴子曰乘蹻可以周流天下蹻道有三法一曰龍蹻二曰氣蹻三曰鹿盧蹻覿安期於蓬萊見喬山之帝像列仙傳曰安期先生謂始皇曰後千歲求我蓬萊山下史記曰武帝祭黃帝冢橋山上曰吾聞黃帝不死今有冢何也或對曰黃帝已仙上天羣臣葬其衣冠也羣仙縹四妙眇餐玉清涯音宜縹眇遠視之貌魯靈光殿賦曰忽瞟眇以響像列仙傳曰赤松子服水玉履阜鄉之留舄被羽翮之襂所今纚所宜反列仙傳曰安期先生琅

邪阜鄉人自言千歲秦始皇與語賜金數千萬於阜鄉亭皆置去留書以赤玉舄一量爲報言仙人以羽翮爲衣漢書曰天道將軍衣羽衣襂纚羽垂之貌翔天沼戲窮溟莊子曰窮髮之北有溟海者天池也甄古然有形於無欲永悠悠以長生言衆仙雖表有形而無情欲故能久視長生也鄭玄尚書緯注曰甄表也淮南子曰有形之類莫尊於水莊子曰同乎無欲老子曰常無欲以觀其妙又曰長生久視之道且其爲器也包乾之奧括坤之區周易曰乾爲天坤爲地孔安國尚書傳曰奧內也又曰區域也惟神是宅亦祇是廬神祇衆靈之通稱非惟天地而已禮記曰有天下者祭百神也何奇不有何怪不儲說文曰儲積也芒芒積流含形內虛班彪覽海賦曰余有事於淮浦觀滄海於茫茫孫卿子曰不積小流無以成河海含形內虛言水能含衆形內虛似乎謙也孫卿子曰水清則見物之形周易曰君子以虛受人曠哉坎德卑以自居周易曰坎爲水家語金人銘曰江海雖左長百川以其卑也周易曰

謙謙君子卑以自牧管子曰夫人皆赴高水獨赴下卑也而水以爲都居也

引往納來以宗以都自海而往引之而令大自外而來納之而不逆尚書曰江漢朝宗于海山海經曰和山實惟河之九都郭璞曰九水所潛故曰九都

品物類生何有何無言諸品物以類相生何所不有何者而無言其多也韓詩外傳曰夫水羣物以生品物以正李尤翰林論曰木氏海賦壯則壯矣然首尾負揭狀若文章亦將由未成而然也

江賦

釋名曰江者公也出物不私故曰公也風俗通曰江者貢也爲其出物可貢晉中興書曰璞以中興王宅江外乃著江賦述川瀆之美

郭景純

臧榮緒晉書曰郭璞字景純河東人璞性放散不脩威儀爲佐著作後轉王敦記室參軍敦謀逆爲敦所害又云有人見其睡形變鼉云是鼉精也

咨五才之並用寔水德之靈長左氏傳宋子罕曰天生五材人並用之廢一不

可杜預曰金木水火土也淮南子曰夫水者大不可極深不可測無公無私水之德也**惟岷山之**
導江初發源乎濫觴惟發語之辭也岷山導江東別爲沱南都賦曰發源巖穴家語孔子
謂子路曰夫江始於岷山其源可以濫觴及其至於江津不舫舟不避風則不可以涉王肅曰觴所以盛酒者
言其微也**聿經始於洛沫**昧**攏萬川乎巴梁**薛君韓詩章句曰聿辭也漢書
廣漢郡雒縣有漳山雒水所出入湔雒與洛通湔音煎說文曰沫水出蜀西塞外東南入江沫武蓋切攏猶括
東也巴郡名也梁州名也**衝巫峽以迅激躋江津而起漲**盛引之荊州記曰信
陵縣西二十里有巫峽方言曰躋登也酈元水經注曰馬頭崖北對大岸謂之江津漲水大之貌**極泓**
烏宏**量而海運狀滔天以淼茫**鄭玄禮記注曰極窮也莊子曰大鵬海運則將徙南
溟司馬彪曰運轉也尚書曰浩浩滔天**揔括漢泗兼包淮湘并呑沅澧**禮
汲引沮七余**漳**南都賦曰總括趨欲郭璞山海經注曰泗水出魯國卞縣至臨淮下相縣入淮孟子

曰禹決汝漢排淮泗而注之江景福殿賦曰兼苞博落郭璞山海經注曰湘水出酃陵營道縣陽朔山過秦論曰并吞八荒之心山海經曰沅水出象郡而東注江合洞庭中應劭漢書地理志曰武陵郡充縣歷山澧水所出入沅水經云入江說文曰汲引水也山海經曰景山雎水出焉南注于沔江又曰荆山漳水出焉而東南流注于雎沮與雎同

源二分於崌居**崍**來**流九派乎潯陽**

山海經曰岷山東北百四十里崍山江水出焉又東百五十里崌山江水出焉而東流注于大江郭璞曰崍山中江所出也崌山北江所出也水別流爲派尚書曰荆州九江孔郣應劭漢書注曰江自廬江潯陽分爲九也漢書廬江郡有潯陽縣

鼓洪濤於赤岸淪餘波乎柴桑

洪濤已見海賦七發曰淩赤岸或曰赤岸在廣陵輿縣廣雅曰淪沒也餘波濤之餘波也言濤之餘波至柴桑而盡也尚書曰餘波入于流沙漢書豫章郡有柴桑縣

綱絡羣流商搉苦角**涓**古玄**澮**

古外反廣雅曰搉商度也許慎淮南子注曰揚搉粗略也涓澮小流也爾雅曰注溝曰澮也

表神委於江都混流宗

而東會委及宗並見上文漢書曰廣陵國有江都縣東會于海尚書曰東會于泗沂注五湖以漫漭灌三江而漰普萌沛普會反墨子曰禹治天下南爲江漢淮汝東流之注五湖之處以利荆楚干越之民史記太史公曰余登姑蘇望五湖張勃吴録曰五湖者太湖之别名也周行五百餘里尚書曰三江既入震澤底定孔安國曰自彭蠡江分爲三入震澤又曰震澤吴南太湖名也滈胡道汗六州之域經營炎景之外六州益梁荆江揚徐臧榮緒晉書曰華陽黑水惟梁州部巴東郡益州梁州之南地部蜀郡江州本荆州之東界揚州之南境也海岱及淮惟徐州部廣陵郡上林賦曰經營于其内南方火故曰炎景所以作限於華裔壯天地之嶮介言江波之濬既作限於華夷天地嶮介因之益壯也吴録曰魏文帝臨江嘆曰天所以隔南北也周易曰天嶮不可升地嶮山川丘陵郭璞爾雅注曰介閡也呼吸萬里吐納靈潮自然往復或夕或朝呼吸萬里言其疾也抱朴子曰麋氏云朝者據朝來也言夕者據夕至也激逸勢以前

驅乃鼓怒而作濤峨嵋爲泉陽之揭玉壘作東別之標
峨嵋玉壘二山名也泉陽即陽泉也顧野王輿地志云
益州陽泉縣蜀分縣竹立揭標皆表也水經曰江水又
東別爲沲開明之所鑿尚書曰岷山
導江東別爲沲戰國策曰舉標甚高衡霍磊落以連鎮
巫廬嵬魚鬼崫危勿而比嶠周禮曰荊州之鎮山曰衡山鄭玄曰在湘水南鎮山名安
地德者也爾雅曰霍山爲南岳郭璞曰今在廬江西漢
書曰南郡巫縣巫山在西南釋慧遠廬山記曰山在江
州潯陽之南爾雅曰山銳而
高曰嶠其廟切協韻音橋協靈通氣濆忿薄相陶
流風蒸雷騰虹揚霄莊子曰川谷通氣故飄風老子曰陰陽陶冶萬物韋昭國語注曰
蒸升也出信陽而長邁淙悰大壑與沃焦信陽即信陵之陽也臧榮
緒晉書曰建平郡有信陵縣吳都賦曰寂寥長邁說文
曰淙水聲也列子曰渤海之東不知幾萬億里有大壑
無底之谷其下無底名歸墟玄中記曰天下之大者東
海之沃焦焉水灌之而不已沃焦山名也在東海南方

（三萬里）

若乃巴東之峽，夏后疏鑿。（盛引之荊州記古歌曰：巴東三峽巫峽長，猨鳴三聲淚沾裳。禹疏三江，已見上文。）絶岸萬丈，壁立赮駮。（赮駮，如赮之駮也。赮，古霞字。）虎牙嵥（桀）豎（樹）以屹（魚乙）峷（慈聿），荊門闕竦而磐礴。（盛引之荊州記曰：郡西泝江六十里，南岸有山，名曰荊門；北岸有山，名曰虎牙。二山相對，楚之西塞也。虎牙石壁紅色，間有白文，如牙齒狀。荊門上合下開，開達山南，有門形，故因以爲名。嵥，特立貌。屹峷，高峻貌。闕竦，如闕之竦也。西京賦曰：圜闕竦以造天。磐礴，廣大貌。）圓淵九回以懸騰，湓（普寸）流雷呴（呼后）而電激。（淮南子曰：藏志九旋之淵。許慎曰：九旋之淵，至深。說文曰：騰，水涌也。蒼頡篇曰：湓，水聲也。聲類曰：呴，嘷也。荅賓戲曰：遊說之徒，風颮電激。）駭浪暴灑，驚波飛薄。（灑，散也。飛薄，飛騰蕩薄也。）迅澓（扶福）增澆，涌湍疊躍。（澓，澓流也，音伏。王逸楚辭注曰：洄波爲澆。澆，古堯切。）砯（普冰）巖鼓作，漰（普萠）湱（呼陌）㶁（胡角）灂（仕角反）。（砯，水激巖之聲也。漰湱㶁灂，皆大

波相激之聲也爾雅曰夏有水冬無水曰澩音學淜蒲冰[illegible]蒲拜瀖火宏澉呼拜潰濩穫

泧呼活漷呼郭反皆水勢相激洶湧之貌潏胡決湟皇淴烏骨泱烏朗潐叔潤

失冉[illegible]舒感瀹始灼反皆水流漂疾之貌漩旋澴許亐濴於營瀯營湀紆鬼瀶誄

濆忿瀑步角反皆波浪回旋濆涌而起之貌也溭助側淢域濜助謹涓于窘龍鱗

結絡溭淢濜涓參差相次也龍鱗結絡如龍之鱗連結交絡也潘岳金谷詩曰濫泉龍鱗瀾碧沙

瀢杜罪㴸徒可而往來巨石硉洛骨矹五骨以前却瀢㴸硉矹沙石隨水之貌

潛演衍之所汨淈胡骨奔溜之所磢楚爽錯說文曰潛藏也又曰演水脈行

地中弋刃切蒼頡篇曰淈水通貌磢巳見海賦廣雅曰錯摩也厓隒魚檢為之泐勒嵃魚免

碕嶺為之嵒崿說文曰隒厓也周禮曰石有時以泐鄭司農曰泐謂石解散也嵃猶崄也

楚辭曰觸石碕而横逝許慎淮南子注曰碕長邊也幽澗積岨礐力隔硞客礐盧角礭

苦角反爾雅曰山夾水曰澗㵎與澗同礐硞礐礭皆水激石嶮峻不平之貌若乃曾潭之府
靈湖之淵鄭玄毛詩箋曰曾重也王逸楚辭注曰楚人名淵曰潭府澄澹汪洸烏宏瀇
烏廣滉胡廣囦泫音玄皆水深廣之貌說文曰汪廣也烏黃切泓汯宏洞烏猛澋胡猛
涒紆筠鄰圝彎潾力銀反皆水勢回旋之貌混瀚音翰灦呼見渙流映揚焆
音涓水勢清深而澄澈光映也蒼頡篇曰焆明也溟莫令漭渺湎莫翦汗汗沺田沺
皆廣大無際之貌察之無象尋之無邊氣滃烏孔渤蒲沒以霧
杳時鬱律其如煙滃渤霧出貌鬱律煙上貌成公綏天河賦曰氣蓬勃以霧蒸說文曰
杳冥也類胏普杯渾之未凝象太極之構天言雲氣杳冥似胏胎渾混尚未
疑結又象太極之氣欲構天也淮南子曰孕婦三月而
胏胎春秋命麻序曰冥莖無形濛鴻萌兆渾渾混混宋均
曰渾渾混混雖卵未分也周易曰是故易有太極是
生兩儀韓康伯曰太極者無稱之稱不可得名也長

波浹(子叶)渫(牒)峻𡿖崔嵬(埤蒼曰浹渫水滂溏也小雅曰峻高也)盤渦(烏和)谷轉淩濤山頹(濄水旋流也廣雅曰淩馳也王粲遊海賦曰洪濤奮蕩大浪踊躍山隆谷窊宛亶相搏)陽侯砐(五合)硪(我)以岸起洪瀾涴(宛)演而雲迴(陽侯已見海賦)(砐硪搖動貌涴演迴曲貌)峾(銀)淪溛(烏華)瀤(烏懷)乍浥(烏甲)乍堆(峾淪回旋之貌溛瀤不平之貌)㵃(呼檻)如地裂豁若天開(㵃豁開貌易緯曰天下愁地裂山崩漢書曰孝惠二年天開東北廣十餘丈)觸曲崖以縈繞駭(叫)崩浪而相礧(相礧相擊也音雷)鼓㕒(苦合)窗以㵑(普萌)渤(蒲沒)乃湓(普寸)湧而駕隈(㕒亦窗之類也㵑渤水聲也小雅曰駕淩也)魚則江豚(徒昆)海狶(喜)叔鮪(于軌)王鱣(音邅南越志曰江豚似豬臨海水土記曰海狶豕頭身長九尺郭璞山海經注曰今海中有海狶體如魚頭似豬爾雅曰鮥鮛鮪郭璞曰鮪屬大者王鮪小者叔鮪王鱣之大者猶曰王鮪鮥音洛)䱻(骨)鰊(練)鰧(特登)鮋(直流)鯪(陵)

鰩遥鰞鰱音連山海經曰鰩魚其狀如魚而鳥翼出入有光其音如鴛鴦郭璞曰音滑舊説曰鰊似繩山海經曰鰷其狀如鱖居逵切蒼文赤尾郭璞曰舊説曰鮋似鱓楚辭曰鮫魚何所出王逸曰鮫魚鮫鯉也山海經曰鰩魚狀如鯉又曰鰞魚黒文狀如鮒食之不腫郭璞曰音倫廣雅曰鰱鱮也或鹿觡格象鼻或虎狀龍顏臨海異物志曰鹿魚長二尺餘有角腹下有脚如人足郭璞山海經注曰麋鹿角曰觡又曰今海中有虎鹿魚體皆如魚而頭似虎鹿龍顏似龍也鱗甲鏙七罪錯煥爛錦斑鏙錯間雜之貌揚鰭掉尾噴普悶浪飛唌似延反上林賦曰揵鬐掉尾説文曰噴吒也唌沫也排流呼哈乎合隨波遊延或爆蒲角采以晃淵或嚇呼厄鰓乎巖間説文曰爆灼也今以爲曝曬也曝步木切廣雅曰晃暉也嚇猶開也介鯨乘濤以出入鯼祖洪鮆薺順時而往還尒雅曰介大也字林曰鯼魚出南海頭中有石一名石首郭璞山海經注曰鮆魚狹薄而長頭大者長尺餘一名刀魚常以三月八月出故

曰順時爾其水物怪錯則有潛鵠魚牛虎蛟鉤蛇怪錯奇怪雜錯也舊說曰潛鵠似鵠而大山海經曰魚牛其狀如牛陵居蛇尾有翼又曰虎蛟其狀魚身而蛇尾有翼其音如鴛鴦郭璞山海經注曰今永昌郡有鉤蛇長數丈尾歧在水中鉤取斷岸人及牛馬啖之蜦倫蟤團鱟候蝞媚鱝扶粉⿱奄黽烏郎⿱𣅀黽迷⿸麻黽音麻說文曰蜦蛇屬也黑色潛於神泉之中能興雲致雨山海經曰蟤魚其狀如鮒而彘尾郭璞曰音團如扇之團廣志曰鱟魚似便面雌常負雄而行失雄則不能獨活出交阯南海中臨海水土物志曰蝞似蝦中食益人顏色有愛媚又曰鱝魚如圓盤口在腹下尾端有毒又曰初寧縣多⿱奄龜龜形薄頭喙似鵞指爪又⿱𣅀黽⿸麻黽与龜辟相似形大如蕟生乳海邊曰沙中肉極好啖中王珧姚海月土肉石華郭璞山海經注曰珧亦蚌屬也臨海水土物志曰海月大如鏡白色正圓常死海邊其柱如搔頭大中食又曰土肉正黑如小兒臂大長五寸中有腹無口目有三十足炙食又曰石華附石生肉中啖三蝬子工⿰虫不淶江鸚螺力戈蜁旋蝸

古花反臨海水土物志曰三蝬似蛤舊說曰蚽江似蟹而小十二脚南州異物志曰鸚鵡螺狀如覆杯頭如鳥頭向其腹視似鸚鵡故以爲名也舊說曰蜁蝸小螺也璅蛣詰腹蟹水母目蝦遐南越志曰璅蛣長寸餘大者長二三寸腹中有蟹子如榆莢合體共生俱爲蛣取食又曰海岸間頗有水母東海謂之蛇正白濛濛如沫生物有智識無耳目故不知避人常有蝦依隨之蝦見人則驚此物亦隨之而没蛇音蜡二字並除嫁切紫蚢胡岡如渠洪蚶呼甘專車爾雅曰大貝曰蚢漢書曰尉佗献紫貝五百尚書大傳曰文王囚於羑里散宜生之江淮之浦而得大貝如車渠以献紂鄭玄曰渠罔也臨海水土物志曰蚶則徑四尺背似瓦壟有文國語孔子曰防風氏其骨節專車賈逵曰專滿也瓊蚌晞曜以瑩珠石蚨居葉應節而揚葩異物志曰蚌似車螯絜白如玉晞曜向日也楊雄蜀都賦曰蚌含珠而擘裂南越志曰石蚨形如龜脚得春雨則生花花似草華廣雅曰葩花也蚨音劫蜛居蝫諸森衰以垂翅兮蠣力滯磈苦罪磥力罪而碨烏懷啞烏遐反南越志

曰蜛蝫一頭尾有數條長二三尺左右有脚狀如蠶可
食森衰垂貌翹尾也臨海水土物志曰蠣長七尺南越
志曰蠣形如馬蹄碨磥碨硜不平之貌或泛瀲辭豔於潮波或混淪乎浧沙
字書曰瀲泛也水波上及也混淪輪轉之貌廣雅曰混轉也混乎本切淪力本切若乃龍鯉一
角奇鶬倉君九頭山海經曰龍鯉陵居其狀如鯉或曰龍魚一角也劉騊駼亐根賦曰一足之夔
九頭之鶬有鼈三足有龜六眸莫侯反山海經曰三足鼈岐尾爾雅曰鼈三足曰能郭璞
曰今吴興郡陽羨縣山上有池池中出三足鼈又有六眼龜赬鼈肺扶廢躍而吐璣文
魮毗磬鳴以孕璆山海經曰珠蟞之魚其狀如肺而有目六足有珠郭璞曰蟞音鼈南越志
曰珠鼈吐珠山海經曰文魮之魚其狀如覆銚鳥首而翼魚尾音如磬之聲是生珠玉郭璞曰音毗鯈條
鱅庸拂翼而掣充制燿神蜧麗蝹於粉蜦力殞以沉遊山海經曰鯈鱅
狀如黃蛇魚翼出入有光郭璞曰音條容說文曰蜧蛇屬也許慎淮南子注曰黑蜧神蛇也潛於神泉蝹蜦行

貌騂蒲没馬騰波以嘘蹤蹀水兕雷咆薄交乎陽侯山海經曰騂馬
牛尾白身一角其音如虎郭璞曰音勃黄伯仁龍馬賦
曰嘘天慷慨南越志曰西䢼縣東暨于海其中多水兕
形似牛說文曰咆嘷也淵客築室於巖底鮫人構館于懸流吴都賦曰
淵客慷慨而泣珠鮫人已見海賦雹布餘糧星離沙鏡雹布星離言衆多也
本草經曰禹餘糧生東海池澤傅玄擬楚篇曰光滅星離舊說曰沙鏡似雲母也青綸競糾縟
組爭映爾雅曰綸似綸組似組東海有之糾繚也縟繁采也紫菜熒曄以叢被
緑苔鬖所咸髿沙乎研上紫菜色紫狀似鹿角菜而細生海中熒曄光明貌南越志曰海藻
一名海苔生研石上風土記曰石髮水苔也青緑色皆生於石通俗文曰髮亂曰鬖髿說文曰研滑石也研與硯
同五見切菜或爲莧石帆平蒙籠以蓋嶼序萍實時出而漂
泳音詠劉逵吴都賦注曰石帆生海嶼石上草類也又曰嶼海中洲上有山石家語曰楚昭王渡江中流有

物大如斗貟而赤直觸王舟舟人取之王大怪使聘魯問孔子孔子曰此所謂萍實也可剖而食之吉祥也唯霸者爲能得焉王肅曰萍水草也說文曰漂浮也爾雅曰泳游也

其下則金礦丹礫歷

雲精爥銀說文曰礦銅鐵璞也古猛切丹礫丹砂也異物志曰雲母一曰雲精入地萬歲不朽穆天子傳曰乃披圖視典曰天子之寶璿珠爥銀郭璞曰銀有精光如爥也

珕麗珋留璿瑰古回

水碧潛琘美巾反說文曰珕蠡屬力計切又曰珋石之有光者山海經曰大荒之中有西王母之山爰有璿瑰郭璞曰璿瑰亦玉名也旋回兩音山海經曰耿山多水碧郭璞曰亦水玉類也潛琘亦水玉也

鳴石列於陽渚浮磬肆乎陰濱山海經曰共水多鳴石郭璞曰晉永康元年襄陽郡上鳴石似玉色青撞之聲聞七八里尚書曰泗濱浮磬孔安國尚書傳曰肆陳也

或頩古迥彩輕漣或焆消曜崖鄰焆已見上文說文曰鄰水崖間鄰鄰然也力因切

林無不潯岸無不津孫卿子曰玉在山而木潤淵生珠而崖不枯廣雅曰潯濕也鄭玄周禮注曰津

潤也其羽族也則有晨鵠天雞鴢於絞鷔敖鷗鴃山海經曰大鶚音如晨鵠郭璞曰晨鵠猶晨鳧也爾雅曰鶾天雞孫炎曰黑身一名莎雞山海經曰鴢其狀如鳧青身而朱目赤尾郭璞曰音窈窕之窈山海經曰鷔鳥青黃其所集者其國亡郭璞曰音敖山海經曰鴃其狀如鳧郭璞曰音鉗鈇之鈇徒計切陽鳥爰翔于以亥月尚書曰彭蠡既豬陽鳥攸居爾雅曰九月為亥郭璞曰國語云至于亥月也千類萬聲自相喧聒說文曰聒讙語也聒濯翮疏風鼓翅翻許聿翃許月反疏理也禮記曰鳳以為畜故鳥不獝麟以為畜故獸不狘鄭亥曰獝狘飛走之貌翻與獝同揮弄灑珠拊拂瀑沫洞簫賦曰揚素波而揮連珠說文曰瀑賫也蒲到切集若霞布散如雲豁產毻他積羽往來勃碣其列反字書曰毤落毛也毤與毻同音唾竹書曰穆王北征行流沙千里積羽行千里漢書曰燕地勃碣之間一都會也伏琛齊地記曰勃海郡東有碣石謂之勃碣也橉力刃杞稹之忍薄於潯涘栛槤

連森嶺而羅峯橉杞二木名也字林曰稹稠穊也薄叢生也淮南子曰南遊江潯許慎注曰潯水涯也音尋栛揵亦二木名也栛音隸桃枝篔筠簹當實繁有叢劉淵林蜀都賦注曰桃枝竹屬也可爲杖又吳都賦注曰篔簹竹生水邊長數丈葭蒲雲蔓纓以蘭紅雲蔓言多而無際也纓采色相映也蘭澤蘭也爾雅曰紅蘢古揚皜杲毦二擢紫茸而容反皜白也毦與茸皆草花也蔭潭隩於六被長江爾雅曰隩隈也郭璞曰今江東呼爲浦隩於到切繁蔚尉芳蘺隱藹水松蘺江蘺香草也似水薺水松藥草名也涯灌芊千見蔇力見潛薈烏外葱蘢郎公反涯灌則叢生也潛薈水中茂盛也芊蔇葱蘢皆青盛貌也鯪陵鯥六跻曰眉跼具側於垠銀隒魚儉獱頻獺失睒失冉瞲呼穴乎厱去聲空鯪魚已見同篇山海經曰有魚狀如牛陵居蛇尾其名曰鯥埤蒼曰跻蹷跳也求悲切聲類曰偏舉一足曰跼蹄也渠俱切郭璞三蒼解詁曰獱似青狐居水中食

魚山海經曰鼇山灉灉之水出焉有獸名曰獺其狀如鱬其毛如彘鬛郭璞曰音蓍頡之頡與獺同鱬如珠切睒暫視也聲類曰瞷驚視上也呼穴切陖岸側空處也去巖切迅蜼聿季臨虛以騁巧孤玃居縛登危而雍容蜼狖也玃似獮猴也夔𤘘呼口翹踛六於夕陽鴛雛弄翮乎山東山海經曰岷山多夔牛郭璞曰今蜀山中有大牛重數千斤名爲夔牛又爾雅注曰今青州呼犢爲𤘘𤘘夔牛之子也𤘘與𤙖同火口切莊子曰齕草飲水翹尾而踛此馬之真性也司馬彪曰踛跳也廣雅曰翹舉也山海經曰南禺之山有鵷鶵郭璞曰鵷鶵鳳屬也爾雅曰山西曰夕陽山東曰朝陽因岐成渚觸澗開渠岐已見上文漱所遘壑生浦區別作湖周禮曰善爲溝者水漱之鄭玄曰漱齧也論語曰區以別矣磴土登之以瀿煩瀷翼渫息刑之以尾閭磴猶益也土登切淮南子曰莫鑒於流瀿而鑒於澄水許慎曰楚人謂水暴溢爲瀿扶園切淮南子曰潦水旬月不雨則涸而枯澤受瀷而無源者也許慎曰瀷湊漏之流也瀷昌即切莊子海若曰天

下之水莫大於海萬川歸之而不盈尾閭渫之而不虛司馬彪曰尾閭水之從海出也標之以翠
翳泛之以遊菰標猶表識也翳草之翳薈也菰菰蔣也浮於水上故曰遊也播匪藝
之芒種挺自然之嘉蔬孔安國尚書傳曰播布也鄭玄毛詩箋曰藝猶樹也鄭司農周
禮注曰芒種稻麥也禮記曰凡祭廟之禮稻曰嘉蔬鄭玄曰嘉善也稻菰蔬之屬鱗被菱荷
攢布水蓏力果反鱗被如鱗之被言多也蒼頡篇曰攢聚也應劭漢書注曰木實曰果草實曰蓏
翹莖瀵芳問蘂濯頴散裹說文曰瀵水浸也匹問切廣雅曰蘂華也頴穗也裹謂草
實也高唐賦曰綠葉紫裹隨風猗萎於危與波潭淹猗萎隨風之貌潭淹隨波之貌
潭音覃淹徒我切流光潛映景炎羊染霞火言草之華蘂流耀潛映波瀾景色外
發炎於赮火赮與霞同其旁則有雲夢雷池彭蠡青草雲夢澤名
也吴録曰雷池在皖尚書曰彭蠡既豬孔安國曰澤名也吴録曰巴陵縣有青草湖具區洮姚滆

翻朱滻丹漅具區亦澤名也風土記曰陽羨縣西有洮湖水經注曰中江東南左合滆湖音核又曰朱湖在溧陽又曰沔水又東得滻湖水周三四百里丹湖在丹陽漅湖在居巢漅祖了切極望數百沆胡朗瀁余兩皛胡杳淼余少反七發曰極望成林鄭玄禮記注曰極盡也沆瀁廣大之貌皛淼深白之貌爰有包山洞庭巴陵地道潛逵傍通幽岫窈窕郭璞山海經注曰洞庭地穴在長沙巴陵吳縣南太湖中有苞山山下有洞庭穴道潛行水底云無所不通號爲地脉逵水中穴道交通者金精玉英瑱他見其裏瑤珠怪石琗其表穆天子傳河伯曰示汝黃金之膏郭璞曰金膏其精汋也汋音綽孝經援神契曰玉英玉有英華之色也孫卿子曰琁玉瑤珠不知佩山海經曰苟林之山多怪石郭璞曰怪石似玉也瑱琗謂文采相雜小雅曰雜采曰綷琗與綷同瑱徒見切琗字憒切驪虯渠幽摎居由其址止梢雲冠其𡾰必眇反驪虯驪龍也在於九重之泉故云摎其址也莊子曰千金之珠在九重之淵而驪龍頷下宋衷太玄經注曰

摎猶糾也孫氏瑞應圖曰梢雲瑞雲人君德至則出若樹木梢梢然也嶕山巔也方眇切海童之所

巡遊琴高之所靈矯海童已見上文列仙傳曰琴高浮遊冀州二百餘年後入碭水中乘

赤鯉魚來出泊一月復入水去方言曰矯飛也言飛而去來其中冰夷倚浪以傲睨五計

江妃含嚬而矊彌延眇山海經曰從極之川唯冰夷恒都焉冰夷人面而乘龍郭璞曰冰夷

馮夷也莊子曰獨與天地精神往來而不傲睨於萬物傲睨自寬縱不正之貌列仙傳曰江斐二女出遊江濱

鄭交甫所挑者孟子注嚬蹙而言嚬蹙憂貌矊眇遠視貌法言曰眇緜作炳矊矊音緜撫淩波而

鳧躍吸翠霞而夭矯鄭玄禮記注曰撫以手按之也廣雅曰淩馳也上林賦曰馳波

跳沫廣雅曰吸飲也陵陽子明經曰春食朝霞朝霞者日始出之赤氣夭矯自得之貌若乃宇宙

澄寂八風不翔文子曰四方上下謂之宇說文曰宙舟車所極覆淮南子曰天有八風條風明

庶風清明風景風涼風閶闔風不周風廣莫風洞簫賦曰翔風蕭蕭而逕其末舟子於是搦女角

棹涉人於是檥魚綺榜補郎反毛詩曰招招舟子人涉卬否搠捉也應劭漢書注曰檥止也王逸楚辭注曰榜船櫂也補孟切一曰榜併船也漂飛雲運艅艎劉淵林吴都賦注曰飛雲吴樓船之有名者左氏傳曰楚敗吴師獲其乘舟艅艎杜預曰艅艎舟名也舳艫相屬萬里連檣說文曰舳舟尾也艫船頭也埤蒼曰檣帆柱也才羊切泝洄沿流或漁或商毛詩曰泝洄從之毛萇曰逆流而上曰遡洄孔安國尚書傳曰順流而下曰沿列子曰中國之人或農或商或佃或漁赴交益投幽浪平交益二州名也周禮曰東北曰幽州漢書有樂浪郡也竭南極窮東荒淮南子曰章亥自北極步至南極山海經有東荒經爾乃𥈭雺紛祲子蔭於清旭許王覘勑詹五兩之動靜方言曰𥈭視也音隸杜預左氏傳曰氛氣也說文曰雺亦氛字也鄭玄禮記注曰祲陰陽氣相浸漸以成災也毛萇詩傳曰旭日始出也鄭玄禮記注曰覘闚視也勑廉切兵書曰凡候風法以雞羽重八兩建五丈旗取羽繫其巔立軍營中許慎淮南子注曰綄候風也楚

人謂之五兩也綄音桓長風颹于鬼以增扇廣莫颸麗而氣整高唐
賦曰長風至而波起颹大風皃音葦廣莫風巳見上文郭璞山海經注曰颸颸急風皃音矣徐而不
䬐鳥回疾而不猛埤蒼曰䬐風遅也音隈鼓帆平迅越趠陌漲張截
洞音迥帆巳見上文趠猶越也截直度也漲洞皆深廣之皃淩波縱柂電往杳溟
覓冷反揚雄方言曰船後曰舳郭璞曰今江東柂呼為舳也王逸荔枝賦曰飛匡上下電往景還匡勤往切
䨴如晨霞孤征眇若雲翼絶嶺䨴征皃徒對切晨霞朝霞也莊子曰大鵬
翼若垂天之雲故曰雲翼言廣大也倏忽數百千里俄頃楚辭曰往來儵忽何休公羊傳
注曰俄者須臾之間司馬彪莊子注曰頃久也王肅家語注曰俄有頃也飛廉無以睎其蹤
渠黃不能企其景史記曰飛廉善走廣雅曰睎視也穆天子傳曰天子之八駿曰渠黃毛詩
曰跂予望之鄭玄曰舉足則望見之企與跂同於是蘆人漁子擯落江山謂採蘆捕

魚之子也擯落謂被斥擯而漂落也司馬彪莊子注曰擯棄也衣則羽褐食惟蔬鱻思延切鄭玄毛詩箋曰褐毛布也聲類曰鱻小魚也栫寂見澱廷見爲涔夾潨在公羅筌說文曰栫以柴木壅水也劉淵林吴都賦注曰淀如淵而淺澱與淀古字通爾雅曰槮謂之涔郭璞曰今作槮叢木於水中魚得寒入其裏以薄捕取之也槮蘇感切涔字廉切說文曰潨小水入大水也筌捕魚之器以竹爲之蓋魚笱屬箭灑連鋒罾子僧罶雷比船舊說曰箭灑皆鈎名也罾罶皆網名也灑所蟹切或揮輪於懸碕奇或中瀨而橫旋輪鈎輪也埤蒼曰碕曲岸頭也忽忘夕而宵歸詠採菱以叩舷淮南子曰夫歌採菱發陽阿楚辭曰漁父鼓栧而去王逸曰叩船舷也儌自足於一嘔尋風波以窮年字書曰儌倨也嘔與謳同楚辭曰順風波以南北兮霧宵晦以紛紛西京賦曰窮年忘歸猶不能徧也爾乃域之以盤巖豁之以洞壑疏之以渰度河汜似鼓之以朝夕尚書

曰沲潛既道孔安國曰沲江別名也汜已見上文漢川書枚乘上書曰游曲臺臨上路不如朝夕之池也流之所歸湊雲霧之所蒸液王逸楚辭注曰湊聚也琴賦曰蒸靈液以播雲淮南子曰山雲蒸而柱礎潤珍怪之所化產傀奇之所窟宅高唐賦曰珍怪奇偉子虛賦曰珍怪鳥獸說文曰傀偉也又曰奇異也納隱淪之列真挺異人乎精魄桓子新論曰天下神人五一曰神仙二曰隱淪三曰使鬼物四曰先知五曰鑄凝馮衍爵銘曰富如江海壽配列真說文曰真仙人變形也班固公孫弘贊曰異人並出孝經援神契曰五岳之精雄四瀆之精仁左氏傳樂祁曰心之精爽是謂魂魄播靈潤於千里越岱宗之觸石公羊傳曰曷爲祭大山河海山川有能潤乎百里者天子秩而祭之觸石而出膚寸而合不崇朝而徧雨天下者唯太山雲爾海潤于千里何休曰雲氣觸石理而出爲雨無膚寸之地而不徧也河海興雲雨及千里及其譎變倏怳符祥非一動應無方感事而出孔安國尚書傳曰神妙無方鄭

女論語注曰方常也**經紀天地錯綜人術**言以綜爲喻也符祥上則經紀天地下則錯綜人術漢書五行志曰厥風絶經紀如淳曰壞絶匹帛之屬周易曰錯綜羣數王肅曰錯交也綜理事也仲長子昌言曰錯綜人情**妙不可盡之於言事不可窮之於筆若乃岷精垂曜於東井陽侯遯形乎大波**河圖括地象曰岷山之地上爲井絡史記曰五星聚于東井陽后陽侯也高誘淮南子注曰楊國侯溺死於水其神能爲大波莊子曰其死登遐三年而形遯**奇相**去**得道而宅神乃協靈爽於湘娥**廣雅曰江神謂之奇相西京賦曰懷湘娥王逸楚辭注曰堯二女墜湘水之中因爲湘夫人也**駭黃龍之負舟識伯禹之仰嗟**呂氏春秋曰禹南省方濟乎江黃龍負舟舟中之人五色無主禹仰視天而歎曰吾受命於天竭力以養民生性也死命也余何憂於龍焉龍俛耳曳尾而逃**壯荆飛之擒蛟終成氣乎太阿**呂氏春秋曰荆有佽飛者得寶劒於干遂反涉江至于中流有兩蛟夾繞其舡佽飛拔寶劒曰

此江中腐肉朽骨也赴江刺蛟殺之荆王聞之仕以執珪高誘曰于遂吳邑越絕書曰歐冶子作鐵劍二曰太阿

悍要離之圖慶在中流而推戈廣雅曰悍勇也呂氏春秋曰要離走往見王子慶忌於衛慶忌喜要離曰請與王子往奪之國王子慶忌與要離俱涉於江拔劍以刺王子慶忌捽而投之於江浮出又取而投之於江如此者三其卒曰汝天下之國士也幸汝以成名要離不死歸吳矣

悲靈均之任石嘆漁父之櫂歌楚辞曰名余曰正則字余曰靈均又曰望大河之洲渚悲申徒之抗直驟諫君而不聽重任石之何益又曰懷沙礫而自沉兮不忍見君之蔽壅史記曰屈原作懷沙賦懷石自投汨羅懷沙即任石也義與王逸不同楚辭曰漁父鼓枻而歌曰滄浪之水清可以濯吾纓

想周穆之濟師驅八駿於鼋鼍紀年曰周穆王三十七年征伐大起九師東至于九江叱鼋鼍以爲梁列子曰周穆王遠遊命駕八駿之乘驊騮緑耳赤驥白儀渠黃踰輪盜驪山子張湛曰儀古義字

感交甫之喪珮愍神使之嬰羅廣雅曰感傷也韓詩内傳曰鄭交甫遵彼漢皐

臺下遇二女與言曰願請子之珮二女與交甫交甫受而懷之超然而去十步循探之即亡矣迴顧二女亦即亡矣莊子曰宋元君夜半夢人被髮而窺阿門曰予自罕露之泉爲清江使河伯之所漁者豫且得予元君覺召占夢者占之曰此神龜也元君乃刳龜以卜七十鑽而無遺筴司馬彪曰鑽命卜以所卜事而灼之煥

大塊之流形混萬盡於一科莊子曰夫大塊載我以形勞我以生司馬彪曰大塊自然也周易曰品物流形混萬盡於一科言混萬物盡歸於一科也孟子曰水源泉混混不舍晝夜盈科而後進放乎四海趙岐曰科坎也保不虧而永固稟元氣於靈和春秋元命包曰水者五行始焉元氣之湊液也考川瀆而妙觀實莫著於江河班固漢書贊曰中國川原以百數莫著於四瀆而河爲宗也

文選卷第十二

賜進士出身通奉大夫江南蘇松常鎮太等處承宣布政使司布政使胡克家重校刊

文選卷第十三

梁昭明太子撰

文林郎守太子右内率府録事參軍事崇賢館直學士臣李善注上

物色

四時所觀之物色而爲之賦又云有物有文曰色風雖無正色然亦有聲詩注云風行水上曰

漪易曰風行水上渙渙然即有文章也

風賦 劉熙釋名云風者汎也爲能汎慱萬物又云風者放也動氣放散曾子書曰陰陽偏則風物理志曰陰陽擊發氣也

宋玉 史記曰楚有宋玉景差之徒皆好辭而以賦見稱王逸楚辭序曰宋玉屈原弟子

楚襄王游於蘭臺之宫 史記曰楚懷王薨太子横立爲頃襄王又曰楚有謂頃襄王曰王繢繳蘭臺徐廣曰繢縈也七見切 宋玉景差侍有風颯然而至 景差亦楚大夫說文曰颯風聲楚辭曰風颯颯兮木蕭蕭 王迺披襟而當之曰快哉此風寡人所與庶人共者邪宋玉對曰此獨大王之風耳庶人安得而共之王曰夫風者天地之氣溥暢而至不擇貴賤高下而加焉 河圖帝通紀曰風者天地之使也五經通義曰陰陽散爲風風氣無根也管子

曰風漂物者也風之所漂不避貴賤美惡今子獨以爲寡人之風豈有說乎

宋玉對曰臣聞於師枳句來巢空穴來風枳木名也枳句言枳樹多句也說文曰句曲也古侯切似橘屈曲也考工記曰橘踰淮爲枳莊子曰騰猨得枳棘枳句之間振動悼慄又曰空閟來風桐乳致巢此以其能苦其性者司馬彪曰門戶孔空風善從之桐子似乳著其葉而生其葉似箕鳥喜巢其中也其所託者然則風氣殊焉者下或有因字非也王曰夫風始安生哉宋玉對曰夫風生於地起於青蘋之末莊子曰大塊噫氣其名爲風爾雅曰萍其大者曰蘋郭璞曰水萍也侵淫谿谷盛怒於土囊之口春秋元命包曰陰陽怒而爲風侵淫漸進也土囊大穴也盛引之荆州記曰宜都佷山縣有山山有穴口大數尺爲風井土囊當此之類也緣泰山之阿舞於松栢之下阿曲也飄忽淜滂激颺熛怒淜滂風擊物聲淜疋冰切熛怒如熛之聲說文曰熛火飛也俾堯切滂普

郎切耾耾雷聲迴穴錯迕耾侯萌切埤蒼曰耾耾風聲廣雅曰耾聲也十洲記曰玄洲在北海上有風聲響如雷上對天之西北門也凡事不能定者迴穴此即風不定貌錯迕雜錯交迕也蹷石伐木梢殺林莽蹶動也伐擊也漢書音義應劭曰蹷頓也韋昭曰梢擊也至其將衰也被麗披離衝孔動楗被麗披離四散之貌也字林曰楗拒門也眴煥粲爛離散轉移眴呼縣切眴煥粲爛鮮明貌故其清涼雄風則飄舉升降乘淩高城入于深宮邸華葉而振氣說文曰邸觸也邸與抵古字通徘徊於桂椒之間翺翔於激水之上將擊芙蓉之精廣雅曰菁華也精與菁古字通獵蕙草離秦衡獵歷也秦香草也衡杜衡也又云秦木名也范子計然曰秦衡出於隴西天水芳香也槩新夷被荑楊楚詞曰露甲新夷飛林薄顏師古曰新夷一名留夷即上林賦雜以留夷也易曰枯楊生稊王弼曰稊者楊之秀也稊與荑同徒奚切迴穴衝陵蕭條

衆芳，然後倘（常）佯（羊）中庭，北上玉堂，（倘佯猶徘徊也。）躋于羅帷，經于洞房，迺得爲大王之風也。（說苑雍門周說孟嘗君曰：下羅帷，來清風。楚辭曰：姱容修態，亘洞房。）故其風中人，狀直憯悽惏慄，清涼增欷，（素問曰：若汗出逢虛風，其中人也。楚詞曰：憯悽增欷。鄭玄曰：憯，憂也。說文曰：憯，痛也。錯感切。惏，寒貌。毛萇詩傳曰：慄洌，寒氣也。慄，理吉切。欷，欣既切。）清清泠泠，愈病析酲，（清清泠泠，清涼之貌也。愈猶差也。漢書曰：泰尊柘漿析朝酲。應劭曰：酲，酒病。析，解也。）發明耳目，寧體便人。此所謂大王之雄風也。王曰：善哉論事！夫庶人之風，豈可聞乎？宋玉對曰：夫庶人之風，塕然起於窮巷之間，堀（窟）堁（課）揚塵，（塕然，風起之貌也。一孔切。堀堁，風動塵也。廣雅曰：堀，突也。淮南子曰：揚堁而弭塵。許慎曰：堁，塵塺也。塺，莫迴切。）勃鬱煩冤，衝孔襲門，（勃鬱煩冤，風迴旋之貌。司馬彪莊子注曰：襲，入也。）動沙堁，吹死灰堁或爲堀非也駭溷濁揚腐餘廣雅曰駭起也言風之來既起溷濁之氣又舉揚腐臭之餘家語孔子曰惜其腐餘而務施仁人之偶也溷胡困切腐扶甫切邪薄入甕牖至於室廬禮記孔子曰儒有蓬戶甕牖故其風中人狀直憞溷鬱邑憞徒對切孔安國尚書傳曰憞惡也言此風入於人身體令惡也憞溷煩濁之貌字林曰溷亂也王逸楚詞注曰鬱邑而憂也毆古驅字素問曰冬傷於寒春必病温又曰中央生濕濕生土也言此風毆温致濕毆温濕氣來令致濕病也中心慘怛生病造熱慘怛憂勞也慘錯感切方言曰怛痛也素問黃帝問岐伯曰人傷於寒而轉爲熱何也曰夫寒盛則生於熱也中脣爲胗軫得目爲蔑說文曰胗脣瘍也呂氏春秋曰氣鬱處目則爲蔑蔑爲盲高誘曰蔑眵也蔑與䁾古字通亡結切眵充支切啗齰嗽獲死生不卒啗齰嗽獲中風人口動之貌風疾既甚言死而未即死言生而又有疾也故云不卒說文曰啗食也齰齧也士白切嗽吮也山角切聲類曰嚄大喚也宏麥切獲與嚄古字通卒七忽切

此所謂庶人之雌風也

秋興賦 并序

潘安仁 劉熙釋名曰秋就也言萬物就成也興者感秋而興此賦故因名之

晉十有四年余春秋三十有二始見二毛十四年晉武帝太始十四年也左氏傳宋襄公曰不禽二毛杜預曰二毛頭白有二色也以太尉掾兼虎賁中郎將寓直于散騎之省臧榮緒晉書云賈充爲太尉又曰岳爲賈充掾漢書曰期門僕射秩比千石平帝更名虎賁郎置中郎將寓寄也世説曰桓玄既篡將改置直館問左右虎賁中郎將省合在何處有人荅云無省當時殊迕旨問何以知無荅曰潘岳秋興賦叙云兼虎賁中郎將寓直於散騎之省玄咨嗟稱善劉謙之晉紀云玄欲復虎賁中郎將疑訪之僚屬咸莫能定叅軍劉荀之對昔潘岳秋興賦叙云兼虎賁中郎將寓直於散騎之省以言之是也玄從之高閣連雲陽景罕曜言閣之高而且深故

日罕曜其中珥蟬冕而襲紈綺之士此焉游處珥猶挿也蔡邕獨斷曰侍中中常侍加貂附蟬鄭玄禮記注曰襲重衣也漢書曰班伯與王許子弟爲羣在於綺襦紈袴之間鸚鵡賦曰感平生之遊處僕野人也偃息不過茅屋茂林之下禮記曰唯饗野人皆酒呂氏春秋田替曰若夫偃息之義則未聞也范曄後漢書曰王霸隱居止茅屋蓬戶論衡曰山種棗栗名曰茂林談話不過農夫田父之客說文曰話會合善言也胡快切毛詩曰帥時農夫播厥百穀禮記曰上農夫食九人尹文子曰魏田父有耕於野者攝官承乏猥廁朝列左氏傳韓厥謂齊侯曰敢告不敏攝官承乏蒼頡篇曰廁次也雜也禮記曰爵祿有列於朝夙興晏寢匪遑底寧毛詩曰夙興夜寐又曰不遑寧處譬猶池魚籠鳥有江湖山藪之思於是染翰操紙慨然而賦翰筆毫也說文曰慨太息也字林曰慨壯士不得志也許既切于時秋也故以秋興命篇鄭玄周禮注曰興者記事於物其

辭曰四時忽其代序兮萬物紛以迴薄莊子黃帝曰陰陽四時運行各得其序楚辭曰日月忽其不淹兮春與秋兮代序鵩鳥賦曰萬物迴薄覽花蒔之時育兮察盛衰之所託字林曰蒔更別種上吏切周易曰時育萬物感冬索而春敷兮嗟夏茂而秋落孔安國尚書傳曰索盡也又曰敷布也又曰巳布而生也呂氏春秋曰春氣至則草木產秋氣至則草木落雖末士之榮悴兮伊人情之美惡舞賦曰慢末士之骫曲文子曰有榮悴者必末愁悴善乎宋玉之言曰悲哉秋之爲氣也王逸注曰寒氣聊戾歲將暮也風瑟兮陰氣促急風暴疾也草木搖落花葉隕落肥潤去也而變衰形體易色枝枯槁也憀慄兮息念卷戾心自傷若在遠行遠出之他方登山臨水升高遠望視江河也送將歸族親別還故鄉巳上宋玉九辯之文夫送歸懷慕徒之戀兮言懷思慕戀徒侶也遠行有羇旅之憤左氏

傳陳敬仲曰羇羈旅之臣杜預曰羇羈寄旅客臨川感流以歎逝兮登山懷遠而悼近論語曰子在川上曰逝者如斯夫不舍晝夜包曰逝往也言凡往者如川之流也晏子春秋曰景公遊於牛山臨齊國乃流涕而歎曰奈何去此堂堂之國而死乎使古而無死不亦樂乎左右皆泣晏子獨笑曰夫盛之有衰生之有死天之數也物有必至事有當然曷有悲老而哀死古無死古之樂也君何有焉懷遠悼近齊景之謂也彼四慼之疚心兮遭一塗而難忍毛詩曰既來既往使我心疚鄭玄曰疚病也嗟秋日之可哀兮諒無愁而不盡野有歸燕隰有翔隼楚辭曰燕翩翩其辭歸鷙擊之鳥通呼曰隼一曰鷂春化爲布穀文子曰鷹隼未擊羅網不得張游氛朝興槁葉夕殞杜預左氏傳注曰氛氣也鄭玄毛詩箋曰木葉槁得風乃落於是迺屏輕箑所甲釋纖絺呂氏春秋曰冬不用箑非愛箑也清有餘也高誘曰箑扇也孔安國尚書傳曰纖細也絺細葛也藉莞蒻若御祫衣鄭玄毛詩箋曰莞小蒲席

也胡官切說文曰蒻蒲子以爲華蓆也又曰袷衣無絮也古洽切庭樹槭以灑落兮勁風戾而吹帷槭枝空之貌所隔切戾勁疾之貌蟬嘒嘒而寒吟兮鴈飄飄而南飛毛詩曰菀彼柳斯鳴蜩嘒嘒毛萇詩曰嘒嘒小聲也飄飄飛貌楚辭曰鴈雝雝而南游天晃朗以彌高兮曰悠陽而浸微言秋日天氣高朗晃朗明貌悠陽日入貌杜篤弔王子比干曰霞霏尾而四除言晃朗而高明楚辭曰天高而氣清禮記曰仲秋殺氣浸盛陽氣日衰何微陽之短晷覺涼夜之方永尚書曰日短星昴以正仲冬毛詩曰夏之日冬之夜毛萇曰言長也月朣朧以含光兮露凄清以凝冷埤蒼曰朣朧欲明也朣徒東切朧力東切熠燿粲於階闥兮蟋蟀鳴乎軒屏毛詩曰熠燿宵行毛萇曰熠燿燐也燐螢火也毛詩曰蟋蟀在堂毛萇曰蟋蟀蛬也崔豹古今注曰熠燿燐也一曰燿夜腐草爲之食蚊蚋又曰蟋蟀名蛬初秋生得寒則鳴噪濟南謂之嬾婦也聽離鴻之晨吟兮望流火之餘景毛詩曰七月流火毛萇曰大火

也流下也宵耿介而不寐兮獨展轉於華省王逸楚辭注曰耿介執節守度毛詩曰耿耿不寐如有隱憂又曰悠哉悠哉輾轉反側悟時歲之遒盡兮慨俛首而自省楚辭曰歲忽忽而遒盡毛萇詩傳曰遒終也廣雅曰遒急也列子曰師曠俛首而聽之曾子曰君子旦就業夕而自省也斑鬢髟以承弁兮素髮颯以垂領服虔通俗文曰髮垂而髟方料切說文曰白黑髮雜而髟字林亦同周禮曰士弁服白虎通曰皮弁冠名仰羣儁之逸軌兮攀雲漢以游騁登春臺之熙熙兮珥金貂之烱烱高閣連雲升之以攀雲漢也言羣儁自致高遠老子曰衆人熙熙如享太牢如登春臺漢書谷永對詔曰戴金貂之飾執常伯之職也董巴輿服志曰侍中冠金璫附蟬爲文貂尾爲飾廣雅曰烱烱光也苟趣舍之殊塗兮庸詎識其躁静六韜太公曰夫人皆有性趣舍不同司馬遷書曰趣舍異路莊子王倪曰吾庸詎知吾所謂知非不知邪司馬彪曰庸猶何用也老子曰重爲輕根静爲躁君聞

至人之休風兮齊天地於一指莊子曰不離於真謂之至人又曰以指喻指之非指不若以非指喻指之非指也以馬喻馬之非馬不若以非馬喻馬之非馬也天地一指也萬物一馬也郭象曰夫自是而非彼我之常情也故以我指喻彼指則彼指於我指獨爲非指矣此以指喻指之非指也若覆以彼指還喻我指則我指於彼指復爲非指矣此以非指喻指之非指也將明無是無非莫若反覆相喻反覆相喻則彼之與我既同於自是又均於相非均於相非則天下無是同於自是則天下無非何以明其然邪是若果是則天下不得復有非之者也非若果非亦不得復有是之者也今是非無主紛然殽亂明此區區各信其偏見而同於一致仰觀俯察莫不皆然是以至人知天地一指也萬物一馬也故浩然大寧而天下萬物各當其分同於自得而無是無非也彼知安而忘危兮故出生而入死周易曰安不忘危存不忘亡老子曰出生入死韓子曰人始於生而卒於死始之謂出卒之謂入故曰出生入死也行投趾於容跡兮殆不踐而獲底闕側足以及泉兮雖

猴猨而不履言人之行投趾在乎容跡之地近不踐而獲安若以足外爲無用欲闕之及泉雖則捷若猴猨亦不能履也莊子惠子謂莊子曰子言無用莊子曰知無用而可與言用矣夫地非不廣且大也人之所用容足耳然則側足而墊之致黃泉人尚有用乎惠子曰無用莊子曰然則無用之爲用也亦明矣郭璞爾雅注曰底止也龜祀骨於宗祧兮思反身於緑水莊子曰莊子釣於濮水楚王使二大夫往聘莊子曰願以境内累子莊子持竿不顧曰吾聞楚有神龜死已三千歲矣王巾笥而藏之廟堂之上此龜者寧其死爲留骨而貴乎寧其生而曳尾塗中乎二大夫曰寧生而曳尾塗中莊子曰往矣吾將曳尾於塗中矣且斂衽以歸來兮忽投紱以高厲衽襟也字林曰紱綬也楚辭曰颯弭節而高厲耕東皐之沃壤兮輸黍稷之餘税水田曰皐東者取其春意漢書鄭明曰將歸延陵之皐修農圃之疇張晏曰隱耕皐澤之中阮籍奏記曰將耕東皐之陽輸黍稷之税說文曰税租也泉涌湍於石間兮菊揚芳於崖澨禮記曰仲秋菊

有黄華

瀺秋水之涓涓兮玩游儵之潎潎

莊子曰秋水時至百川灌河金人銘曰涓涓不壅將成江河莊子曰莊子與惠子遊於濠梁上莊子曰儵魚出遊從容是魚樂也惠子曰子非魚安知魚樂莊子曰子非我安知我不知魚之樂也潎潎遊貌也匹曳切

逍遥乎山川之阿放曠乎人間之世

莊子有逍遥遊篇司馬彪曰言逍遥無爲者能游大道也又有人間世篇司馬彪曰言處人間之宜居亂世之理與人羣者不得離人然人間之事故世世異宜唯無心而不自用者爲能唯變所適而何足累

優哉游哉聊以卒歲

家語孔子歌曰優哉游哉聊以卒歲王肅曰言優游以終歲也

雪賦

說文曰雪凝雨也釋名曰雪娞也水下遇寒而凝娞娞然下也曾子曰陰氣凝而爲雪五經通訓曰春洩氣爲雨寒凝爲雪

謝惠連

沈約宋書曰謝惠連陳郡陽夏人也幼而聰敏年十歲能屬文族兄靈運深加

知賞本州辟主簿不就後爲司徒彭城王法曹爲雪賦以高麗見奇年二十七卒

歲將暮，時既昏，毛詩曰歲亦暮止劉向七言曰時將昏暮白日午昏冥也寒風積，愁雲繁。莊子曰風積不厚則其負大翼也無力傅玄詩曰浮雲含愁色悲風坐自嘆班婕妤擣素賦曰佇風軒而結睇對愁雲之浮沈然疑此賦非婕妤之文行來已久故兼引之梁王不悅，游於兔園。此假主客以爲辭也漢書曰梁孝王文帝子也西京雜記曰梁孝王好宮室苑囿之樂築兔園也廼置旨酒，命賓友，召鄒生，延枚叟。漢書梁孝王侍士鄒陽從孝王游又曰枚乘爲弘農都尉去官游梁相如末至，居客之右。漢書曰相如客游梁又曰田叔等十人漢廷臣無能出其右者俄而微霰零，密雪下。莊子曰俄而死王肅家語注曰俄有頃也王廼歌北風於衛詩，詠南山於周雅。毛詩衛風曰北風其涼雨雪其滂又小雅信南山曰上天同雲雨雪雰雰授簡於司馬大夫，言大夫尊之也國語越王勾踐曰苟聞子大夫之言爾雅曰簡謂之畢也郭璞曰今簡札也曰抽子秘思騁子妍辭侔色揣稱爲寡人賦之鄭玄周禮注曰侔等也莫侯切說文曰揣量也初委切爾雅曰稱好也老子曰王公自謂孤寡不穀相如於是避席而起逡巡而揖孝經曰曾子避席公羊曰逡巡北面再拜也廣雅曰逡巡却退也曰臣聞雪宮建於東國雪山峙於西域孟子曰齊宣王見孟子於雪宮劉熙曰雪宮離宮之名也漢書西域傳曰天山冬夏有雪岐昌發詠於來思姬滿申歌於黃竹岐周所居昌文王名也毛詩曰昔我往矣楊柳依依今我來思雨雪霏霏姬周姓也滿穆王名昭王子也孔安國尚書傳曰申重也穆天子傳曰天子遊黃臺之丘大寒北風雨雪天子作詩三章以哀人夫我徂黃竹貟閟寒乃宿於黃竹曹風以麻衣比色楚謠以幽蘭儷曲毛詩曹風曰蜉蝣掘閱麻衣如雪宋玉諷賦曰臣嘗行至主人獨有一女置臣蘭房之中臣援琴而鼓之爲幽蘭白雪之曲賈逵曰儷偶也盈尺則呈瑞

於豐年袤丈則表沴於陰德左氏傳曰凡平地尺爲大
雪毛萇詩傳曰豐年之冬
必有積雪金匱曰武王伐紂都洛邑未成雨雪十餘日
深丈餘漢書曰氣相傷謂之沴沴臨莅不和意也春秋
潛潭巴曰大雪甚厚後必有女主天雪
連月陰作威宋均曰雪爲陰臣道也雪之時義遠矣
哉請言其始若迺玄律窮嚴氣升禮記曰季冬之月日
窮於次月窮於紀又
曰孟冬之月天地始肅鄭玄曰肅嚴急之氣也孟冬之
月天氣上騰夏侯孝若寒雪賦曰嚴氣枯殺玄澤閉凝
焦溪涸護湯谷凝酈元水經注曰焦泉發于天門之左
南流成溪謂之焦泉盛引之荊州記
曰南陽郡城北有紫山東有
一水冬夏常溫因名湯谷也火井滅溫泉冰博物志曰
臨邛火井
諸葛亮往視後火轉盛以盆貯水煑之得鹽後人以火
投井火即滅至今不燃又曰西河郡鴻門縣亦有火井
祠火從地出張衡溫泉
賦曰遂適驪山觀溫泉沸潭無湧炎風不興酈元水經
注曰以生
物投之須臾即熟又曰曲阿季子廟前井及潭常沸故
名井曰沸井潭曰沸潭炎風在南海外常有火風夏日

則蒸殺其過鳥也呂氏春秋曰何謂八風東北曰炎風高誘曰一曰融風北戶墐扉裸胡卦壤垂繒毛詩曰穹窒熏鼠塞向墐戶毛萇曰向北出牖也墐塗也東夷傳曰倭國東四千餘里裸人國也字林曰繒帛揔名也於是河海生雲朔漠飛沙淮南子曰四海之雲湊又曰八澤之雲以雨九州公羊傳曰河海潤千里何休曰河海興雲雨及千里說文曰北方流沙漢書李陵歌曰徑萬里兮度沙漠范曄後漢書袁安議曰今朔漠既定楊泉物理論曰風怒則飛沙揚礫連氛累靄揜日韜霞文字集略曰靄雲狀又曰霭亦靄也一大切毛萇詩傳曰揜覆也於儼切杜預左氏傳曰韜藏也吐刀切霰淅瀝而先集雪紛糅女又而遂多韓詩曰先集惟霰薛君曰霰霙也音英夏侯孝若寒雪賦曰集洪霰之淅瀝煥摧磊以纚索楚辭曰雪紛糅其增加鄭玄禮記注曰糅雜也其爲狀也散漫交錯氛氳蕭索王逸楚辭注曰氛氳盛皃藹藹浮浮瀌瀌弈弈毛詩曰雨雪浮浮又曰雨雪瀌瀌亡遥切廣雅曰藹藹弈弈盛皃聯翩飛灑徘徊

委積始緣甍而冒棟終開簾而入隙杜預曰甍屋棟也毛詩曰下土是冒傳曰冒覆也字林云隙壁際孔從阜傍二小夾日也初便娟於墀廡末縈盈於帷席便娟縈盈雪迴委之貌楚辭曰嬹娟修竹王逸曰嬹娟好貌說文曰廡堂下周屋也釋名曰大屋曰廡既因方而爲珪亦遇圓而成璧眄隰則萬頃同縞瞻山則千巖俱白於是臺如重璧逵似連璐廣雅曰縞練也穆天子傳曰爲盛姬築臺是曰重璧之臺劉公幹清廬賦曰蹈琳珉之塗然即逵也許慎淮南子注曰璐美玉也音路庭列瑤階林挺瓊樹瑤階玉階也已見西京賦說文曰挺拔也逵鼎切莊子曰南方積石千里樹名瓊枝皓鶴奪鮮白鷴失素相鶴經云鶴千六百年形定而色白復二千年大毛落茸毛生色雪白白鷴鳥名也西都賦曰招白鷴紈袖慙冶玉顏掩姱說文曰紈素也冶妖也范子紈素出齊古詩曰燕趙多佳人美者顏如玉楚辭曰美人皓齒嫮與姱同好貌若迺積素未虧白日朝

鮮爛兮若燭龍銜燿照崑山山海經曰赤水之北有章尾山有神人面蛇身其瞑乃晦其視乃明是燭九陰是謂燭龍楚辭曰日安不飛燭龍何照王逸曰言天西北有幽冥無日之國有龍銜燭而照之山海經曰鍾山之神名曰燭陰郭璞曰即燭龍也詩含神務曰天不足西北無有陰陽故有龍銜火精以照天門中也崑山已見上文爾其流滴垂冰緣霤承隅王逸楚辭注曰霤屋宇也粲兮若馮夷剖蚌列明珠莊子曰夫道馮夷得之以遊大川抱朴子釋鬼篇曰馮夷華陰人以八月上庚日度河溺死天帝署爲河伯說文曰蚌蜃也司馬彪以爲明月珠蚌蛤也蜀志秦宓奏記曰剖蚌求珠至夫繽紛繁鶩之貌皓旰曒絜之儀迴散縈積之勢飛聚凝曜之奇固展轉而無窮嗟難得而備知若迺申娛翫之無已夜幽靜而多懷風觸楹而轉響月承幌而通暉包氏論語注曰棁者梁上楹也說文曰楹柱也承上也文字集略曰幌以帛明牕也

酌湘吳之醇酎御狐貉之兼衣吳録曰湘川酃陵縣水以作酒有名吳興烏程縣若下酒有名醇酎已見魏都賦論語曰狐貉之厚以居晏子春秋曰景公時雨雪三日公被狐白之裘晏子入公曰怪哉雨雪三日不寒晏子曰古之賢者飽而知飢溫而知寒公曰善出裘發粟以與飢人夏侯孝若寒雪賦曰既增覆而累鎮又加裘而兼衣對庭鵾之雙舞瞻雲鴈之孤飛西京雜記曰公孫乘月賦曰鵾雞舞於蘭渚蟋蟀鳴於西堂踐霜雪之交積憐枝葉之相違馳遥思於千里願接手而同歸杜篤衆瑞頌曰千里遥思展轉反側毛詩曰攜手同歸鄒陽聞之懣然心服莊子曰子貢懣然慙又曰使人以心服而不敢忤說文曰懣煩也蒼頡曰悶也莫本切有懷妍唱敬接末曲於是迺作而賦積雪之歌歌曰攜佳人兮披重幄援綺衾兮坐芳縟燎薰鑪兮炳明燭酌桂酒兮揚清曲漢武帝秋風辭曰攜佳人兮不能忘

劉向有薰鑪銘楚辭曰奠桂酒兮椒漿薰火煙上出也字從黑又續而爲白雪之歌歌曰曲既揚兮酒既陳朱顏酡兮思自親楚辭曰美人既醉朱顏酡王逸曰酡著也面著赤色也徒何切願低帷以昵枕念解珮而褫紳昵近也褫奪衣也孔安國論語注曰紳大帶也怨年歲之易暮傷後會之無因君寧見階上之白雪豈鮮耀於陽春楚辭曰無衣裘以御冬恐死不得見乎陽春歌卒王迺尋繹吟翫撫覽扼腕毛萇詩傳曰繹悅也方言曰繹理也說文曰扼把也鄭玄曰腕掌後節也史記曰天下之士莫不扼腕以言顧謂枚叔起而爲亂亂者理也揔理一賦之終也亂曰白羽雖白質以輕兮白玉雖白空守貞兮孟子曰白羽之白也猶白雪之白也歟白雪之白也猶白玉之白也歟劉熙曰孟子以爲白羽之白性輕白雪之性消白玉之性堅雖俱白其性不同問告子告子以爲三白之性同未若茲雪因時興滅言隨時行

藏也玄陰凝不昧其潔太陽曜不固其節蔡雍述行賦曰玄靈黷以凝結零雨集之溱溱正麻曰日太陽也節豈我名潔豈我貞憑雲陞降從風飄零值物賦象任地班形任猶因也素因遇立汚隨染成汚猶相染汚也縱心皓然何慮何營歸田賦曰苟縱心於域外孟子曰我善養吾浩然之氣敢問何謂浩然之氣曰難言也其爲氣也至大至剛以直養而無害則塞於天地之間漁安丘嚴平頌曰無營無欲澹爾淵清

月賦

周易曰坎爲月陰精也鄭玄曰臣象也廣雅云夜光謂之月月御謂之望舒說文曰月者太陰之精釋名曰月闕也言有時盈有時闕也

謝希逸沈約宋書曰謝莊字希逸陳郡陽夏人也太常引微子也年七歲能屬文仕至光祿大夫泰初二年卒時年三十六謚曰憲子所著文章四百餘首行於代

陳王初喪應劉端憂多暇假設陳王應劉以起賦端也陳王曹植也應劉應瑒劉楨也魏文帝書曰徐陳應劉一時俱逝孫卿子曰其爲人也多暇日者其出入不遠綠苔生閣芳塵凝榭言無復娛遊故綠苔生而芳塵凝也高誘注淮南子曰蒼苔水衣庚闡揚都賦曰結芳塵於綺疏郭璞爾雅注曰榭臺上起屋也悄焉疚懷不怡中夜毛詩曰憂心悄悄悄悄憂貌七小切爾雅曰疚病也怡樂也家語孔子云日出聽政至于中夜迺清蘭路肅桂苑蘭路有蘭之路桂苑有桂之苑楚辭曰皐蘭被徑王逸曰徑路也劉淵林吴都賦注曰吴有桂林苑騰吹寒山弭蓋秋阪王逸楚辭注曰騰馳也禮記曰季秋入學習吹王逸楚辭注曰弭按也臨濬壑而怨遥登崇岫而傷遠于時斜漢左界北陸南躔大戴禮曰七月漢案戶漢天漢也案戶直戶也李陵詩曰天漢東南馳左傳申豐曰日在北陸而藏冰杜預曰陸道也漢書曰冬則南夏則北漢書音義韋昭曰躔處也亦次也方言曰日運爲躔躔歷行也白露曖空素

月流天長歌行曰昭昭素明月輝光燭我牀沈吟齊章殷勤陳篇楚辭曰意欲兮沈吟毛詩齊風曰東方之月兮彼姝者子在我闥兮又陳風曰月出皦兮佼人僚兮抽毫進牘以命仲宣此假王仲宣也毫筆毫也文賦曰或含毫而藐然說文曰牘書版也仲宣跪而稱曰聲類曰跪跽也跪渠委切跽奇几切臣東鄙幽介長自丘樊仲宣山陽人故云東鄙戰國策范雎謂秦王曰臣東鄙賤人爾雅曰樊藩也郭璞曰藩籬也昧道懵學孤奉明恩說文曰懵目不明也莫瞢切臣聞沈潛既義高明既經尚書曰沈潛剛克高明柔克孔安國曰沈潛謂地高明謂天左氏傳子太叔曰子産云禮天之經地之義日以陽德月以陰靈春秋說題辭曰陽精爲日易辯終備曰日之既陽德消鄭玄曰日既蝕明盡也春秋感精符云月者陰之精擅扶光於東沼嗣若英於西冥扶光扶桑之光也東沼湯谷也若英若木之英也西冥昧谷也月盛於東故曰擅始生於西故曰嗣山海經曰湯谷有扶木九日居下枝一日

居上枝又曰灰野之山有赤樹青葉名曰若木日之所入處郭璞曰扶木扶桑也尚書曰宅西曰昧谷孔安國曰昧冥也淮南子曰日出於湯谷拂於扶桑又曰若木末有十日其華照下地高誘曰若木端有十日狀如蓮華

引玄兔於帝臺集素娥於后庭張衡靈憲曰月者陰精之宗積成爲獸象兔形春秋元命苞曰月之爲言闕也兩說蟾蠩與兔者陰陽雙居明陽之制陰陰之倚陽張泉觀象賦曰漸臺可升自注曰漸臺天臺之名四星在織女東淮南子曰羿請不死之藥於西王母常娥竊而奔月注曰常娥羿妻也歸藏曰昔常娥以不死之藥犇月論語曰皇皇后帝張泉觀象賦曰寥參寥參帝庭自注云帝庭謂太微宮也春秋元命苞曰太微爲天庭

朒朓警闕朏魄示沖說文曰朒朔而月見東方縮朒然朓晦而月見西方也朏月未成光魄月始生魄然也尚書五行傳曰晦而月見西方謂之朓朓則王侯奢也朔而月見東方謂之側匿側匿則王侯肅鄭玄曰朓條達行疾貌也警闕謂朒朓失度則警人君有所闕德示沖言朏魄得所則表示人君有謙沖不自盈大也禮記注曰月三日而成魄是以禮有三讓也朒女六切朓大鳥切朏芳

尾切順辰通燭從星澤風辰十二辰言月順之以照天下也淮南子曰正月建寅月從左行十二辰許慎曰歷十二辰而行尚書曰月之從星則以風以雨孔安國尚書傳曰月經于箕則多風離于畢則多雨然澤則雨也增華台室揚采軒宮台室三公位軒宮軒轅之宮史記曰中宮文昌魁下六星兩兩相比名曰三能能古台字也齊色則君臣和也淮南子曰軒轅者帝妃之舍高誘曰軒轅星名委照而吳業昌淪精而漢道融吳錄曰長沙桓王名策武烈長子母吳氏有身夢月入懷漢書元后母李親夢月入懷而生后遂爲天下母昌盛也融明也若夫氣霽地表雲斂天末說文曰霽雨止也西京賦曰眇天末以遠期霽才計切洞庭始波木葉微脫楚辭曰洞庭波兮木葉下菊散芳於山椒鴈流哀於江瀨禮記曰仲秋菊有黃華王逸楚辭注曰土高四墮曰椒漢書武帝傷李夫人賦曰釋予馬於山椒山椒山頂也說文曰瀨水流沙上也升清質之悠悠降澄輝之藹藹楚辭曰白日出兮悠悠長門賦曰望中庭之藹藹若季秋之降霜

列宿掩縟長河韜映楚辭曰若列宿之錯置說文曰縟繁采飾也毛詩曰倬彼雲漢毛萇曰雲漢天河也柔祇雪凝圓靈水鏡柔祇地也圓靈天也連觀霜縞周除冰淨觀宮觀也徐幹七喩曰連觀飛榭說文曰除殿陛也君王迺猒晨懽樂宵宴收妙舞弛清縣邊讓章華臺賦曰妙舞麗於陽阿長笛賦曰磬襄弛縣周禮曰大憂弛縣鄭玄曰弛釋也字林曰弛解也韋昭曰弛廢也去燭房即月殿芳酒登鳴琴薦若迺涼夜自淒風篁成韻篁竹叢生也風篁風吹篁也親懿莫從羇孤遞進親懿懿親也左氏傳富辰曰兄弟雖有小忿不廢懿親杜預曰懿美也羇孤羇客孤子也言親懿不從游而羇旅之孤更進也聆皐禽之夕聞朔管之秋引詩曰鶴鳴九皐皐禽鶴也抱朴子曰峻槩獨立而皐禽之響振也朔管羌笛也說文曰管十二月位在北方故云朔秋引商聲也於是紡桐練響音容選和紡桐琴也埤蒼曰練擇也練與揀音義同桓譚新論曰神

農始削桐爲琴練絲爲紡侯瑛箏賦曰察其風采揀其聲音鄭𡚱禮記注曰選可選擇也徘徊房露惆悵陽阿防露蓋古曲也文賦曰寤防露與桑間又雖悲而不雅房與防古字通淮南子曰夫歌采菱發陽阿鄙人聽之不若延露以和也聲林虛籟淪池滅波此言風將息也聲林而籟管虛淪池而大波滅牽秀相風賦曰幽林絕響巨海息波莊子曰子綦謂子游曰夫大塊噫氣其名曰風是以無作作則萬竅怒號泠風則小和飄風則大和厲風濟則衆竅爲虛子游曰地籟則衆竅是已郭象曰烈風作則衆竅實及其止則衆竅虛薛君韓詩章句曰從流而風曰淪淪文貌說文曰波水涌也情紆軫其何託愬皓月而長歌楚辭曰鬱結紆軫兮離愍而長鞠王逸曰紆曲軫痛也毛詩曰如彼愬風毛萇曰愬鄉之也歌曰美人邁兮音塵闕隔千里兮共明月楚辭曰望美人兮未來陸機思歸賦曰絕音塵於江介託影響乎洛湄淮南子曰道德之論譬如日月馳騖千里不能改其處也臨風歎兮將焉歇川路長兮不可越楚辭曰臨風怳兮浩歌歌響未終

餘景就畢滿堂變容迴遑如失說文曰滿堂飲酒莊子子貢曰夫子見之變容失色范曄後漢書曰戴良見黃憲反歸罔然若有失也又稱歌曰月既沒兮露欲晞歲方晏兮無與歸楚辭曰歲既晏兮孰與歸佳期可以還微霜霑人衣楚辭曰與佳人期兮夕張又曰微霜兮夜降魏文帝善哉行曰谿谷多悲風霜露霑人衣陳王曰善迺命執事獻壽羞璧左氏傳原成叔曰敢私於執事史記曰平原君以千金爲魯連壽韓詩外傳曰楚襄王遣使持白璧百雙聘莊子敬佩玉音復之無斁毛詩曰無金玉爾音尚書曰我有周無斁爾雅曰斁猒也

鳥獸爾雅曰兩足而羽謂之禽四足而毛謂之獸禽即鳥也

鵩鳥賦 并序

賈誼漢書曰賈誼洛陽人也年十八屬文稱於郡中河南太守吴公聞其秀才召置

門下甚幸愛後文帝召爲博士爲絳灌馮敬之屬害之於是天子踈之以爲長沙王傅然賈生英特弱齡秀發縱橫海之巨鱗矯冲天之逸翰而不參謀棘署贊道槐庭虚離謗缺爰傳甲土發憤嗟命不亦宜乎而班固謂之未爲不達斯言過矣

誼爲長沙王傅漢書云誼爲長沙王太傅三年鵩入誼舍又云後歲餘文帝思誼徵拜爲梁王傅然文帝之世王長沙者唯有吳芮之子孫耳經史不載其謚號故難得而詳也又景帝十三王傳曰長沙定王發母唐姬無寵故王卑濕國三年有鵩鳥飛入誼舍止於坐隅鵩似鴞不祥鳥也晉灼曰巴蜀異物志曰有鳥小如雞體有文色上俗因形名之曰鵩不能遠飛行不出域鴞于妖切誼既以謫居長沙韋昭曰謫譴也長沙卑濕誼自傷悼以爲壽不得長迺爲賦以自廣自廣自寬也其辭曰單閼之歲兮四月孟夏爾雅曰太歲在卯曰單閼徐廣曰文帝六年歲在丁夘庚子日斜

兮鵩集予舍李奇曰日西斜時也止于坐隅兮貌甚閑暇閑暇不驚恐也

異物來萃兮私怪其故萃集也發書占之兮讖言其度說文曰讖驗也有徵驗之書河洛所出書曰讖曰野鳥入室兮主人將去請問于

鵩兮予去何之善曰讖于鵩鳥也吉乎告我凶言其災淹速之

度兮語予其期淹遲也速疾也謂死生之遲疾也鵩迺歎息舉首奮翼

口不能言請對以臆請以臆中之事以對也萬物變化兮固無休

息莊子曰已化而生又化而死鶡冠子曰固無休息斡流而遷兮或推而還如淳曰斡轉也善曰鶡冠子曰斡流遷徙固無休息形氣轉續兮變化而蟺韋昭曰而如也蘇林曰轉續相傳與也蟺音蟬如蜩蟬之蛻化也或曰蟺相連也沕穆無窮兮胡可勝

言沕穆不可分別也顏師古曰沕穆微深也鶡冠子曰變化無窮何可勝言沕亡筆切禍兮福所

倚福兮禍所伏鶡冠子曰禍乎福之所倚福乎禍之所伏老子注曰倚因也聖人遭禍而能悔過責己脩善則禍去福來也中人得福而爲驕恣則福去而禍來也憂喜聚門兮吉凶同域鶡冠子曰憂喜聚門吉凶同域或作最亦聚也董仲舒云弔者在門慶者在廬今言皆在門者好惡故言同域也彼吴強大兮夫差以敗越棲會稽兮句踐霸世鶡冠子曰失反爲得成反爲敗吴大兵強夫差以困越棲會稽句踐霸世史記曰越王句踐其先允常與吴王闔閭戰而相怨伐允常卒子句踐立是爲越王闔閭聞允常死乃興師伐越越王句踐使士挑戰射傷吴王闔閭闔閭且死告其子夫差曰必無忘越三年句踐聞吴王夫差日夜勤兵且以報越越欲先吴未發往伐之范蠡諫曰不可王曰已決之矣遂興師吴王聞之悉精兵以伐越敗之夫椒越王乃以甲兵五千人棲於會稽吴師追而圍之越王謂范蠡曰以不聽子故至於此爲之奈何蠡對曰持滿者與天定傾者與人節事者以地卑辭厚禮以遺之不許而身與之市句踐曰諾乃令大夫種行成於吴膝行頓首曰君王亡臣句踐使陪臣種敢告下執事句踐請爲臣妻爲妾吴王將許子胥言於吴王曰天以越賜吴勿許也吴王不聽卒

許越平句踐自會稽歸拊循其士民伐吴大破吴因留圍之三年越遂棲吴王於姑蘇山吴王謝曰吾老矣不能事君王遂自殺乃蔽面曰吾無以見子胥也高誘淮南子注云山處曰棲越滅吴稱霸

斯游遂成兮卒被五刑

應劭曰李斯西游於秦身登相位二世時爲趙高所讒身被五刑

傅說胥靡兮迺相武丁

尚書曰高宗夢得說使百工營求諸野得諸傅巖爰立作相孔安國曰傅氏之巖通道所經有澗水壞道使胥靡刑人築護此道說賢而隱代胥靡築之莊子曰夫道傅說得之以相武丁

夫禍之與福兮何異糾纆

字林曰糾兩合繩纆三合繩應劭曰禍福相與爲表裏如糾纆索相附會也臣瓚曰糾絞也纆索也鶡冠子曰禍與福如糾纆也

命不可說兮孰知其極

鶡冠子曰終則有始孰知其極老子道德經曰孰知其極河上公注曰禍福更相生死孰知其窮極時也顏監曰極止也

水激則旱兮矢激則遠萬物迴薄兮振盪相轉

言矢飛水流各有常度爲物所激或旱或遠斯則萬物變化鳥有常則乎鶡冠子曰水激則悍矢激則遠精神迴薄振蕩相轉悍與旱同

並户但切呂氏春秋曰激矢遠激水旱雲蒸雨降兮糾錯相紛黄帝素問曰地氣上
爲雲天氣下爲雨韋昭國語注曰蒸升也大鈞播物兮坱圠無垠如淳曰陶者作器於
鈞上此以造化爲大鈞應劭曰陰陽造化如鈞之造器也其氣坱圠非有限齊也善曰坱烏黨切圠烏黠切
天不可預慮兮道不可預謀鶡冠子曰天不可預謀道不可預慮遲速有
命兮焉識其時鶡冠子曰遲速止息必中參伍焉識其時見下文也且夫天地爲
鑪兮造化爲工莊子子黎曰今一以天地爲大鑪以造化爲大冶惡乎往而不可哉陰陽
爲炭兮萬物爲銅合散消息兮安有常則莊子曰人之生也氣之聚
也聚爲生散爲死鶡冠子曰同合消散孰識其時千變萬化兮未始有極列子曰千
變萬化不可窮極莊子曰若人之形者萬化而未始有極司馬彪曰當復化而爲無忽然爲人兮
何足控摶控摶愛生之意也孟康曰控引也摶持也言人生忽然何足引持自貴惜也如淳曰摶音

圜或作揣晉灼曰許慎云揣量也度商曰揣言何足度量己之年命長短而惜之乎按史記英布傳云果如薛公揣之陳平云生揣我何念皆訓爲量量與晉灼說同音初毁切又丁果切但字者滋也不可膠杜在此賦訓摶爲量義似未是至於合韻全復參差且史記揣作摶字如淳孟康義爲是也善曰鶡冠子曰彼時之至安可復還安可控摶也

化爲異物兮又何足患 師古曰患音還言人皆死變化我何足患之莊子曰假於異物託於同體郭璞曰假因也今死生聚散變化無方皆異物也

小智自私兮賤彼貴我 列子曰小智自私怨之府莊子北海若曰以道觀之無貴無賤以物觀之自貴而相賤鶡冠子曰小智立趣好惡自懼

達人大觀兮物無不可 鶡冠子曰達人大觀乃見其符莊子曰物故有所然物故有所可無物不然無物不可

貪夫殉財兮烈士殉名 列子云胥士之殉名貪夫之殉財天下皆然不獨一人司馬彪曰殉營也瓚曰以身從物曰殉

夸者死權兮品庶每生 善曰鶡冠子曰夸者死權自貴矜容殉名司馬彪莊子注曰夸虛名也孟康曰每貪也莊子曰貪生

失理**怵迫之徒兮或趨東西**孟康曰怵爲利所誘怵也迫迫貧賤也東西趨利也趨音
娶怵音戌**大人不曲兮意變齊同**大人者與天地合其德**愚士繫俗兮**
窘若囚拘莊子曰不肖繫俗窘囚拘之貌求殞切**至人遺物兮獨與道俱**
莊子曰不離於眞謂之至人又孔子謂老聃曰形體若槁木似遺物而立於獨也鶡冠子曰聖人捐物又曰至
人不遺動與道俱**衆人惑惑兮好惡積億**李奇曰惑惑東西也所好所惡積之萬億
也鶡冠子曰衆人惑惑迫於嗜慾**眞人恬漠兮獨與道息**文子曰得天地之道故謂
之眞人也莊子曰虛靜恬淡寂漠無爲者道德之至也**釋智遺形兮超然自喪**莊子
云仲尼問於顏回曰何謂坐忘回曰墮支體黜聰明離形去智同於大道此謂坐忘司馬彪曰坐而自忘其身
老子曰燕處超然莊子曰南伯子綦曰嗟乎我悲人之自喪**寥廓忽荒**怳**兮與道翺翔**
寥廓忽荒元氣未分之貌廣雅曰寥深也廓空也鶡冠子曰與道翺翔**乘流則逝兮得坻**

則止孟康曰易坎為險遇險難而止也張晏曰坻水中小洲也坻或為坎又曰易明夷則仕險難則隱鶡冠子曰乘流以逝縱軀委命兮不私與己鶡冠子曰縱軀委命與時往來其生兮若浮其死兮若休莊子曰其生若浮其死若休澹乎若深泉之靜泛乎若不繫之舟莊子老聃曰其居也淵而靜其唯人心乎鶡冠子曰泛泛乎若不繫之舟不以生故自寶兮養空而浮鄧展曰自寶自貴也鄭氏曰道家養空虛若浮舟也莊子曰汎若不繫之舟虛而遨遊德人無累知命不憂莊子苑風曰願聞德人淳芒曰德人者居無思行無慮也又曰聖人循天之理故無天災故無物累周易曰樂天知命故不憂細故蔕芥何足以疑鶡冠子曰細故袃蒯奚足以疑袃蒯與蔕芥古字通張揖子虛賦注曰蔕芥刺鯁也

鸚鵡賦并序山海經曰黃山有鳥其狀如鴞青羽赤喙人舌能言名鸚鵡也注曰舌似小兒舌脚指前後各兩鵡一作䳇莫口切

禰正平　范曄後漢書曰禰衡字正平平原人也少有才辯而尚氣傲曹操欲見之不肯往操懷忿而以才名不欲殺之送劉表後復侮慢於表表不能容以江夏太守黃祖性急故送衡與之祖長子射爲章陵太守尤善於衡射大會賓客人有獻鸚鵡者射舉札於衡前曰願先生賦之衡攬筆而作辭彩甚麗後黃祖殺之時年二十六

時黃祖太子射亦賓客大會有獻鸚鵡者舉酒於衡前曰禰處士應劭風俗通曰處士者隱居放言也今日無用娛賓竊以此鳥自遠而至明慧聰善羽族之可貴典引曰來儀集羽族於觀魏願先生爲之賦使四坐咸共榮觀不亦可乎老子曰雖有榮觀燕處超然衡因爲賦筆不停綴文不加點其辭曰惟西域之靈鳥兮挺自然之奇姿體金精之妙質兮合火德之明煇西域謂隴坻出此鳥也老子曰以輔萬物

之自然河上公曰輔萬物自然之性也西方爲金毛有白者故曰金精南方爲火觜有赤者故曰火德歸藏啓筮曰金水之子其名曰羽蒙是生百鳥蔡邕月令章句曰天官五獸前有朱雀鶉火之體也性辯慧而能言兮才聰明以識機禮記曰鸚鵡能言不離飛鳥王弼周易注曰幾者事之微也故其嬉游高峻棲跱幽深說文曰嬉樂也跱立也飛不妄集翔必擇林紺趾丹觜緑衣翠衿說文曰紺深青而揚赤也采采麗容咬咬好音韓詩曰采采衣服薛君曰采采盛貌也韻略曰咬咬鳥鳴也音交毛詩曰睍睆黄鳥載好其音雖同族於羽毛固殊智而異心配鸞皇而等美焉比德於衆禽於是羨芳聲之遠暢偉靈表之可嘉命虞人於隴坻詔伯益於流沙漢書音義應劭曰天水有大阪曰隴坻尚書帝曰益汝作朕虞孔安國曰伯益也掌山澤官也尚書曰導弱水餘波入于流沙跨崑崙而播弋冠雲霓而張

羅雖綱維之備設，終一目之所加。文子曰：有鳥將來，張羅而待之，得鳥者羅之一目也。今爲一目之羅，即無以得鳥也。且其容止閑暇，守植安停。鵩鳥賦曰：貌甚閑暇。王逸楚辭注曰：植，志也。逼之不懼，撫之不驚。鶡冠子曰：迫之不懼，定以知勇。寧順從以遠害，不違迕以喪生。毛詩序曰：君子全身遠害。故獻全者受賞，而傷肌者被刑。爾迺歸窮委命，離羣喪侶。委命已見上文。禮記曰：離羣索居。閑以雕籠，翦其翅羽。淮南子曰：天下以爲之籠，又何失鳥之有乎？然籠所以盛鳥。說文曰：翅，翼也。流飄萬里，崎嶇重阻。埤蒼曰：崎嶇，不平也。崎，去奇切。嶇，音驅。踰岷越障，載罹寒暑。岷、障，二山名。續漢書曰：岷山在蜀郡五道西。障縣屬隴西，蓋因山立名也。毛詩曰：二月初吉，載離寒暑。一曰：障，亭障也。女辭家而適人，臣出身而事主。有以託意也。時爲曹操所迫，故寄意以申情。家語曰：女十五許嫁，有適人之道。漢書郅都曰：已背親而出身固當奉職也彼賢哲之逢患猶棲遲以羈旅毛詩曰衡門之下可以棲遲女適人臣事君逢禍患尚棲遲羈旅也羈旅已見上文矧禽鳥之微物能馴擾以安處薛君韓詩章句曰鳥微物也說文曰馴順也漢書音義應劭曰擾馴也眷西路而長懷望故鄉而延佇楚辭曰情慨慨而長懷又曰結幽蘭而延佇忖陋體之腥臊亦何勞於鼎俎毛詩曰予忖度之七本切國語曰舅犯對晉侯曰偃之肉腥臊將焉用之孔安國尚書傳曰腥臭也嗟祿命之衰薄奚遭時之險巇禮斗威儀曰天其祿命不得極其數楚辭曰何周道之平易然蕪穢而險巇王逸曰險巇顛危也豈言語以階亂將不密以致危周易孔子曰亂之所生則言語以爲階也君不密則失臣臣不密則失身痛母子之永隔哀伉儷之生離左氏傳曰施氏之婦怨施氏曰已不能庇其伉儷杜預曰儷偶也伉敵也楚辭曰悲莫悲兮生別離匪餘年之足惜慜衆雛之無知

爾雅曰生蜀雛謂鳥子初生能自啄食揔名曰雛也背蠻夷之下國侍君子之光
儀毛詩曰命于下國非天子之國故曰下也懼名實之不副恥才能之無奇
莊子許由曰名者實之賓羨西都之沃壤識苦樂之異宜西都長安也鸚鵡言
長安樂自古有之未詳所見懷代越之悠思故每言而稱斯斯此也此長安也
言類彼鳥馬而懷代越之思故亦每言而稱此古詩曰代馬依北風越鳥巢南枝若迺少昊司
辰蓐收整轡禮記曰孟秋之月其帝少昊其神蓐收嚴霜初降涼風蕭瑟
楚詞曰冬又申之以嚴霜長吟遠慕哀鳴感類毛詩曰哀鳴嗷嗷音聲悽以
激揚容貌慘以顦顇漢書谷永上疏曰賛命之臣靡不激揚荅賓戲曰夕而顦顇也聞
之者悲傷見之者隕淚毛詩曰涕既隕之毛萇曰隕墜也放臣爲之屢
歎棄妻爲之歔欷放臣棄妻屈原哀姜之徒王逸楚詞注曰歔欷啼聲感平生之

游㦯若壎篪之相須論語曰君子久要不忘平生之言毛詩曰伯氏吹壎仲氏吹篪毛萇曰土曰壎竹曰篪何今日之兩絶若胡越之異區淮南子曰自異者視之肝膽胡越也高誘曰胡越踰遠順籠檻以俯仰闚戸牖以踟蹰說文曰櫳房室之疏也楯欄檻也王逸楚詞注曰從曰檻横曰楯說文曰牖穿壁以爲牕也韓詩曰搔首踟躕薛君曰踟躕躑躅也踟腸知切躕腸誅切想崑山之高嶽思鄧林之扶疏班固漢書贊禹夲紀云崑崙山高二千五百餘里山海經曰夸父與日競走渴死棄其杖化爲鄧林上林賦曰垂條扶疏顧六翮之殘毀雖奮迅其焉如韓詩外傳蓋乗曰夫鴻鵠一舉千里所恃者六翮耳心懷歸而弗果徒怨毒於一隅毛詩曰豈不懷歸廣雅曰毒痛也苟竭心於所事敢背惠而忘初左氏傳子犯曰背惠食言楚詞曰不敢忘初之厚德託輕鄙之微命委陋賤之薄軀楚詞曰蜂蛾微命力何固期守死以報德

甘盡辭以效愚論語子曰守死善道毛詩曰欲報之德司馬遷書曰效其癡愚恃隆恩於既往庶彌久而不渝渝變也感恩久不變也

鷦鷯賦

并序毛詩曰肇允彼桃蟲詩義疏曰桃蟲今鷦鷯微小黃雀也鷦音焦鷯音遼又方言曰桑飛郭璞注曰即鷦鷯也自關而東謂之工雀又云女工一云巧婦又云女匠

張茂先臧榮緒晉書曰張華字茂先范陽人也少好文義博覽墳典爲太常博士轉兼中書郎雖栖處雲閣慨然有感作鷦鷯賦後詔加右光禄大夫封壯武郡公遷司空爲趙王倫所害

鷦鷯小鳥也生於蒿萊之間長於藩籬之下翔集尋常之內而生生之理足矣漢書音義應劭曰八尺曰尋倍尋曰常老子曰人之輕死以其生生之厚易繫辭曰生生之謂易韓康伯曰陰陽轉易以化成生也色淺體陋不爲人用

形微處卑，物莫之害，呂氏春秋曰高節厲行物莫之害繁滋族類，乘居匹游，列女傳姜后曰睢鳩之鳥猶未常見其乘居而匹遊翩翩然有以自樂也。翩翩自得之貌毛詩曰翩翩者鵻彼鷲鶚鵾鴻，孔雀翡翠，說文曰鷲鳥黃頭赤目五色皆備鶚鵰也山海經曰景山多鷲鳥黑色多力鵾狀如鶴而文漢書音義應劭曰雄曰翡雌曰翠異物志曰翡赤色大於翠顏監曰鳥各別異非雄雌異名也或淩赤霄之際，或託絕垠之外，絕垠天邊之地也楚辭曰載赤霄而淩太清又曰踔絕垠于寒門翰舉足以沖天，觜距足以自衛，王弼周易注曰翰高飛也史記楚莊王曰有鳥三年不蜚蜚乃沖天蜚與飛同字書曰沖中也呂氏春秋曰凡人之性爪牙不足以自守衛西京賦曰觜距爲刀鈹然皆負矰嬰繳，羽毛入貢，何者？有用於人也。繳繫箭線也尚書曰厥貢齒革羽毛夫言有淺而可以託深，類有微而可以喻大，故賦之云爾。

何造化之多端兮播羣形於萬類易曰天地造生萬物咸成又曰造化道也淮南子曰大丈夫無爲與造化逍遥楚辭曰多端膠加老子曰道生萬物河圖曰地有九州以包萬類惟鷦鷯之微禽兮亦攝生而受氣老子曰善攝生者不然莊子北海若曰吾受氣於陰陽育翩翾之陋體無玄黃以自貴字林曰翩疾飛也說文曰翾小飛也呼緣切毛弗施於器用肉弗登於俎味左氏傳臧僖伯曰皮革齒牙骨角毛羽不登於器鳥獸之肉不登於俎則公不射古之制也鷹鸇過猶俄翼尚何懼於罿衝罻尉左氏傳然明曰見不仁者誅之如鷹鸇之逐鳥雀也爾雅曰晨風鸇也廣雅曰俄邪也毛詩曰側弁之俄箋云俄傾貌罿罻皆網也鸇之然切翳薈蒙籠是焉游集孫子兵法曰林木翳薈草樹蒙籠飛不飄颺翔不翕習翕習盛貌其居易容其求易給巢林不過一枝每食不過數粒莊子曰鷦鷯巢林不過一枝孔安國尚書

傳曰米食曰粒棲無所滯游無所盤爾雅曰盤樂也匪陋荆棘匪榮茝蘭動翼而逸投足而安委命順理與物無患委命已見上文淮南子曰守道順理伊茲禽之無知何處身之似智莊子曰鳥高飛以避矰弋之害鼷鼠深穴乎神丘之下以避熏鑿之患而曾二蟲之無知也不懷寶以賈害不飾表以招累左氏傳曰虞叔有玉虞公求之弗獻既悔之曰周任有言匹夫無罪懷璧其罪吾焉用此以賈其害杜預曰賈賣也靜守約而不矜動因循以簡易文子曰約其所守即察尚書曰汝惟不矜孔安國曰自賢曰矜淮南子曰因循而任下周易曰簡易而天下之理得矣任自然以為資無誘慕於世偽自然已見上文文子曰去其誘慕除其嗜欲張湛曰遺其術尚為害真性傅毅七激曰排挫禮學譏譴世偽鵰鶡介其觜距鵠鷺軼於雲際穆天子傳曰青鵰執犬羊食豕鹿郭璞曰今鵰亦能食麏鹿山海經曰煇諸之山多鶡郭璞曰似雉而大青色

有角鬭死乃止出上黨言因觜角距而爲人用也鶡雞竄於幽險孔翠生乎遐裔
彼晨鳧與歸鴈又矯翼而增逝說苑曰魏文侯嗜晨鳧史記曰楚人有好以弱
弓微繳加歸鴈之上解嘲曰矯翼厲翮淮南子曰鳳皇曾逝萬仞之上咸美羽而豐肌故
無罪而皆斃文子曰羽翼美者傷其骨骸司馬相如美人賦曰弱骨豐肌徒銜蘆以
避繳終爲戮於此世淮南子曰鴈銜蘆而翔以備矰繳抱朴子曰智禽銜蘆以避網水牛
結陣以却虎史記太史公曰英布不克於身爲世大戮蒼鷹鷙鳥而受緤鸚䳇惠而
入籠李陵詩曰有鳥西南飛熠燿似蒼鷹王逸楚詞注曰緤繫也鸚䳇賦曰性辯惠而能言又曰閉以雕
籠屈猛志以服養塊幽縶於九重淮南子曰塊然獨處苦對切楚辭曰君之
門兮九重變音聲以順旨思摧翮而爲庸戀鍾岱之林野慕
隴坻之高松鍾岱二山鷹之所產漢書曰趙地鍾岱迫近胡寇如淳曰鍾所在未聞漢有代郡故

代國也東方朔十洲記曰北海外有鍾山鸕鷀賦曰命虞人於隴坻雖蒙幸於今日未若疇昔之從容左氏傳曰羊斟云疇昔之羊子爲政杜預曰疇昔猶前日也尚書曰從容以和海鳥鶢袁鶋居避風而至國語曰海鳥曰爰居止於魯東門外展禽曰今茲海其有災乎夫廣川之鳥獸常知而避其災是歲海多大風條枝巨雀踰嶺自致漢書曰條枝國臨西海有大鳥提挈萬里飄颻逼畏漢書曰左提右挈夫唯體大妨物而形瓌足瑋也陰陽陶蒸萬品一區文子老子曰陰陽陶冶萬物蒸氣出貌巨細舛錯種繁類殊鷦螟巢於蚊睫接大鵬彌乎天隅晏子春秋景公曰天下有極細者乎對曰有東海有蟲巢於蚊睫再飛而蚊不爲驚臣不知其名而東海有通者命曰鷦螟莊子曰北溟有魚其名曰鵾化而爲鵬怒而飛翼若垂天之雲將以上方不足而下比有餘莊子曰長者不爲有餘短者不爲不足普天壤以遐觀吾又

安知大小之所如莊子北海若曰以差觀之因其所大而大之則萬物莫不大因其所小而小之則萬物莫不小則差數覩矣歸田賦曰安知榮辱之所如

文選卷第十三

賜進士出身通奉大夫江南蘇松常鎮太等處承宣布政使司布政使胡克家重校刊

文選卷第十四

梁昭明太子撰

文林郎守太子右內率府録事叅軍事崇賢館直學士臣李善注上

鳥獸

赭白馬賦

劉芳毛詩義證曰形白雜毛曰駁形赤也即赭白也

顔延年　沈約宋書曰顔延之字延年琅邪人也好讀書無所不覽文章之美冠絶當時吴國内史劉柳以爲行軍叅軍後爲祕書監太常卒

驥不稱力馬以龍名　論語曰驥不稱其力稱其德周禮曰凡馬八尺已上爲龍　豈不以國尚威容軍馱　音伏馬名　趫迅而已　傅玄乘輿馬賦曰用之軍國則文武之功顯又曰文榮其德武耀其威庚中丞昭君辭曰聯雪隱天山崩風盪河澳朔障裂寒笳冰原嘶代馱顔庚同時未詳所見毛詩曰四牡有蹻毛萇曰蹻壯貌趫與蹻同並綺嬌切　實有騰光吐圖疇德瑞聖之符焉　尚書中候曰帝堯即政七十載脩壇河洛仲月辛日禮備至于日稷榮光出河龍馬銜甲赤文緑色臨壇吐甲圖宋均曰稷側也黄伯仁龍馬賦曰或有奇貌絶足蓋爲聖德而生疇昔也　是以語崇其靈世榮其至我高祖之造宋也　沈約宋書曰高祖武皇帝諱裕字德輿彭城縣人後封宋王受晉禪　五方率職四隩入貢　禮記曰中國蠻夷戎狄五

方之人魏都賦曰樂率職貢尚書曰四隩既宅孔安國
曰四方之宅可居四隩四方之隱處也漢書曰古者諸
侯以時入貢**祕寶盈於玉府文駟列乎華廐**周禮曰玉府掌王之金玉玩好
尚書曰王府則有周書曰犬戎文馬赤鬛白身左
氏傳曰宋人以馬百駟贖華元漢舊儀有承華廄**乃有**
乘輿赭白特稟逸異之姿妙簡帝心用錫聖皁潘安仁夏侯湛
誄曰妙簡邦良論語曰簡在帝心崔駰武賦曰假皇
天兮簡帝心用錫見下文司馬彪莊子注曰皁櫪也**服**
御順志馳驟合度韓子曰造父御駟馬馳驟周旋而恣於馬者轡策制之**齒歷雖**
衰而藝美不忒穀梁傳曰馬齒加長矣爾雅曰歷數也毛詩曰其儀不忒**龔養兼年**
恩隱周渥賈逵國語注曰龔受也周書曰小人無兼年之食國語注曰隱私也毛萇詩傳曰渥厚也
歲老氣殫斃于內棧說文曰殫盡也棧櫪也呂氏春秋曰取之內皁而著之外皁莊子伯
樂曰我善治馬編之以皁棧司
馬彪曰棧若欞牀施之濕地也**少盡其力有惻上仁**韓詩

外傳曰昔者田子方出見老馬於道問其御者此何馬也曰公家畜也疲而不用故出之子方喟然嘆曰少盡其力老棄其身仁者不爲也束帛而贖之長楊賦曰自上仁所不化乃詔陪侍奉述中旨末臣庸蔽敢同獻賦其辭曰崔瑗胡公碑曰唯我末臣頑蔽無聞惟宋二十有二載盛烈光乎重葉宋文帝十七年也沈約宋書曰文帝諱義隆武帝第二子也烈業也自武至文故曰重葉毛萇詩傳曰葉世也武義粤其肅陳文教迄已優洽羽獵賦曰武義動於南鄰尚書曰偃武脩文孔安國曰脩文教也泰階之平可升興王之軌可接泰階已見上國語曰興王賞諫臣訪國美於舊史考方載於往牒兩都賦序曰國家之遺美西京賦曰學乎舊史氏方載四方之事漢書柱下方書音義曰四方之文書說文札牒也昔帝軒陟位飛黄服皁春秋命厤序曰帝軒受圖雒授厤尚書曰汝陟帝位淮南子曰黄帝治天下於是飛黄服皁高誘曰飛黄如狐背上有角乘之壽三千歲

也后唐膺籙赤文候曰后唐謂堯也膺籙已見東京賦赤文候日即至于日稷也已見上注漢道亨而天驥呈才杜預左氏傳注曰亨通也天馬歌曰天馬來從西極漢書曰武帝元鼎四年馬生渥洼水中李斐曰南陽新野有暴利長武帝時遭刑屯田燉煌界數於水旁見羣野馬中有奇異者與凡馬異來飲此水利長先作土人持勒絆於水旁後馬翫習久之代土人持勒絆收得其馬獻之欲神異此馬云從水中出作天馬歌魏德楙而澤馬効質說文曰楙盛也魏志曰文帝黃初中於上黨得澤馬魏都賦曰澤馬亍阜伊逸倫之妙足自前代而間出公孫弘贊曰異人間出並榮光於瑞典登郊歌乎司律瑞典吐圖也作天馬歌歌之以郊祀合于司律也所以崇衛威神扶護警蹕魯靈光殿賦曰又似帝室之威神漢儀曰皇帝輦動則左右侍帷幄者稱警出則傳蹕止行人清道也精曜協從靈物咸秩協合也論語撰考讖曰下學上達知我者其天乎通精曜也尚書曰龜筮協從又曰咸秩無文秩序也

曁明命之初基，罄九區而率順。爾雅曰：曁，及也。明命，謂高祖也。九區，九服也。尚書伊尹曰：先王顧諟天之明命。劉騊駼郡太守箴曰：大漢遵周，化洽九區。有肆險以稟朔，或踰遠而納賮。肆險，人慕化也。長楊賦曰：故平不肆險。魏都賦曰：思稟正朔。孟子曰：有遠行者必以賮。蒼頡篇曰：賮，財貨也。說文曰：賮，會禮也。聞王會之阜昌，知函夏之充牣。阜，盛也。周書王會曰：成周之會。鄭玄曰：王城既成，大會諸侯及四夷也。漢書郊祀歌曰：敷華就實，既阜既昌。楊雄河東賦曰：函夏之大。服虔曰：函，諸夏也。漢書音義蘇林曰：充牣，牣多也。如淳曰：牣，滿也。揔六服以收賢，掩七戎而得駿。收賢，取賢善之馬也。周禮曰：王畿外侯服、甸服、男服、采服、衛服、蠻服，斯爲六服。爾雅曰：九夷、八狄、七戎、六蠻，謂之四海。郭璞曰：七戎在西。蓋乘風之淑類，實先景之洪胤。崔駰七依曰：服飛兔之中乘，騁華騠之騄輪，驃虛騰雲，乘風度津。漢書楊雄河東賦曰：六先景之乘。劉邵魏明帝誄曰：先皇嘉其誕受洪胤。故能代騄象輿，歷配鉤陳。鄭玄毛詩箋曰在旁曰驂韓子曰黃帝合鬼神於泰山駕象車張揖曰德流則山出象車山之精瑞也上林賦曰象輿婉嬋於西清鉤陳已見上文**齒筭延長聲價隆振**鄭玄儀禮注曰筭數也風俗通曰張伯坐養聲價**信聖祖之蕃錫留皇情而驟進**祖高祖也皇文帝也蕃錫已見魏都賦**徒觀其附筋樹骨垂梢植髮**相馬經曰良馬可以筋骨相也梢尾之垂者髮額上毛也尾欲梢而長梢所交切張敞集曰蒼蠅託驥之髮也傅玄乘輿馬賦曰頭似削成尾如植髮**雙瞳夾鏡兩權協月**相馬經曰目成人者行千里注云成人者視童子中人頭足皆見言目中清明如鏡或云兩目中央旋毛爲鏡權頰權也相馬經曰頰欲圓如懸璧因謂之雙璧其盈滿如月異相之表也黃伯仁龍馬頌曰雙璧似月**異體峯生殊相逸發**峯生若山而生峯也**超攄絶夫塵轍驅騖迅於滅沒**劉歆遂初賦曰馬龍騰以超攄列子秦穆公謂伯樂曰子之年長矣子之姓有可使求馬者乎伯樂對曰良馬可以形容筋骨相也天下之馬者若滅若沒若亡若失若

此者絕塵弭轍臣之子皆下才也可告以良馬不可告天下之馬也李尤馬鞍銘曰驅騖馳逐騰踊覆踐簡
偉塞門獻狀絳闕塞紫塞也巳見蕪城賦有關故曰門塞或爲寨非也傅玄北都賦曰巍巍
絳闕旦刷幽燕晝秣荆越說文曰刷刮也魏都賦曰刷馬江州毛詩曰言秣其馬杜
預曰以粟飯馬曰秣幽燕荆越四地名也教敬不易之典訓人必書之舉孝經
曰聖人因嚴以教敬國語號文公曰王其監典農不易左氏傳曰訓人事君又曹劌諫曰君舉必書惟帝
惟祖爰游爰豫孟子曰一游一豫爲諸侯度飛輶軒以戒道環轂騎
而清路輶輕也吳都賦曰輶軒蓼擾轂騎煒煌杜篤迎鍾文曰必令河伯戒道道先也清路巳見射雉
賦勒五營使按部聲八鑾以節步漢書王尋勑諸營皆按部薛綜東京賦注
曰馬步齊則鑾聲和應劭漢官儀曰大駕鹵簿五營校尉在前名曰填衛毛詩曰四牡彭彭八鑾鏘鏘具
服金組兼飾丹臒倚瓠切金組二甲也蔡雍女琰詩曰卓衆來東下金甲耀日光左氏傳

曰組甲三千馬融曰組甲以組爲甲也丹雘二色也郭璞山海經曰雘黝屬寶鈒星纏鏤章霞布鈒裝飾也章采文也袁宏酎宴賦曰朱帷赫以霞布進迫遮迾却屬輦輅服虔通俗文曰天子出虎賁伺非常謂之遮迾漢書音義晉灼曰迾古列字欻聳擢以鴻鷩時濩略而龍翥薛綜西京賦注曰欻忽也說文曰欻有所吹起也傅玄乘輿馬賦曰形便飛燕勢越鷩鴻甘泉賦曰迺濩略綏𦒎張景陽七命曰蚪踊螭騰麟超龍翥弭雄姿以奉引婉柔心而待御東京賦曰奉引既畢先輅乃發至於露滋月肅霜戾秋登禮記曰孟秋之月天地始肅爾雅曰戾至也又曰登成也王于興言闡肆威稜毛詩曰王于興言師漢書武帝報李廣曰威稜憺乎鄰國又曰興言出宿聲類曰闡大開也賈逵國語注曰肆習也臨廣望坐百層地理書洛陽故宮曰廣望觀臨金市劉梁七舉曰鴻臺百層于雲參差料武藝品驍騰字林曰料量也夏侯淳馳射賦曰參武藝以遊遨說文曰驍良馬也廣雅曰騰奔也流藻周

施和鈴重設流藻周流藻畫也應瑒馳射賦曰藻飾齊明和鈴已見上睨影高鳴將超中折相馬經曰馬有眄影而視者分馳迴場角壯永埒南都賦曰群士放逐馳乎沙場曹毗馬射賦曰脩埒坦其平舒別輩越群絢練夐絕火縣絢練疾貌也夐絕迴絕也捷趫夫之敏手促華鼓之繁節廣雅曰蹻徤也孔安國尚書傳曰敏疾也言射有常儀鼓有常節令以馬馳之疾故加捷促也應瑒馳射賦曰擔動鼓震讃聲雷潰魏略司馬景王與許允書曰震華鼓建朱節經玄蹄而雹散歷素支而冰裂玄蹄馬蹄也素支月支也皆射帖名也言馬既良射者亦中故玄蹄雹散素支冰裂也邯鄲淳藝經曰馬射左邊爲月支二枚馬蹄三枚也膺門沫赭汗溝走血相馬經曰膺門欲開汗溝欲深漢書天馬歌曰霑赤汗沫流赭應劭曰大宛馬汗血霑濡也流沫如赭也如淳曰沫或作頮音悔踠迹回唐畜怒未洩方言曰洩歇也南都賦曰收驪命駕分背回唐東都主人曰馬踠餘足士怒未洩乾心降而

徽怡都人仰而朋悅乾喻文帝也周易曰乾爲天都人已見西都賦妍孌之態既畢凌遽之氣方屬凌遽已見西京賦鄭玄喪服注曰屬連也跼鑣轡之牽制隘通都之圈束字林曰跼蹐行不申也得通都馳騁猶爲圈束司馬遷書曰通邑大都說文曰圈養畜閑也眷西極而驤首望朔雲而蹀足漢書天馬歌曰天馬來從西極又曰武帝得烏孫馬名天馬後更名西極馬鄒陽上書曰交龍驤首曹顏遠感舊賦曰胡馬仰朔雲越鳥巢南樹又圜碁賦曰良馬蹀足輕車結輪將使紫燕騈衡綠虵衛轂尸子曰我得而民治則馬有紫燕蘭池劉邵趙都賦曰良馬則飛兎奚斯常驪紫燕衡車衡也尚書中候曰龍馬赤文綠色鄭玄曰赤文而綠地也纖驪接趾秀騏齊亍李斯上書曰乘纖離之馬尸子曰馬有秀騏逢騩毛萇詩傳曰騏綦文也音其騩京媚切覲王母於崑墟要帝臺於宣嶽史記曰造父取驥之乘匹與桃林盜驪驊騮騄駬獻之繆王繆王使造父爲御西巡狩見王母樂之忘歸列仙傳西王母在崑崙山山海經曰鼓鍾之

山帝臺之所以觴百神也郭璞曰帝臺神人名山海經有宣山**跨中州之轍迹窮神行之軌躅**司馬相如大人賦曰世有大人在乎中州列子曰黃帝夢游華胥氏之國其國乘空如履實山谷而不躓其步神行而已轍迹穆王也見下文軌躅已見魏都賦**然而般于遊畋作鏡前王**尚書曰文王不敢盤于遊畋孟子曰詩云殷鑒不遠在夏后之世趙岐曰以前代善惡爲明鏡**肆於人上取悔義方**肆敢也左氏曰師曠諫晉悼公曰天之愛人甚矣豈使一人肆於人上杜預曰肆恣也庾元規表曰爲國取悔左氏傳石碏曰臣聞愛子教之義方**天子乃輟駕迴慮息徒解裝**孔叢子曰孔子歌曰喟然回慮題彼泰山嵇康贈秀才詩曰息徒蘭圃王逸荔枝賦曰裝不及解許慎淮南子注曰裝束也**鑒武穆憲文光**左氏傳右尹子革曰周穆王欲肆其心周行天下將皆有車轍馬迹焉漢書武帝好大宛馬使者相望於道又賈捐之曰孝文皇帝時有獻千里馬者詔曰鸞旗在前屬車在後吉行日三十凶行日五十朕乘千里之馬獨先安之於是乃還其馬東觀漢記光武紀曰是時名都王國有

獻名馬駕鼓車振民隱脩國章小雅曰振救也國語祭公謀父曰勤恤民隱而除其害韋昭曰
隱痛也戒出豕之敗御惕飛鳥之跱衡韓子曰王子期爲趙簡子御取道爭
千里之表其始發也彘伏溝中王子期齊轡策而進之
彘突出於溝中馬驚敗駕古文周書曰穆王田有黑鳥
若鳩翩飛而跱於衡御者斃之以策馬佚不克止之蹶
於乘傷帝左股案漢明帝起居注云帝向太山至滎陽
有鳥鳴鞭中郎將王吉引弓射殺之將以示帝曰鳥鳴
鞭彎弓射洞胷腋陛下壽萬歲臣受二千石乃賜帛二
百匹東觀漢記朱勃上書理馬援曰飛鳥跱衡馬驚觸虎物類相生亦無不有故祗慎乎所常
忽敬備乎所未防周書芮良夫曰惟禍發於人之倏忽王弼周易注曰敬慎防備可以不敗
輿有重輪之安馬無泛駕之佚重輪已見東京賦漢書曰夫泛駕之馬亦在御
之而已應劭曰泛覂覆也䖏以濯龍之奧委以紅粟之秩盧植集曰詔給濯龍
廐馬三百匹鄭玄尚書注曰奧內也廣雅曰委累也言
累加之也鄭玄周禮注曰秩祿稟也紅粟已見吳都賦

服養知仁從老得卒鸚鵡賦曰屈猛志以服養嵇康養生論曰從白得老從老得終加弊帷收仆質禮記孔子曰弊帷不弃爲埋馬也天情周皇恩畢魏都賦曰皇恩畢

亂曰惟德動天神物儀兮尚書益贊于禹曰惟德動天春秋合誠圖曰黃帝先致白狐白虎諸神物乃下於時駔駿充階街佳兮說文曰駔壯也言駔駿之馬充於階街也魏都賦曰冀馬填廄而駔駿王逸楚詞注曰駔駿馬名也稟靈月駟祖雲螭兮春秋考異記云地生月精爲馬漢書曰漢中星爲天駟黃伯仁龍馬賦曰資乡螭之表像似靈虬之矩則郭璞遊仙詩曰雲螭非我駕雄志倜儻精權奇兮漢書天馬歌曰志俶儻精權奇廣雅曰倜儻卓異也既剛且淑服鞿羈兮周禮曰師曠見太子太子曰詩云馬之剛矣轡之柔矣楚詞曰余雖好脩姱以鞿羈兮王逸曰韁在口曰鞿絡在頭曰羈效足中黃殉驅馳兮曹植與陳

琳書曰驥騄不常步應良御而効足漢書舊儀曰中黄門騑馬又大宛馬汗血馬乾河馬天馬曹植令曰令皇帝損乘車之副竭中黄之府**願終惠養蔭本枝兮**漢書疏廣曰此金者聖主所以惠養老臣毛詩曰本枝百世**竟先朝露長委離兮**朝露至危而又先之言甚速也漢書李陵謂蘇武曰人生如朝露曹子建自試表曰常恐先朝露楚詞曰遂萎絶而離異禮記曰哲人其萎乎家語爲委萎與委古字通

舞鶴賦　鮑明遠

散幽經以驗物偉胎化之仙禽相鶴經者出自浮丘公公以自授王子晉崔文子者學仙於子晉得其文藏於嵩高山石室及淮南八公採藥得之遂傳於世鶴經曰鶴陽鳥也因金氣依火精火數七金數九故十六年小變六十年大變千六百年形定而色白又云二年落子毛易黑點三年頭赤七年飛薄雲漢又七年學舞復七年應節晝夜十二鳴六十年大毛落茸毛生色雪白泥水不能汚百六十年雄

雌相見目精不轉孕千六百年飲而不食食於水故喙長軒於前故後短棲於陸故足高而尾凋翔於雲故毛豐而肉疎行必依洲嶼止必集林木蓋羽族之宗長仙人之騏驥也隆鼻短口則少眠露眼赤精則視遠頭銳身短則喜鳴四翎亞膺則體輕鳳翼雀毛則善飛龜背鼈腹則能產軒前垂後則喜舞洪髀纖趾則能行

鍾浮曠之藻質，抱清迥之明心。曹植九詠章句曰鍾當也

指蓬壺而翻翰，望崑閬而揚音。蓬壺崑閬見上

帀日域以迴騖，窮天步而高尋。相鶴經曰一舉千里不崇朝而徧四方者也長楊賦曰東震曰域毛詩曰天步艱難陸機擬古詩曰粲粲光天步然文雖出彼而意並殊不以文害意也

踐神區其既遠，積靈祀而方多。一舉千里故云既遠壽踰千歲故云方多

精含丹而星曜，頂凝紫而烟華。相鶴經曰露目赤精則視遠

引員吭之纖婉，頓脩趾之洪姱。吭已見吳都賦相鶴經曰高脚疎節則多力王氏楚詞注曰姱好也

疊霜毛而弄影，振玉羽而臨

霞閔鴻羽扇賦曰同皦素於凝霜江逌扇賦曰瓊澤冰鱗瓊亦玉也朝戲於芝田夕飲乎瑤池十洲記曰鍾山在北海之中地仙家數千萬耕田種芝草課計頃畝也穆天子傳曰天子觴王母于瑤池之上猒江海而游澤掩雲羅而見羈新序曰晉文公出田漁者曰鴻鵠保河海之中猒而徙之小澤必有矰弋之憂鸚鵡賦曰冠雲霓而張羅去帝鄉之岑寂歸人寰之喧卑莊子曰乘彼白雲至于帝鄉岑寂猶高靜也人寰已見魏都賦歲崢嶸而愁暮心惆悵而哀離廣雅曰崢嶸高貌歲之將盡猶物之高楚詞曰惆悵而私自憐於是窮陰殺節急景凋年禮記曰季冬之月日窮于次神農本草經曰秋冬爲陰禮記曰仲秋之月殺氣浸盛涼沙振野箕風動天易卦通驗曰巽氣至則大風揚沙春秋緯曰月失其行離於箕者風易緯曰箕風飄石折樹嚴嚴苦霧皎皎悲泉冰塞長河雪滿羣山海賦曰羣山既略既而氛昏夜歇景物澄廓廣雅曰廓空也星

翻漢迴曉月將落魏文帝雜詩曰天漢迴西流感寒雞之早晨憐霜
鴈之違漠漠已見雪賦臨驚風之蕭條對流光之照灼傅休奕雜
詩曰一紀如流光唳清響於丹墀舞飛容於金閣唳鶴聲也八王故事陸機
歎曰欲聞華亭鶴唳不可復得力討切丹墀已見魏都賦相鶴經云七年飛薄雲漢復七年學舞又七年舞應
節始連軒以鳳蹌終宛轉而龍躍海賦曰翔霧連軒相鶴經曰鳳翼則善飛
尚書曰鳥獸蹌蹌龍躍已見吳都賦躑躅徘徊振迅騰摧或飛騰或摧折驚身蓬
集矯翅雪飛如蓬之集如雪之飛相鶴經曰大毛落茸毛生色雪白離綱別赴合
緒相依綱緒謂舞之行列也言或離而別赴或合而相依將興中止若往而歸
颯沓矜顧遷延遲暮颯沓羣飛貌矜顧矜莊相顧也遷延徐退也高唐賦曰遷延引身楚
詞曰恐美人之遲暮王逸曰暮晩也逸翮後塵翶翥先路言飛之疾塵起居鶴之後鶴飛

在路之先楚詞曰吾導夫先路指會規翔臨岐矩步會四會之道岐岐路也四會已見蕪城賦爾雅曰二達謂之岐郭璞曰岐道傍出態有遺妍貌無停趣奔機逗徒鬬節角睞力代分形機節舞之機節奔獨赴也說文曰逗止也角猶競也廣雅曰睞視也長揚緩騖並翼連聲輕迹凌亂浮影交橫相凌而交橫衆變繁姿參差洊在見密傅玄乘輿馬賦曰繁姿屢發字書曰洊仍也煙交霧凝若無毛質毛羽與煙霧同色故云若無風去雨還不可談悉風雨既除而色愈淨故難悉也既散魂而蕩目迷不知其所之韓詩曰聊樂我魂薛君注曰魂神也忽星離而雲罷整神容而自持星離分散也雲罷俱止也韓子曰雲罷霧霽而龍與螾蟻同矣自持自整持也神女賦曰頩薄怒而自持仰天居之崇絶更惆悵以驚思蔡邕述行賦曰皇家赫赫而天居崇絶高而懸絶當是時也燕姬色沮巴童心恥

左氏傳曰齊侯伐北燕人歸燕姬巴童巴渝之童也毛萇詩傳曰沮猶壞也巾拂兩停丸劍雙止沈約宋書曰晉初有公莫舞今之巾舞也相傳云項莊劍舞項伯以袖隔之今之用巾蓋像項伯衣袖之遺式又江左初有拂舞舊云拂舞吳舞西京賦曰跳丸劍之揮霍雖邯鄲其敢倫豈陽阿之能擬漢書有邯鄲鼓員古樂府曰黃金爲君門白璧爲君堂上有雙樽酒使作邯鄲倡陽阿巳見上入衛國而乘軒出吳都而傾市左氏傳曰衛懿公好鶴鶴有乘軒者注云軒大夫車也吳越春秋曰吳王闔閭有小女王與夫人女會食蒸魚王嘗半女怨曰王食魚辱我不忍久生乃自殺闔閭痛之葬於邦西閶門外鑿池積土爲山石爲槨金鼎玉盃銀樽珠襦之寶以送女乃舞白鶴於吳市中萬人隨觀遂使男女與鶴俱入墓門因塞之以送死守馴養於千齡結長悲於萬里養生要曰鶴壽有千百之數阮籍詠懷詩曰鴻鵠相隨飛隨飛適荒裔雙翮浸長風須臾萬里逝

志上

幽通賦

漢書曰班固作幽通賦以致命遂志賦云覿幽人之髣髴然幽通通謂與神遇也

班孟堅

系高頊之玄胄兮曹大家曰系連也胄緒也高高陽氏也頊帝顓頊也言己與楚同祖俱帝顓頊之子孫也水北方黑行故稱玄也家語孔子曰顓頊者黃帝之孫昌意之子也曰高陽配水也氏中葉之炳靈應劭曰中葉謂令尹子文也乳虎故曰炳靈漢書班氏之先與楚同姓令尹子文之後子文初生弃於夢澤中虎乳之楚人謂虎班其子以爲號秦滅楚遷晉代之間因氏焉毛詩曰昔在中葉颻颽風而蟬蛻兮雄朔野以颺聲曹大家曰颻飄颻也南風曰颽風朔北方也言己先人自楚徙北至朔方也如蟬蛻之剖後爲雄桀揚其聲淮南子曰蟬飲而不食三十日而蛻漢書曰始皇之末班懿避地於樓煩當孝惠高后時以財雄北邊皇十紀而鴻漸兮有羽儀於上京晉灼曰皇漢皇也應劭曰紀世也鴻鳥也漸進也言先人至漢十世始進仕有羽翼於京師也成帝

之初班況女爲婕妤父子並在長安周易曰鴻漸于陸其羽可用爲儀 巨滔天而泯夏兮考遘愍以行謠應劭曰王莽字巨君曹大家曰滔漫也泯滅也夏諸夏也考父也言父遭亂猶行歌謠意欲救亂也詩云我歌且謠象恭滔天行謠言憂思也 終保己而貽則兮里上仁之所廬終猶竟也言考能自保己又遺我法則也莊子曰聖人其於人也樂物之通而保己焉曹大家曰貽遺也里廬皆居處名也言我父早終遺我善法則也何謂善法則乎言爲我擇居處也孔子曰里仁爲美 懿前烈之純淑兮窮與達其必濟曹大家曰懿美也前烈先祖也言己先祖窮遭王莽達則必富貴濟渡民人惠利之風有令名於後世也孟子曰窮則獨善其身達則兼善天下呂氏春秋曰古之得道者窮亦樂達亦樂非窮達異也道得於此窮達一也 滔孤蒙之眇眇兮將圮皮義絕而罔階曹大家曰蒙童蒙也眇微也圮毀也言己孤生童微陋鄙薄將毀絕先祖之迹無階路以自成也 豈余身之足殉兮違世業之可懷項岱曰殉營也

曹大家曰違恨也懷思也違或作愇愇亦恨也孔叢子曰仲尼大聖自茲以降世業不替也靖潛處

以永思兮經日月而彌遠曹大家曰言己安靜長思不欲毀絕先人之功跡日月不居忽復大遠匪黨人之敢拾兮庶斯言之不玷應劭曰拾更也自謙不敢與鄉人更進也曹大家曰庶此異行不玷先人之道也毛詩曰斯言之玷不可爲也拾巨業切魂煢煢

與神交兮精誠發於宵寐曹大家曰言人之晝所思想夜爲之發夢乃與神靈接也

夢登山而迥眺兮覿幽人之髣髴項岱曰覿見也張晏曰幽人神人也曹大家曰登山遠望見深谷之中有人髣髴欲來也攬葛藟而授余兮眷峻谷曰越

勿墜曹大家曰言夢臨深谷欲墜見神持葛來授我也昒韋昭曰音昧又音忽昕寤而仰思兮

心矇矇猶未察曹大家曰昒昕晨旦明也言己旦仰思此夢心中矇矇未知其吉凶黄神

邈而靡質兮儀遺讖以臆對應劭曰黄黄帝也作占夢書邈遠也言黄神邈遠無

所質問依其遺識文以胷臆爲對也淮南子曰黃神嘯吟遺識謂夢書也曰乘高而遻神兮道遐通而不迷曹大家曰遻遇也言己緣高而遇神道術將通不迷惑之象也葛緜緜於樛木兮詠南風以爲綏曹大家曰詩周南國風曰南有樛木葛藟纍之樂只君子福履綏之此是安樂之象也蓋惴惴之臨深兮乃二雅之所祇曹大家曰祇敬也大雅曰人亦有言進退維谷小雅曰惴惴小心如臨于谷此皆敬慎之戒也既訊爾以吉象兮又申之以烱戒爾雅曰訊告也曹大家曰烱明也登高爲吉象深谷爲明戒也盍孟晉以迨羣兮辰倏忽其不再盍何不也曹大家曰孟勉也晉進也迨及也倏過也言何不勉進而及羣時早得進用日月倏忽將復過去楚辭曰時不可兮再得承靈訓其虛徐兮竚盤桓而且俟曹大家曰靈神靈也虛徐狐疑也竚立也盤桓不進也俟待也詩曰其虛其徐周易曰初九盤桓利居貞惟天地之無窮兮鮮生民之晦在曹大

家曰鮮少也晦亡幾也言天地無窮極民在其間上壽一百二十年少者亡幾耳莊子曰天與地無窮人死有時晦**紛屯邅與蹇連兮何艱多而智寡**漢書音義曰世艱多智少故遇禍也曹大家曰屯蹇皆難也周易曰屯如邅如又曰往蹇來連**上聖迕而後拔兮雖群黎之所禦**曹大家曰迕觸也禦止也言上聖之人舜有焚廩填井湯囚夏臺文王拘羑里孔子畏匡在陳絕粮皆觸艱難然後自拔張晏曰豈衆人之所能預自防止耶曹大家以寤爲迕也毛詩有曰羣黎百姓**昔衛叔之御**音訝迎也**昆兮昆爲冠而喪予**公羊傳曰叔武讓國奈何文公逐衛侯而立叔武叔武立治反衛侯衛侯得反曰叔武篡我終殺叔武何休曰叔武訟治於晉文公令白王者反衛侯使還國也**管彎弧欲斃讎兮讎作后而成己**讎謂桓公也左氏傳曰呂郄將殺晉侯寺人披請見公使讓之對曰齊桓公置射鉤而使管仲相之**變化故而相詭兮孰云預其終始**曹大家曰詭反也事變如此誰能預知其始終吉凶也**雍造怨而**

先賞兮丁繇惠而被戮漢書曰六年春正月上已日封功臣二十餘人上居南宮從複道上見諸將往往偶語以問張良良曰陛下與此屬共取天下今已爲天子所封皆故人所愛所誅皆平生仇怨今軍吏計功以天下爲不足徧封而恐以過失誅故相聚謀反上曰爲之柰何良曰取上素所不快羣臣共知最甚者一人先封以示羣臣上曰雍齒與我有故數窘我張良曰今急先封雍齒羣臣見雍齒先封則人人自堅矣於是封雍齒爲什方侯什音十又丁公爲項羽將逐窘漢王漢王謂丁公曰兩賢豈相阨哉丁公引兵而還及項王滅丁公謁見漢王漢王曰丁公爲臣不忠遂斬之粟取弔于逌逌所也音由吉兮王膺慶於所慼應劭曰孝景粟姬也孝景立粟姬男爲太子粟姬妬而廢太子爲臨江王粟姬愈恚以憂死又曰孝宣王皇后初爲婕妤許后薨上憐太子蚤失母乃選後宮素謹愼而無子者立王婕妤爲皇后令母養太子叛迴穴其若茲兮北叟頗識其倚伏曹大家曰叛亂也迴邪也穴僻也禍福相反韓詩曰謀猶迴穴淮南子曰塞上之人有善馬者其馬無故亡而入胡人皆弔之

其父曰此何遽不爲福居數月其馬將胡駿馬而歸人皆賀之其父曰何遽不爲禍乎家富馬其子好騎墮而折髀人皆弔之其父曰此何遽不爲福乎居一年胡人大出丁壯者控弦而戰塞上之人死者十九此獨以跛足故父子相保故福之爲禍禍之爲福福變化不可測鶡冠子曰禍乎福所倚福乎禍所伏

單治裏而外凋兮張修襮愽**而内逼**

曹大家曰治裏謂導氣也襮表也莊子曰田開謂周成公曰魯有單豹者巖居而水飲行年七十而猶嬰兒之色不幸遇餓虎殺而食之有張毅者高門懸薄無不趣義也行年四十而有内熱之病以死豹養其内而虎食其外毅養其外病攻其内

聿中龢爲庶幾兮顔與冉又不得

曹大家曰聿惟也顔顔淵也冉冉伯牛也二子居中履和庶幾聖賢然淵早夭伯牛被疾俱不得其死也論語孔子曰有顔回者好學不幸短命死矣今也則亡又曰伯牛有疾

溺招路以從己兮謂孔氏猶未可

曹大家曰溺桀溺也謂孔子爲避人之士未可與安身自謂避世者招子路從己隱也論語曰長沮桀溺耦而耕孔子過之使子路問津焉桀溺曰孔丘之徒

歟對曰然曰滔滔者天下皆是也而誰以易之且與其從避人之士豈若從避世之士哉安慆慆而
不萉肥兮卒隕身乎世禍曹大家曰慆慆亂貌萉避也言子路不避慆慆之亂終隕
身於世之禍也遊聖門而靡救兮雖覆醢其何補曹大家曰子路遊學聖師
之門無救禍防患之助既身死於衛覆醢不食何補益乎禮記曰孔子哭子路於中庭引使者而問其故使者
曰醢之矣遂命覆醢固行行胡朗其必凶兮免盜亂爲賴道應劭曰子路得
免盜與亂聞道於仲尼也論語曰子路行行如也子曰若由也不得其死然又曰君子有勇而無義爲亂小人
有勇而無義爲盜形氣發於根柢帝兮柯葉彙胃而零茂韋昭曰柢
本也應劭曰彙類也曹大家曰零落也張晏曰言人稟氣於父母吉凶夭壽非獨在人譬諸草木華葉盛與零
落由本根也恐魍魎之責景兮羌未得其云已應劭曰諸子以顏冉季路
逢災路害或疑其身或非其師是由魍魎問景乃未得有已也言罔兩責景之無操不知景之行止而有待或

非三子之行殊不知吉凶之由命也故云恐罔兩之責景羌未得其實言也莊子曰罔兩問景曰曩子行今子止曩子坐今子起何其無特操與景曰吾有待而然者也郭象爲罔兩司馬彪爲罔浪罔浪景外重陰也**黎淳耀于高辛兮芈**亡氏**彊大於南汜**重黎有大明之德於高辛之世而德流子孫故楚彊大於南汜也國語曰史伯對鄭桓公曰夫黎爲高辛氏火正以淳耀敦大光照四海夫成天地之大功者其子孫未嘗不章韋昭曰淳大也耀明也章顯也史記曰楚之先祖出自重黎毛詩曰江有汜曹大家曰芈楚姓汜涯也**嬴取威於伯儀兮姜本支乎三趾**應劭曰嬴秦姓伯益之後伯益在唐虞爲有儀鳥獸百物之功秦所由取威於六國也姜齊姓也趾禮也齊伯夷之後伯夷爲虞舜典天地人鬼之禮也**既仁得其信然兮仰天路而同軌**劉德曰人道既然仰視天道又同法也仁謂求仁而得仁也馮衍顯志賦曰惟天路之同軌**東鄰虐而殲仁兮王合位乎三五**曹大家曰東鄰謂紂也殲盡也仁謂三仁也周易曰東鄰殺牛國語曰泠周鳩對景

王曰昔武王伐紂歲在鶉火月在天駟日在析木之津辰在斗柄星在天黿星與日辰之位在北維顓頊之所建也帝嚳受之我姬氏出自天黿及析木者有建星及牽牛焉則我皇妣大姜之姪伯陵之後逢公所馮神也歲之所在則我有周之分野月之所在辰馬農祥也五位歲日月星辰也三年逢公所馮周分野所在后稷所經緯者也

戎女烈而喪孝兮伯徂歸於龍虎

曹大家曰戎女驪姬也烈酷也孝子申生也左氏傳曰晉獻公娶驪姬爲夫人生奚齊姬謂太子曰君夢齊姜速祭之太子祭歸胙于公姬寘毒公祭之地地墳與犬犬斃姬泣曰賊由太子太子縊于新城姬譖諸公子曰皆知之重耳奔蒲應劭曰伯文公也孟康曰歲在卯出歷十九年過一周歲在酉入卯東方爲龍酉西方爲虎也國語晉侯問簡子曰吾其濟乎對曰公以辰出而以參入皆晉祥也必伯諸侯也

發還師以成命兮重醉行而自耦

曹大家曰發武王名也項岱曰重晉文公重耳也應劭曰與天時耦會也成命以成天命也周書武王觀兵于孟津諸侯皆曰帝紂可伐矣武王曰汝未知天命未可也乃還師左氏傳曰晉公子及齊桓公妻之

公子安之姜與子犯醉而遣之震鱗漦任緇于夏庭兮匝三正而滅姬應劭曰震爲龍鱗蟲之長漦沫也曹大家曰三正謂夏殷周也史記曰夏后氏之衰也有二龍止於夏庭而言曰余褒之二君也於是幣而冊告之龍亡而漦在櫝而藏之比三代莫敢發之至厲王發而觀之漦流于庭化爲玄龜童妾而遭之既笄而孕生子懼而棄之有收之奔褒褒人有罪入棄子以贖罪謂之褒姒幽王發申后立褒姒爲后廢后父申侯怒攻幽王遂殺幽王驪山下巽羽化于宣宮兮彌五辟而成災曹大家曰易巽卦爲雞雞羽蟲之屬故言羽也應劭曰宣帝時未央宮路軨中雌雞化爲雄元后時始爲太子妃至平帝歷五葉而莽篡也五辟謂王后元帝也成帝也哀帝也平帝也辟君也故云終五辟而成災也道脩長而世短兮敻冥默而不周曹大家曰敻遠邈也周至也言天道長遠人世促短當時冥默不能見徵應之所至也劉德曰冥默玄深不可通至胥仍物而鬼諏子侯兮乃窮宙而達幽應劭曰胥須也仍因也諏謀也易曰人謀鬼謀百姓與能往古來今

曰宙聖人湏因卜筮然後謀鬼神極古今通幽微也**嫣巢姜於孺筮兮旦筭祀于契龜**應劭曰嫣陳姓也巢居也姜齊姓也旦周公名也孺小也音義曰筭數也祀年也左氏傳曰陳公子完奔齊又曰敬仲其少也周史有以周易見陳侯筮之遇觀之否曰是謂觀國之光利用賓于王此其代陳有國乎不在此其在異國非此其身在其子孫若異國必姜姓也又曰懿氏卜妻敬仲其妻占之曰有嫣之後將育于姜杜預曰敬仲陳公子完也左氏傳王孫滿曰周卜世三十卜年七百天所命也毛詩曰爰契我龜**宣曹興敗於下夢兮魯衛名謚於銘謠**曹大家曰宣周宣王也毛詩曰牧人乃夢衆維魚矣大人占之衆維魚矣實維豐年宣王竟中興左氏傳曰初曹人或夢衆君子立於社宮而謀亡曹曹叔振鐸請待公孫強許之及曹伯陽即位公孫強爲政背晉而奸宋宋人伐之執曹伯陽以歸殺之又曰師己曰吾聞文成之世童謠有之裯父喪勞宋父以驕杜預曰裯父昭公宋父定公也應劭曰昭公死于野井定公即位而驕也莊子曰衛靈公卜葬沙丘而吉掘之數仞得石槨焉有銘曰不馮其子靈公奪而理之靈之爲靈

久矣夫**妣聆呱而劾**何戈**石兮許相理而鞫條**應劭曰妣叔向母石叔向子字林曰呱子啼聲也左氏傳曰叔向娶申公巫臣氏生伯石姑視之及堂聞其聲而還曰是豺狼之聲非是莫喪羊舌氏杜預曰姑叔向之母也應劭曰劾其必滅羊舌氏本或爲劾項岱曰舉罪曰劾漢書曰周亞夫爲河内守許負相之曰縱理入口此餓死法也後亞夫封條侯爲丞相人上變告子事連亞夫亞夫詣廷尉不食五日歐血而死毛萇詩傳曰鞫告也**道混成而自然兮術同原而分流**曹大家曰大道神明混沌而成言人生而心志在内聲音在外骨體有形事變有會更相爲表裏合成一體此自然之道至於術學論其成敗考其貧賤觀其富貴各取一槩故或聽聲音或見骨體或占色理或視威儀或察心志或省言行或考卜筮或本先祖如水同原而分流也老子曰有物混成先天地生又曰道法自然也**神先心以定命兮命隨行以消息**曹大家曰言人之行各隨其命命者神先定之故爲徵兆於前也雖然亦在人消息而行之**斡流遷其不濟兮故遭罹而贏**

縮項岱曰斡轉也遷徙也贏過也縮不及也遭遇也罹憂也言人受先祖善惡之迹轉徙流行故有遭遇福禍相及也三鑾同於一體兮雖移易而不忒應劭曰晉大夫欒書書子黶黶子盈書賢而覆黶黶惡而害盈曹大家曰天命祐善災惡非有差也然其道廣大雖父子百葉猶若一體也左氏傳秦伯問士鞅曰晉大夫誰先亡對曰其欒氏乎黶忲虐已甚猶可以免其身禍在盈也欒黶死盈之善未能及人武子之施沒矣而黶之惡實彰將於是乎在後晉果滅欒氏洞參差其紛錯兮斯衆兆之所惑曹大家曰衆庶也兆人也報應參差不齊紛亂錯繆故迷惑不信天道也楚辭曰衆兆之所咍周賈盪而貢憤兮齊死生與禍福曹大家曰周莊周賈賈誼也貢潰也憒亂也盪盪不知所守也莊周賈誼有好智之才而不以聖人爲法潰亂於善惡遂爲放盪之辭莊周曰生爲徭役死爲休息賈誼曰忽然爲人何足控摶化爲異物又何足患抗爽言以矯情兮信畏犧而忌鵩項岱曰抗極過差之言以矯枉其情耳莊子曰或聘莊子莊子應其使曰子見

犧牛乎衣以文繡食以芻菽及其牽入于太廟雖欲爲孤犢其可得乎鵩鳥巳見上文**所貴聖人至論兮順天性而斷誼**曹大家曰至論謂五經六藝所以貴之者順天之性也亦當以義斷之不可貪苟生而失名**物有欲而不居兮亦有惡而不避**論語子曰富與貴是人之所欲不以其道得之不處也貧與賤是人之所惡不以其道得之不去也**守孔約而不貳兮乃輶德而無累**曹大家曰孔甚也輶輕也言聖人所守甚約而無二端則平心立而思慮輕矣輶德德輕而易行也毛詩曰德輶如毛民鮮克舉之曹大家曰以乃爲內晉灼曰與萬物無害累也**三仁殊於一致兮夷惠舛而齊聲**項岱曰三人所行各異俱至於仁也曹大家曰柳下惠以不去辱身爲善伯夷以高逝爲賢言去留適等也論語曰微子去之箕子爲之奴比干諫而死孔子曰殷有三仁焉又子曰不降其志不辱其身伯夷叔齊與謂柳下惠降志辱身也**木偃息以蕃魏兮申重繭以存荆**木段干木也蕃魏已見魏都賦呂氏春秋曰田贊說荆王

曰若夫偃息之義則未之識也高誘曰段干木偃息以安魏也淮南子曰申包胥重繭七日七夜至于秦庭以見秦王曰使下臣告急秦王乃發軍擊吳果大破之以存楚國高誘戰國策注曰重繭累胝也繭古典切胝竹遲切

紀焚躬以衞上兮皓頤志而弗傾

漢書曰項羽圍漢滎陽將軍紀信曰事急矣臣請誑楚可以閒出信乃乘王車曰食盡漢王降楚皆之城東觀紀信王得與數十騎出遁羽見信問漢王安在曰巳去矣羽燒殺信項岱曰皓四皓也頤養也漢書曰袁公綺里季夏黃公角里先生當秦之世避而入商雒深山

侯草木之區別兮苟能實其必榮

曹大家曰侯侯也項岱曰苟誠也張晏曰苟能有仁義之道必有榮名也論語子夏曰君子之道譬諸草木區以別矣

要没世而不朽兮乃先民之所程

論語子曰君子疾没世而名不稱焉左氏傳穆叔曰魯有先大夫臧文仲既歿其言立此之謂不朽毛詩曰匪先人是程毛萇曰程法也

觀天網之紘覆兮實棐諶而相訓

曹大家曰棐輔也忱誠也相助也訓教也項岱曰天網大覆人上非不信

也誠欲有誠實於世間亦當相輔助教也尚書
曰天威棐忱諶與忱古字通也訓或爲順
謨先聖之大猷兮亦鄰德而助信曹大家曰謨謀也猷道也言
人常當謨先聖人之道亦當
爲鄰人所助也孔子曰天所助順也人所助信也孔子
曰德不孤必有鄰毛詩曰匪大猷是經或作繇字誤也
虞韶美而儀鳳兮孔忘味於千載尚書曰簫韶九成鳳
皇來儀論語曰子在
齊聞韶三月
不知肉味
素文信而厎麟兮漢賓祚于異代應劭曰
厎致也
孔子作春秋素王之文以明示禮度之信而致麟封其
後爲紹嘉公係郡爲二代之客也春秋緯曰麟出周亡
故立春秋制素
王授當典也
精通靈而感物兮神動氣而入微曹大
家曰
言人參於天地有生之最神靈也誠能致其
精誠則通於神靈感物動氣而入微者矣
養流睇而猨號兮李虎發而石開曹大家曰睇眄也淮南子曰楚
有白猨王自射之則搏矢而顛
使養由基射之始調弓矯矢未發而猨抱樹號矣流或
爲由非也漢書曰李廣居右北平獵見草中石以爲虎

而射之中石没矢視之石也他日射之終不能入非精誠其焉通兮苟無實其孰信曹大家曰非精誠所感誰能若斯操末技猶必然兮矧耽躬於道真項岱曰矧況耽樂也言由基李廣奮精誠於末技感獸而開石豈況乃能推至精耽身於大道之中乎莊子曰道之真以持身也登孔昊而上下兮緯羣龍之所經應劭曰昊太昊也孔孔子也羣龍喻羣聖也自伏羲下訖孔子經緯天道備矣孟康曰聖人作經賢者緯之朝貞觀而夕化兮猶諠己而遺形應劭曰貞正也諠忘也易曰天地之道貞觀者也張晏曰言朝聞大道而夕死可也論語曰朝聞道夕死可矣鵩鳥賦曰釋智遺形若㣧彭而偕老兮訴來哲而通情言人若欲㣧彭祖之年偕老聃之壽當訊之來哲與之通情非己所慕也列仙傳曰彭祖殷賢大夫歷夏至商末號年七百老已見遊天台山賦亂曰天造草昧立性命兮曹大家曰亂理也天道始造萬物草創於冥昧之中皆立其性命也周易曰天造草昧復心弘

道惟聖賢兮曹大家曰明道在人身誠能復心而引之達於天地之性也周易曰復其見天地之心乎孔子曰人能引道非道引人渾元運物流不處兮曹大家曰渾大也元氣運轉也物萬物也言元氣周行終始無已如水之流不得獨處也保身遺名民之表兮曹大家曰言人生能保其身死有遺名民之表也莊子曰可以保身可以全生家語孔子曰凡上者民之表舍生取誼以道用兮孟子曰生我所欲也義亦我所欲也二者不可得兼舍生而取義也應劭曰舍置也憂傷夭物忝莫痛兮曹大家曰忝辱也橫夭於物憂辱傷生恥辱不過於是皓爾太素曷渝色兮曹大家曰皓白也素質也渝變也言人能篤信好學守死善道不漸染於流俗是爲白爾天質何有渝變之色也尚越其幾淪神域兮曹大家曰大素不染神色不變則庶幾於神道之幾微而入於神明之域矣子曰知幾其神乎

文選卷第十四

賜進士出身通奉大夫江南蘇松常鎮太等處承宣布政使司布政使胡克家重校刊

文選卷第十五

梁昭明太子撰

文林郎守太子右內率府錄事參軍事崇賢館直學士臣李善注上

志中

張平子思玄賦一首　歸田賦一首

思玄賦

平子名衡南陽西鄂人也漢和帝時爲侍中順和二帝之時國政稍微專恣內豎平子欲言政事又爲奄豎所讒蔽意不得志欲游六合之外勢既不能義又不可但思其玄遠之道而賦之以申其志耳系曰回志朅來從玄謀獲我所求夫何思玄而已老子曰玄之又玄衆妙之門

舊注　善曰未詳注者姓名摯虞流别題云衡注詳其義訓甚多疎略而注又稱愚以爲疑非衡明矣但行來既久故不去

仰先哲之玄訓兮雖彌高而弗違　訓教也彌終也違避也　善曰論語顏回曰仰之

彌高匪仁里其焉宅兮匪義迹其焉追里宅皆居也焉猶安也善曰論語曰里仁爲美潛服膺以永靚兮緜日月而不衰緜連也善曰禮記曰服膺拳拳方言曰靖思也靖與靚同字林曰靖審也伊中情之信脩兮慕古人之貞節脩善也貞誠也善曰楚詞曰苟中情其好脩又曰原生受命于貞節竦余身而順止兮遵繩墨而不跌竦立也止禮也善曰楚詞曰遵繩墨而不頗廣雅曰跌差也志摶摶以應懸兮誠心固其如結摶摶垂貌善曰戰國策楚王曰寡人心搖搖然如懸旌毛詩曰勞心團團憂勞也又曰心之憂矣如或結之旌性行以製珮兮佩夜光與瓊枝旌明也製裁也善曰白虎通曰所以必有珮者表德見所能也楚辭曰折瓊枝以繼珮纗幽蘭之秋華兮又綴之以江離纗系也幽深也善曰楚辭曰結深蘭之亭兮又曰扈江離與薜芷兮紉秋蘭以爲珮說文曰繫幃曰纗幃一名縭爾雅曰婦人之幃謂之縭今之香囊在男曰幃在女曰縭然則纗者即繫囊之繩也說文曰纗網中繩纗音攜美襞積以酷烈兮允塵邈而難虧襞積衣縫也允信也塵久也邈遠也虧歇也善曰子虛賦曰襞積褰縐上林賦曰酷烈淑郁楚

辭曰芳菲菲兮難虧既姱麗而鮮雙兮非是時之攸珍姱大也麗好也鮮寡也攸所也奮余榮而莫見兮播余香而莫聞奮動也播散也幽獨守此仄陋兮敢怠遑而舍勤怠懈也遑暇也勤勞也善曰楚辭曰幽獨處乎山中尚書帝曰明明揚仄陋毛詩曰不敢怠遑左氏傳曰人生在勤幸二八之遌虞兮嘉傅說之生殷二八八愷八元也遌遇也傅姓說名也武丁相也善曰左氏傳季孫行父曰昔高辛氏有才子八人伯奮仲堪叔獻季仲伯虎仲熊叔豹季貍言此八人忠肅恭懿宣慈惠和天下之民謂之八元元善也長也八愷者高陽氏有才子八人倉舒隤敳檮戭大臨尨降庭堅仲容叔達言此八人齊聖廣淵明允篤誠天下之民謂之八愷尚書曰高宗夢得說使百工營求諸野得諸傅巖尚前良之遺風兮恫後辰而無及尚庶幾也良善也恫痛也言我後時將無及也恫他公切善曰楚辭曰竊慕詩人之遺風何孤行之煢煢兮孑不羣而介立煢煢獨也介特也善曰毛詩曰獨行煢煢楚辭曰既惸獨而不羣感鸞鷖之特棲兮悲淑人之希合鸞鷖皆鳥名淑善也善曰鸞鷖喻君子也毛詩曰淑人君子其儀不忒山海經曰蛇

山有鳥五色飛蔽日名鷖鳥廣雅曰鷖鳳屬也彼無合而何傷兮患衆僞之冒眞無合猶不遇也冒覆也旦獲讟于羣弟兮啓金縢而後信善曰尚書曰武王既喪管叔乃流言於國曰公將弗利於孺子秋大熟未穫天大雷電以風王啓金縢之書乃得周公代武王之說王執書以泣曰其勿穆卜乃信周公覽烝民之多僻兮畏立辟以危身覽觀也烝衆也僻邪也辟法也毛詩曰民之多僻無自立辟善曰毛萇傳曰辟法也民之行多爲邪辟此言無遺爲法也尚書曰烝民乃粒楚辭曰寧正言不諱以危身增煩毒以迷惑兮羌孰可爲言己善曰楚辭曰獨便悁而煩毒焉發憤而紓情又曰中瞀亂兮迷惑私湛憂而深懷兮思繽紛而不理湛深也懷思也繽紛亂貌善曰宋玉笛賦曰武毅發沈憂結願竭力以守誼兮雖貧窮而不改竭盡也執彫虎而試象兮阽焦原而跟趾彫虎象獸名也尸子中黃伯曰余左執太行之獶而右搏彫虎唯象之未與吾心試焉有力者則又願爲牛欲與象鬬以自試今二三子以爲義矣將惡乎試之夫貧窮太行之獶也疏賤義之彫虎也而吾曰遇之亦

足以試矣跕臨也焦石名也跟踵也尸子又曰莒國有石焦原者廣五十步臨百仞之谿莒國莫敢近也有以勇見莒子者獨却行齊踵焉所以稱於世夫義之爲焦原也亦高矣賢者之於義必且齊踵此所以服一時也善曰彫虎以喻貧試象以喻竭力焦原以喻義言己以執彫虎之貧窮願竭試象之力而守焦原之義上句爲此張本漢書曰賈誼曰安天下跕危若是而上不驚者臣瓚曰安臨危曰跕

庶斯奉以周旋兮惡旣死而後已 善曰左氏傳太史克曰奉以周旋不敢失墜論語子曰死而後已不亦遠乎

俗遷渝而事化兮泯規矩之員方 遷移也渝變也泯滅也規圓也矩方也善曰楚辭曰因時俗之工巧兮滅規矩而改錯

寶蕭艾於重笥兮謂蕙茝之不香 蕭艾草名也蕙茝香草也禮記曰簞笥問人者並盛食器員曰簞方曰笥案盛衣亦曰笥後漢作珍蓋珤字相似誤耳

斥西施而弗御兮縶騕褭以服箱 斥却也西施越之美女也御幸也縶羈也服服轅也箱大車也善曰楚辭曰西施斥於北宮兮漢書音義應劭曰騕褭古之駿馬也赤喙玄身日行五千里毛詩曰睆彼牽牛不可以服箱馬中立切今賦作縶字

行頗僻而獲志兮循法度而離殃 頗傾也離遭也殃咎也蕭該音本作陂布義切禮記曰商亂曰陂鄭玄曰

陂傾也周易曰无平不陂廣雅曰陂邪也惟天地之無窮兮何遭遇之無常鄭玄曰惟思也善曰楚辭曰惟天地之無窮哀人生之長勤不抑操而苟容兮譬臨河而無航航舡也善曰賈逵曰抑止也孫卿子曰偷合苟容以持祿周書陰符曰四輔不存若濟河無舟矣楚辭曰昔余夢登天兮魂中道而無航欲兮笑以干媚兮非余心之所嘗干求也嘗行也善曰楚辭曰處濁世而顯榮非余心之所樂襲溫恭之黻衣兮被禮義之繡裳襲衣也黻黼也五色備曰繡善曰毛詩曰君子至止黻衣繡裳辮貞亮以爲鞶兮雜伎藝以爲珩辮交織也鞶所以帶珮也手伎曰伎體才曰藝珩珮也善曰說文曰辮交也又曰鞶覆衣大巾也從巾般聲或以爲首飾字林曰鞶帶也禮記曰男鞶革鄭玄曰鞶巾囊盛帨巾者說文曰珩所行也從玉行聲字林曰珩珮玉所以節行大戴禮曰下車以珮玉爲度上有雙衡下有雙璜珩與衡音義同昭綵藻與琱琭兮璜聲遠而彌長綵文綵也藻華藻也字林曰半璧曰璜善曰董巴輿服志曰古者君佩玉尊卑有序及秦以采組連結於璲謂之綬漢承秦制用而弗改淹棲遲以恣欲兮耀靈

忽其西藏耀靈日也善曰毛詩曰衡門之下可以棲遲楚辭曰耀靈曄而西征廣雅曰朱明曜靈東君日也恃己知而華予兮鶗鴂鳴而不芳鶗鴂鳥名也以秋分鳴善曰楚辭曰歲既晏兮孰華予又曰恐鶗鴂之先鳴使夫百草爲之不芳臨海異物志曰鶗鴂一名杜鵑至三月鳴晝夜不止夏末乃止服虔曰鶗鴂一名鵙伯勞順陰陽氣而生賊害之鳥也王逸以爲春鳥繆也冀一年之三秀兮遒白露之爲霜說文曰遒迫也善曰楚辭曰采三秀於山閒王逸曰三秀謂芝草也毛詩曰蒹葭蒼蒼白露爲霜爾雅曰茵芝郭璞曰芝一歲三華瑞草時亹亹而代序兮疇可與乎比伉亹亹進貌疇誰也伉儷也咨姤嫮之難並兮想依韓以流亡咨嗟也嫮好也韓衆獲道輕舉故思依之以流亡也善曰楚辭曰時亹亹而過中又曰恐天時之代序又曰羨韓衆之流得一又曰寧溘死以流亡姤惡也恐漸冉而無成兮留則蔽而不彰漸進也善曰楚辭曰漸冉而不自知兮又曰蹇淹留而無成心猶豫而狐疑兮即岐阯而臚情即就也岐山名也臚陳也善曰楚辭曰欲從靈氛之吉占兮心猶豫而狐疑孟子曰昔文王之治岐也仕者世祿臚力於切文君爲我端著兮利

飛遁以保名文君文王也遁卦名也上九曰飛遁無不利謂去而遷也九師道訓曰遁而能飛吉孰大焉此筮得遁之咸其遁卦艮下乾上上九爻辭云肥遁最在卦上居無位之地不爲物所累矰繳所不及遁之最美故名肥遁處陰長之時而獨如此故曰利飛遁而保名史記曰蓍百莖一根劉向曰蓍百年而一本生百莖歷衆山以周流兮翼迅風以揚聲從初至三爲艮艮爲山故曰歷衆山從二至四爲巽巽爲風故曰翼巽迅風善曰謂遁卦也楚辭曰歷衆山而日遠又曰聊浮游於山陿又曰步周流於江畔幽通賦曰雄朔野以揚聲遁下體是艮說卦云爲山假言衆爾下互體得巽巽爲風故曰揚聲二女感於崇岳兮或冰折而不營崇高也岳五岳也遁上九變爲咸咸感也巽長女兌少女故曰二女從三至五爲乾乾爲冰故曰冰折而不營遁上九變爲兌說卦云巽爲長女兌爲少女也俱在艮上艮即是山故云感二女於崇岳岳即山也說卦曰乾爲冰而變爲兌故曰冰折物也毀折不可經營故曰不營天蓋高而爲澤兮誰云路之不平互體四至乾變爲兌兌爲澤天爲澤言天高尚爲澤雖復險巇世路可知誰言其路不通者乎欲其行也善曰周易曰乾爲天兌爲澤勔自強而不息兮蹈玉階之嶢崢勔勉也乾爲玉故曰蹈玉階玉階天子階也言我雖欲去

猶戀王階不思去言尚欲進忠賢勔士行切善曰周易曰天行健君子以自強不息方言曰嶢崢高貌也懼筮氏之長短兮鑽東龜以觀禎長短謂卜筮也左氏傳曰筮短龜長周禮曰東龜長又曰東曰龜甲屬善曰爾雅曰龜左睨不煩郭璞曰行顯左睨也今江東所謂左食以甲卜審鄭玄周禮注曰東龜青說文曰禎祥也遇九皐之介鳥兮怨素意之不逞介大也逞快也善曰言卜而遇大鳥之卦也素意不逞謂繇辭也毛詩曰鶴鳴于九皐字林曰逞盡也遊塵外而瞥天兮據冥翳而哀鳴瞥裁見也善曰莊子曰彷徨塵垢之外說文曰遠也瞥匹洩切鵰鶚競於貪婪兮我脩絜以益榮競逐也善曰鵰鶚惡鳥喻小人也楚辭曰皆競進以貪婪兮婪力含切子有故於玄鳥兮歸母氏而後寧善曰此假卜者之辭也玄鳥謂鶴也毋氏喻道也言子有故於玄鳥唯歸於道而後獲寧也古文周書曰周穆王姜后晝寢而孕越姬嬖竊而育之斃以玄鳥二七塗以彔血寘諸姜后遽以告王王恐發書而占之曰蜉蝣之羽飛集于戶鴻之戾止弟弗克理皇靈降誅尚復其所問左史氏史豹曰蟲飛集戶是日失所惟彼小人弗克以育君子史良曰是謂闕親將留其身歸于母氏而後獲寧冊而

藏之厥休將振王與令尹冊而藏之於櫝居三月越姬死七日而復言其情曰先君怒予甚曰爾夷隸也胡竊穪君之子不歸母氏將寘而大戮及王子於治老子曰天下有始以爲天下母既得其母又知其子河上公曰道爲天下物母也韓子解老曰母者道也占既吉而無悔兮簡元辰而俶裝俶始也裝束也周易曰同人于郊無悔旦余沐於清源兮晞余髮於朝陽晞乾也山東曰朝陽善曰楚辭曰朝濯髮於暘谷夕晞余身乎九陽漱飛泉之瀝液兮咀石菌之流英善曰楚辭曰吸飛泉之微液兮懷琬琰之華英瀝流也菌芝也說文曰漱蕩口也從水欶聲所右切字林曰液汁也石菌石芝也蒼頡篇曰咀噍也翺鳥舉而魚躍兮將往走乎八荒廣雅曰翺飛也淮南子曰四海之外有八澤八澤之外曰八埏八埏之外曰八荒善曰走音奏過少皞之窮野兮問三丘于句芒少皞金天氏居窮桑在魯北三丘謂蓬萊方丈瀛洲句芒木正也左氏傳曰少皞氏有四子曰重曰該曰修曰熙實能金木及水使重爲句芒木正該爲蓐收金正修及熙爲玄冥二子相代爲水正也世不失職遂濟窮桑此其三祀也杜預曰窮桑少皞氏之號也四子能治其官使不失職濟成少皞之功死皆爲民所祀也史記云蓬萊方丈瀛洲此三神山傳在

海中去人不遠及到三山反在水下何道眞之淳粹兮去穢累而飄輕不澆曰淳不雜曰粹
穢德之累也善曰幽通賦曰矧耽躬於道眞楚辭曰昔三后之淳粹又曰除穢累而反眞登蓬萊而容與兮
鼇雖抃而不傾抃手搏也善曰列仙傳曰巨鼇負蓬萊山而抃於滄海之中留瀛洲而采
芝兮聊且以乎長生瀛洲海中山也善曰玄中記曰東南之大者巨鼇焉以背負蓬萊山周迴千里列子曰勃
海之東有大壑其山一曰岱輿二曰員嶠三曰方壺四曰瀛洲五曰蓬萊山高下周圍三萬里其頭平地九千里五山之根無所連着常隨潮
流上下帝命封禺使巨龜十五舉頭而載之迭為三番六萬歲一交龍伯國人一釣而連六龜於是岱輿員嶠沉於大海楚辭曰飲沆瀣馮
歸雲而遐逝兮夕余宿乎扶桑馮依也遐遠也逝往也善曰傅毅七激曰仰歸雲翱遊風
淮南子曰日出暘谷拂於扶桑海外東經曰黑齒國北暘谷上有扶桑十洲記曰扶桑葉似桑樹又如椹樹長丈大二千圍兩兩同根生
更相依倚是以名之扶桑飲青岑之玉醴兮飡沆瀣以為粻青岑山名上高者曰岑沆
瀣夕霞也粻粮也廣雅曰沆瀣常氣也善曰楊雄太玄經曰茹芝英以禦飢兮飲玉醴以解渴楚辭曰飡六氣而飲沆瀣兮漱正陽而食

朝霞陵陽子經曰夏飡沆瀣北方夜半氣**發昔夢於木禾兮穀崑崙之高岡**昔日夢至木禾禾今親往是發昔日之夢也穀生也善曰淮南子曰崑崙之上有木禾焉其穗長五尋山海經曰帝之下都崑崙之墟高萬仞上有木禾長五尋大五圍郭璞曰木禾穀類也說文曰嘉穀也二月生八月熟得中和故曰禾木王而生木衰而死故曰木禾**朝吾行於湯谷兮從伯禹乎稽山**湯谷日所出**嘉羣神之執玉兮疾防風之食言**食僞也善曰國語曰吳伐越墮會稽獲骨節專車吳之使來問之仲尼曰丘聞之昔禹致羣臣於會稽之山防風後至禹乃殺而戮之其骨節專車此爲大矣韋昭曰羣神謂主山川之君爲羣神之主故謂之神防風汪芒氏君之名也違命後至故禹殺之陳尸爲戮左氏傳曰禹合諸侯於塗山執玉帛者萬國尚書曰朕不食言**指長沙之邪徑兮存重華乎南鄰**重華舜也善曰尚書曰重華協于帝山海經曰南方蒼梧之川其中九疑山舜之所葬在長沙界中說文曰存恤也**哀二妃之未從兮翩繽處彼湘濵**二妃堯之二女娥皇女英舜妻也善曰禮記曰舜葬蒼梧之野蓋二妃未之從也鄭玄曰離騷所謂歌湘夫人也舜南巡狩死於蒼梧二妃留江湘之間濵水湄也山海經曰洞庭

之山多黃金其下多銀鐵帝之二女是常游江川澧沅之側交游瀟湘之淵在九江之閒出入必以飄風暴雨郭璞曰今長沙巴陵縣西入洞庭而通江水離騷曰邅吾道兮洞庭洞庭風兮木葉下皆謂此也天帝之女而處江爲神即列仙傳云江妃二女離騷所謂湘夫人稱帝子者是也而河圖玉版曰聞之堯二女舜妻也而喪此傳云二妃死於江湘之閒俗謂之湘君鄭司農亦以舜妃爲湘君説者皆以舜陟方而死二妃從之俱死於江湘遂號爲湘夫人也

流目眺夫衡阿兮覩有黎之圮墳

眺視也衡山名也阿山下也黎高辛氏之火正謂祝融也圮毁也楚靈王之世衡山崩而祝融之墓壞中有營丘九頭圖矣善曰馮衍顯志賦序曰遊情宇宙流目八紘左氏傳昭十九年顓頊氏有子曰黎爲祝融圮房鄙切

痛火正之無懷兮託山阪以孤魂

託寄也善曰杜預曰黎爲火正懷歸也

愁鬱鬱以慕遠兮越卬州而遊遨

卬州正南州名也四海圖曰交廣南有卬州其處極熱善曰楚辭曰愁鬱鬱之無快卬五郎切

躋日中于昆吾兮憩炎火之所陶

鄭玄曰躋升也善曰淮南子曰日出于暘谷至于昆吾是謂正中高誘曰昆吾南方爾雅憩息也山海經曰西海之南其外有炎火之山爾雅曰再成曰陶丘

揚芒熛而絳天兮水泫沄而涌濤

熛風熾也泫沄沸貌

濤水波也善曰爾雅曰沄沉也芒光芒也熛火飛也楊雄冀州箴曰冀土麋沸汸沄如湯温風翕其增熱兮惄鬱悒其難聊說文曰翕熾也善曰淮南子曰南方之極自北戶之外南至委火炎風之野萬二千里高誘曰北戶孤竹國名也爾雅曰惄思也乃的切楚辭曰心鬱悒余侘傺賈逵曰聊賴也協韻爲勞顝羈旅而無友兮余安能乎留茲顝獨也羈寄也旅客也善曰左氏傳陳敬仲曰羈旅之臣楚辭曰廓落兮羈旅而無友顝苦骨切顧金天而歎息兮吾欲往乎西嬉金天少昊位也善曰家語孔子曰生爲明主死配五行少皞配金說文曰嬉樂也前祝融使舉麾兮纚朱鳥以承旗尚書曰右秉白旄以麾案執旄以指撝也秦漢以來即以所執之旌名曰麾謂麾幢曲蓋者也善曰楚辭曰飛朱鳥使先驅又曰鳳皇翼其承旗躔建木於廣都兮摭若華而躊躇躔息也摭拾也若華樹名也善曰方言曰日建爲躔躔行也淮南子曰建木在廣都若木在建木西末有十日其華照下地韓詩曰愛而不見搔首躊躇薛君曰躊躇躑躅也廣雅曰躊躇猶豫也方言曰摭取也躊直由切躇直於切超軒轅於西海兮跨汪氏之龍魚聞

此國之千歲兮曾焉足以娛余善曰海外西山經曰軒轅之國在窮山之際不壽者八百歲龍魚陵居在北狀如狸在汪野北其爲魚也如狸汪氏國在西海外此國足龍魚也思九土之殊風兮從蓐收而遂徂九土九州蓐收金正該也徂往也善曰好色賦曰周覽九土山海經曰濛山神西望日之所入其氣員神光之所司郭璞曰蓐收金神也人面虎身右手執鉞歘神化而蟬蛻兮朋精粹而爲徒歘輕舉貌善曰楚辭曰濟江海兮蟬蛻又曰吸精粹而吐氛濁漢書音義韋昭曰蟬蛻出於皮殼也蹶白門而東馳兮云台行乎中野漢書音義韋昭曰蹶蹋也爾雅曰台我也善曰淮南子曰八極西南方曰偏駒之山曰白門高誘注曰金氣白故曰白門楚辭曰行中野而散之台音夷亂弱水之潺湲兮逗華陰之湍渚爾雅曰絶流曰亂郭璞注曰直横渡也書曰亂于河逗止也華太華也山北曰陰善曰山海經曰崑崙之丘其下有弱水之川環之郭璞曰其水不勝鴻毛字林曰潺湲流貌漢書京兆有華陰縣號馮夷俾清津兮櫂龍舟以濟予號呼也青令傳曰河伯華陰潼鄉人也姓馮氏名夷浴於河中而溺死是爲河伯太公金匱曰河伯姓馮名脩裴氏新語謂爲馮夷淮南子曰馮夷服夷石而

水仙注曰馮夷河伯也華陰潼鄉隄首人服八石而水仙俾使也淮南子曰天子龍舟鷁首字合韻音夷渚切會帝軒之未歸兮悵徜徉而延佇黃帝葬於西海橋山神未東歸也應劭曰上郡周陽縣有黃帝冢也悵徜徉思貌春秋命麻序曰帝軒受圖雒授麻　楚辭曰且徜徉而氾觀延佇見上注怬河林之蓁蓁兮偉關雎之戒女怬息也偉異也詩曰關關雎鳩在河之洲窈窕淑女君子好逑善曰中山經曰北望河林其狀如蒨郭璞注曰說者云蒨木名也毛萇詩傳曰蓁蓁至盛也怬許吏切又虛祕切黃靈詹而訪命兮樛天道其焉如黃靈黃帝也詹至也訪謀也樛求也如之也曰近信而遠疑兮六籍闕而不書六籍六經神逵昧其難覆兮疇克謀而從諸九交道曰逵覆審也疇誰也克能也謀察也諸之也牛哀病而成虎兮雖逢昆其必噬牛哀魯人牛哀也昆兄也噬食也淮南子曰牛哀病七日而化爲虎其兄啓戶而入哀搏而殺之不自知爲虎也廣雅曰噬嚙也鼈令殪而尸亡兮取蜀禪而引世鼈令蜀王名也殪死也禪傳也引長也善曰蜀王本紀曰望帝治汶山下邑曰郫積百餘歲荆地有一死人名

鼈靈令其尸亡隨江水上至郫與望帝相見望帝以鼈靈令爲相以德薄不及鼈靈令乃委國授之而去死生錯其不齊兮雖司命其不晣晣昭晣也善曰禮記曰王立七祀曰司命鄭玄曰司命主督察三命史記扁鵲曰疾在骨髓雖司命無奈之何晣之曳切東方朔曰司命之神揔鬼錄者竇號行於代路兮後膺祚而繁廡善曰漢書曰孝文竇皇后景帝母也呂太后出宮人以賜諸王竇姬與在行中家在清河願如趙近家請其主遣宦者吏必置趙籍之伍中宦者忘之誤置代籍伍中當行竇姬涕泣怨其宦者不欲往相強乃肯行至代代王獨幸竇姬生景帝後立爲皇后王肆侈於漢庭兮卒銜恤而絶緒善曰漢書曰孝平王皇后莽女也莽秉政以女配帝遣劉歆奉乘輿法駕迎后于莽第及莽即眞后常稱疾不朝會莽誅自投火中死國語曰肆侈不違韋昭曰肆恣也毛詩曰出則銜恤尉厖眉而郎潛兮逮三葉而遘武尉官名也厖蒼也善曰漢武故事曰顔駟不知何許人漢文帝時爲郎至武帝嘗輦過郎署見駟厖眉皓髮上問曰叟何時爲郎何其老也荅曰臣文帝時爲郎文帝好文而臣好武至景帝好美而臣貌醜陛下即位好少而臣已老是以三世不遇故老於郎署上感其言擢拜會稽都尉董弱冠而

司衮兮設王隧而弗處善曰漢書曰董賢年二十二爲三公哀帝崩賢自殺家惶恐夜葬之莽疑其詐死有司奏賢造冢墓不異王制賢既見發羸診其尸因埋獄中禮記曰人生二十曰弱冠周禮曰三公自衮冕而下左氏傳曰晉侯請隧杜預曰掘地通路曰隧王葬禮也夫吉凶之相仍兮恒反仄而靡所仍因也恒常也穆屆天以悦牛兮豎亂叔而幽主善曰孔安國尚書傳曰屆至也左氏傳曰穆叔孫穆子名豹魯大夫有罪走向齊及庚宗遇婦人通之有子在齊夢天壓已不勝顧而見人黑而上僂深目而豭喙號之曰牛助余乃勝之旦而瞻其徒無之後穆子還過庚宗婦人獻雉穆子問之曰女有子乎曰余子已能捧雉而從我矣而見之則所夢也未問其名號之曰牛曰唯使爲豎牛欲亂其室而有之叔孫疾牛詐謂外人曰夫子疾病不欲見人使寘饋于介而退牛不進叔孫覆器空而還之示君已食穆子遂餓而死文斷祛而忌伯兮閹謁賊而寧后善曰國語曰初獻公使寺人勃鞮伐文公於蒲城文公踰垣勃鞮斬其祛及入勃鞮求見於是吕甥冀芮畏逼悔納公謀作亂伯楚知之故求見公公遽見之伯楚以吕郤之謀告公韋昭曰寺人掌内人祛袂也勃鞮字伯楚通人闇於好惡兮豈昏惑而能剖剖分明也嬴擿

讖而戒胡兮備諸外而發內

蒼頡篇讖書河洛書也說文曰讖驗也秦語曰秦三十二年燕人盧生奏籙圖曰亡秦者胡也始皇乃使將軍蒙恬將兵三十萬北擊胡取河南地遂築長城以爲塞三十六年始皇南游還至平原津病始皇惡言死無復言死事病甚乃璽書賜蒲蘇使與喪會咸陽而葬以書付行符璽令趙高未授使者丙寅始皇崩於沙丘惟少子胡亥從丞相李斯恐天下有變不敢發喪棺載還咸陽趙高素與亥善留所賜蒲蘇書竊謂胡亥曰上崩無詔封王諸子而獨賜蒲蘇書蒲蘇即位爲皇帝太子無尺寸之地胡亥曰爲將奈何高曰非與丞相謀事不能成乃謂李斯曰蒲蘇即位必召蒙恬爲相於君不亦踈乎於是李斯然趙高言乃許受始皇詔立胡亥爲太子更作書賜蒲蘇曰朕巡天下禱祀名山以延年壽而數上書非我所爲日夜怨望不得爲人子不孝其賜自裁將軍恬與蘇君不匡正宜知其謀爲人臣不知亦賜死蒲蘇爲人仁得書泣即死胡亥即位爲二世葬始皇酈山善曰史記曰盧生使人奏籙圖曰亡秦者胡也使將軍蒙恬北擊胡略取河南地又曰始皇崩李斯與趙高謀詐受始皇詔立胡亥爲太子也

或輦賄而違車兮孕行產而爲對

車人名也孕懷子也昔有周犨者家甚貧夫婦夜田天帝見而矜之問司命曰此可富乎司命曰命當貧有張車子財可以假之乃借而與之期曰車子生急還之田者稍富致貲巨萬及期忌司命之言夫婦輦其賄以逃

與行旅者同宿逢夫妻寄車下宿夜生子問名於夫夫曰生車間名車子也從是所向失利遂便貧困鄭玄曰孕任子也善曰見鬼神志及搜神記

愼竈顯以言天兮占水火而妄訊愼者魯大夫梓愼竈者鄭大夫裨竈訊告也善曰左氏傳昭公二十四年五月乙未朔日有食之梓愼曰將水叔孫昭子曰旱也日過分而陽猶不剋剋必甚能無旱乎秋八月大雩旱也叔孫之言驗也則梓愼之言不驗又昭公十八年夏五月火始昏見丙子風裨竈言于子產曰宋衛陳鄭將同火若我用瓘斝玉瓚禳之猶必不火子產不予裨竈曰不用吾言鄭又將火鄭人請用之子產曰天道遠人道邇非爾及也何以知之竈焉知天道遂不與亦不復火今言梓愼裨竈是顯明天道之人占於水火亦有妄爲言事之難知也占謂自隱度而言也訊息對切

梁叟患夫黎丘兮丁厥子而剸刃善曰呂氏春秋曰梁國之北地名黎丘有奇鬼焉善効人之子姪昆弟之狀邑丈人有之市而醉歸者黎丘之鬼効其子之狀扶而道苦之丈人歸酒醒而誚其子曰吾爲汝父也豈謂不慈哉我醉汝道苦我何故其子泣而觸地曰孽矣無此事也昔也往責於東邑人可問也其父信之曰譆是必奇鬼固嘗聞之矣明日復於市欲遇而刺殺之明旦之市而醉其眞子恐其父之不能反也遂往迎之丈人望見之拔劔而刺之丈人智惑於似其子者而殺於眞子高誘曰誚讓也漢書蒯通曰不敢剸刃公之腹者畏秦法也韋昭曰北方人呼揷物地中爲剸側吏切爾雅曰丁當也

親所睼而弗識兮，矧幽冥之可信！睼視也矧況也

毋緜攣以倖己兮，思百憂以自疹。毋勿也緜攣係貌倖引也疹疾也善曰毛詩曰我生之後逢此百憂倖胡冷切

彼天監之孔明兮，用棐忱而祐仁。監視也孔甚也棐輔也忱誠也祐助也善曰尚書曰天監厥德又曰周公若天威棐忱

湯蠲體以禱祈兮，蒙厖褫以拯民。湯帝乙也蠲絜也拯濟也善曰淮南子曰湯時大旱七年卜用人祀天湯曰我本卜祭爲民豈乎自當之乃使人積薪翦髮及爪自潔居柴上將自焚以祭天火將然即降大雨呂氏春秋曰湯剋夏大旱七年乃以身禱於桑林自以爲犧牲用祈於上帝民乃甚悦雨乃大至爾雅曰厖大也褫福也祈或爲祊非

景三慮以營國兮，熒惑次於他辰。景謚也慮謀也熒惑火星也次舍也善曰呂氏春秋曰宋景公有疾司星子韋曰熒惑守心心宋之分野君當之若祭可移於相公曰相寡人之股肱豈可除心腹之疾移於股肱可乎曰可移於民公曰民者國之本國無民何以爲國如何傷本而救吾身乎曰可移於歲公曰歲所以養民歲不登何以蓄民子韋曰君善言三熒惑必退三舍延命二十一年視之信一舍七度三七二十一當更壽二十一年

魏顆亮以從治兮，鬼亢回以斃秦。善曰

左氏傳曰初魏武子有嬖妾武子有疾命顆曰必嫁是妾疾病則曰必以殉及卒顆嫁之及輔氏之役顆見老人結草以抗杜回回躓而顛故獲之夜夢曰余乃所嫁婦人之父也傳宣公十五年秋七月秦桓公伐晉次于輔氏輔氏即晉地使魏顆敗秦師于輔氏獲杜回秦之力人也魏顆所以敗秦師者專由魏犨妾之父也他年魏武子武子即犨也有嬖妾無子武子疾病命顆曰必嫁是妾及武子疾甚困則更命顆曰必殺以爲徇葬及武子卒顆嫁之不殺徇葬曰疾病則心情亂吾從其治時也及今年有輔氏之役顆領兵拒秦師之日忽見一人在前結草以亢禦杜回杜回遂躓而顛故獲杜回於是秦師遂敗獲杜回之夜夢曰余汝所嫁婦人之父也爾用先人之治命余是以報也

咎繇邁而種德兮樹德懋于英六

邁行也英六國也楚末乃滅善曰尚書禹曰咎繇邁種德史記曰帝禹封皐陶之後於英六

桑末寄夫根生兮卉既凋而已育

桑末木名也根生寄生也卉草木凡名也育生也凋落也善曰舊注之意以卉即桑末也言桑末寄夫根生桑末既凋而寄生巳茂以喻皐繇之後封於英六衆國巳滅而英六獨存言積德之後必有餘慶也

有無言而不酬兮又何往而不復

復返也善曰邁德行仁必貽後慶如有言必酬有往必復也毛詩曰無言不酬無德不報禮記曰往而不來非禮也周易曰無平不陂無往不復

盍遠迹以飛

聲兮孰謂時之可蓄善曰言何不遠迹以飛聲遊六合而訪道誰謂時之可蓄而不可行乎言時易逝也鄭玄論語注曰盇何不也孔安國尚書傳曰蓄積也仰矯首以遥望兮魂憋惘而無儔儔匹也善曰甘泉賦曰仰矯首以高視楚辭曰悵憋惘兮永思王逸曰憋惘惆悵失望志錯越也逼區中之隘陋兮將北度而宣遊賈逵曰逼迫也爾雅曰宣徧也善曰司馬相如大人賦曰悲世俗之逼隘楚辭曰宣遊兮列宿順極兮彷徨行積冰之磑磑兮清泉沍而不流沍凍也善曰淮南子曰八紘北方曰積冰高誘曰北方寒冰所積名積冰也方言曰磑磑堅也牛哀切方言磑堅也左氏傳曰固陰沍寒杜預曰沍閉也寒風凄其永至兮拂穹岫之騷騷凄寒貌說文曰拂擊也爾雅曰穹大也毛詩傳曰騷動也善曰騷騷風勁貌王逸曰騷愁也合韻所流切玄武縮于殼中兮騰蛇蜿而自糾龜與蛇交曰玄武殼甲也春秋漢含孳曰太一常居後玄武蔡雍月令章句曰北方玄武介蟲之長爾雅曰騰蛇龍類能興雲霧而遊其中文子曰騰無足而騰也淮南子曰奔蛇廣雅曰蜿曲也魚矜鱗而并凌兮鳥登木而失條凌冰也善曰矜

寒貌凌力證切坐太陰之屛室兮慨含唏而增愁善曰楚辭曰選鬼神於太陰兮漢書曰以陰陽言之太陰者北方也說文曰屛蔽也慨太息也屛與屛古字通又曰不泣曰唏何休曰欷悲也火既切怨高陽之相寓兮伷顓頊而宅幽高陽帝顓頊也相視也寓居也伷小貌也善曰家語孔子曰顓頊者黃帝之孫昌意之子高陽配水山海經曰北海之內有山名幽都之山黑水出焉伷去鳳切庸織路於四裔兮斯與彼其何瘳瘳愈也南至炎火鬱邑無聊北至積冰含欷增愁此與彼何以相愈乎庸勞也織曰緯善曰言涉路東西有似於織也望寒門之絕垠兮縱余緤乎不周善曰楚辭曰踔絕垠乎寒門又曰登閬風而緤馬王逸曰緤繫也楚辭曰路不周以左轉王逸曰不周山名也在崑崙西北漢書司馬相如大人賦曰軼先驅於寒門注寒門天北門也左氏傳曰臣負羈緤緤馬絆也大荒經西北海之外大荒隅有山而不合名曰不周淮南子曰昔共工與顓頊爭爲帝共工怒而觸不周山天維絕地柱折故令此山缺壞不周迅猋潚其媵我兮鶩翩飄而不禁潚疾貌媵送也翩飄疾貌潚音肅善曰爾雅曰風飄謂之猋字林曰潚深清也越谽𡁳之洞穴兮漂通

川之碄碄經重㾌乎寂漠兮慜墳羊之深潛谽谺大貌漂浮也碄碄深貌重㾌地下也寂寞靜貌㾌古陰字墳羊土精怪也善曰上林賦曰通川過於中庭春秋外傳國語曰季桓子穿井獲如土缶中有羊焉使問仲尼曰吾聞穿井得狗何也對曰以丘所聞墳羊也丘聞木石之怪夔罔兩水之怪龍罔象土之怪墳羊唐固云墳羊雌雄未成者也淮南子曰水生罔象木生畢方井生𧧻羊廣雅曰羊土神谽火含切谺火加切碄音林追荒忽於地底兮軼無形而上浮善曰荒忽幽昧貌甘泉賦曰窺地底於上回楚辭曰覽方物之荒忽春秋說題辭曰元氣以爲天混沌無形出石密之闇野兮不識蹊之所由蹊路也由自也善曰山海經曰密山是生玄玉黄帝取密山之玉策而投之鍾山之陰然下既有鍾山此石密疑是密山速燭龍令執炬兮過鍾山而中休速徵也善曰楚辭曰日安不到燭龍何照山海經曰鍾山之神人面蛇身而赤身長千里其眠乃晦其視乃明不食不寢不息風雨是謁是燭九陰是謂燭陰郭璞曰即燭龍也瞰瑤谿之赤岸兮弔祖江之見劉瞰瞻也瑤谿赤岸謂鍾山東瑤岸也祖江人名也劉殺也善曰山海經曰鍾山有子曰鼓其狀人面而龍身欽䲹殺祖江于崑崙之陽帝

乃戮之於鍾山之東曰瑶岸欽䲹化爲大鶚郭璞曰䲹音丕鶚音愕聘王母於銀臺兮羞玉芝以療飢王母西王母也銀臺王母所居羞進也療愈也善曰史記曰三神山仙人在焉黄金白銀爲宮闕王母仙者故假言之本草經曰白芝一名玉芝戴勝慭其既歡兮又誚余之行遲戴勝謂西王母也慭笑貌誚讓也善曰字林曰慭謹敬也山海經曰西海之南流沙之濵赤水之後黒水之前有大山名曰昆侖之丘其下有弱水之淵環之有人戴勝虎齒豹尾穴處名王母又曰西王母其狀如人戴勝是司天之屬郭璞曰勝玉勝慭魚覲切載太華之玉女兮召洛浦之宓妃浦涯也善曰列仙傳曰毛女者字玉姜在華陰山中體生毛所止巖中有鼓琴聲楚辭曰迎宓妃下伊浦咸姣麗以蠱媚兮增嫮眼而蛾眉說文曰姣好也廣雅曰嫮好也善曰楚辭曰嫮目冥笑眉曼舒訬婧之纖要兮揚雜錯之袿徽訬婧細要貌善曰方言曰袿謂之裾劉熙釋名曰婦人上服謂之袿青絳爲之緣袿古攜切爾雅曰婦人之徽謂之縭郭璞曰即今香纓也訬音眇說文曰婧妍婧也財性切一音精離朱脣而微笑兮顏的礫以遺光離開也的礫明貌善曰神女賦曰朱脣的

其若丹上林賦曰宜笑的皪皪音歷獻環琨與琛縭兮申厥好以玄黃環珠也琨璧也琛寶也縭今之香纓玄黃玉石之色善曰白虎通曰所以必有珮者表惪見所能也故循道無窮則佩環能本道德則佩琨薛君韓詩章句曰縭帶也尚書曰厥篚玄黃琨音昆縭音離雖色豔而賂美兮志皓蕩而不嘉豔美色也善曰賂美謂環琨玄黃也楚辭曰怨靈脩之皓蕩雙材悲於不納兮並詠詩而清歌善曰雙材謂玉女宓妃也劉歆列女傳頌曰材女脩身廣觀善惡歌曰天地烟熅百艸含葩烟熅和貌葩華也善曰周易曰天地烟熅萬物化醇廣雅曰絪縕元氣也毛萇詩傳曰艸草也郭璞曰草物名也說文曰蘤古花字本誤作蘤音爲詭切非此之用也鳴鶴交頸雎鳩相和善曰周易曰鳴鶴在陰詩曰關關雎鳩處子懷春精魂回移善曰莊子曰藐姑射之山有神人居焉婥約若處子毛詩曰有女懷春如何淑明忘我實多淑善也淑明謂衡也玉女宓妃言忘棄我實多善曰論語摛輔像曰仲弓淑明清理可以爲卿毛詩曰如何如何忘我實多將荅賦而不暇兮爰整駕而亟行爰於是也亟疾也善曰毛詩曰

爾之亟行皇脂爾車瞻崑崙之巍巍兮臨縈河之洋洋巍巍高貌縈紆也言河之曲也善曰史記大史公曰禹本紀言河出崑崙毛詩曰河水洋洋毛萇曰洋洋盛大也伏靈龜以負坻兮亘螭龍之飛梁坻所以止船也善曰楚辭曰麾蛟龍以梁津兮詔西皇使涉予登閬風之層城兮搆不死而為牀閬風崑崙山名也善曰淮南子曰崑崙虛有三山閬風桐版玄圃層城九重禹云崑崙有此城高一萬一千里十洲記曰崑崙北角曰閬風之顛山海經曰崑崙開明北有不死樹食之長壽郭璞曰言常生也古今通論曰不死樹在層城西屑瑤蘂以為糇兮斢白水以為漿屑碎也糇糒也斢酌也善曰瑤蘂也說文曰糇乾食糧也楚辭曰精瓊靡以為粻王逸曰靡屑也毛萇詩傳曰糇食也又曰斢挹也爾雅曰斢酌也楚辭曰朝吾將濟於白水兮王逸淮南言白水在崑崙之源也蘂而髓切斢居于切抨巫咸作占夢兮乃貞吉之元符抨使也善曰言我昔夢木禾令令巫咸占之楚辭曰巫咸將夕降兮懷椒糈而要之王逸曰巫咸古神巫也當殷中宗之時也抨甫耕切滋令德於正中兮含嘉秀以為敷滋繁也不華而實謂之秀善曰

言己有令德類禾之有嘉秀也尚書曰惟爾令德孝恭

既垂穎而顧本兮亦要思乎故居穎穗也善曰言禾垂穎以顧本猶人之思故居也淮南子曰孔子見禾三變始於粟生於苗成於穗乃歎曰我其首禾乎高誘曰禾穗向根故君子不忘本也

安和靜而隨時兮姑純懿之所廬懿美也廬居也善曰韓詩曰靜貞也周易曰隨時之義大矣哉杜預曰姑且也

戒庶僚以夙會兮僉供職而並訏庶僚即下豐隆列缺等也訏迎也言戒誓令夙早而會皆供職而來迎我也善曰孔安國尚書傳曰僉皆也

豐隆軒其震霆兮列缺曄其照夜豐隆雷公也軒聲貌震霆霹靂也列缺電也曄光貌善曰楚辭曰吾令豐隆乘雲兮羽獵賦曰霹靂列缺吐火施鞭軒普耕切

雲師䨺以交集兮涷雨沛其灑塗雲師雨師也䨺陰貌涷雨暴雨也巴郡謂暴雨為涷雨沛雨貌塗路也善曰諸家之說豐隆皆曰雲師此賦別言雲師明豐隆為雷也故留舊說以廣異聞爾雅曰暴雨謂之涷注曰今江東人呼夏月大暴雨為涷雨楚辭曰使涷雨兮灑塵䨺徒感切

轙琱輿而樹葩兮擾應龍以服路善曰爾雅曰載轡謂之轙郭璞曰轙車軛

上環鑾所貫也琱輿琱玉之輿爾雅曰玉謂之琱葩蓋之金華也獨斷曰乘輿車皆羽蓋金華爪擾馴也廣雅曰有翼曰應龍路車也

百神森其備從兮屯騎羅而星布森聚貌屯聚也善曰楚辭曰百神翳其備降

振余袂而就車兮脩劒揭以低昂揭卬貌冠嵒嵒其映蓋兮珮緋纚以煇煌緋纚盛貌嵒嵒冠貌煇煌珮光貌善曰嵒五咸切緋音林纚音離

僕夫儼其正策兮八乘騰而超驤僕夫謂御車人也儼敬也八乘公上得從車八乘善曰楚辭曰僕夫懷余心悲又曰撰余轡而正策又曰駕八龍之蜿蜿又曰超驤

氛旄溶以天旋兮蜺旌飄以飛颺旌羽旄也善曰氛旄氛氣爲旄也楚辭曰連五宿兮建旄揚氛氳以爲旌字林曰溶水盛貌令取盛意宋玉笛賦曰天旋少陰白日西靡髙唐賦曰蜺爲旌溶音勇

撫軨軹而還睨兮心勺藥其若湯勺藥熱貌善曰説文曰無輻曰軨軹車輪小穿也又曰睨邪視也楚辭曰忽臨睨夫舊鄉又曰心渞沸其若湯軨音零軹之氏切勺市灼切渞音换

羨上都之赫戲兮何迷故而不忘羨欲也赫戲盛貌迷惑也何惑舊故而不忘新

愚以爲當去己之迷故之心也善曰言已願上都之赫戲是何
迷已之故而不能忘謂不忘上都也楚辭曰陟登皇之赫戲兮左青
琱之捷芝兮右素威以司鉦青琱青文龍也素威白虎威也善曰芝小蓋也禮記曰君行左
青龍而右白虎也說文曰捷竪也鉦鐃也捷巨偃切前長離使拂羽兮後委衡乎玄冥
長離朱鳥也委屬也水衡官名也善曰司馬相如大人賦曰前長離
後矞皇如淳曰長離朱鳥也禮記曰前行朱鳥而後玄武又曰鳴鳩
拂其羽家語季康子曰吾聞玄冥爲水正此即五行之主也司馬相如大人賦曰左玄冥而右黔雷屬箕伯以函風
兮澂淟涊而爲清函含也澂騰也清靜也善曰風俗通曰風師者箕星也主簸物能致風氣也易曰巽爲長女長
者伯之故曰風伯也楚辭曰切淟涊之流俗兮王逸曰淟涊垢濁也拽雲旗之離離兮鳴玉鸞之
譻譻鸞鸞鑣也譻譻聲也善曰楚辭曰載雲旗之委蛇又曰鳴玉鸞之啾啾譻古嚶字涉清霄而升
遐兮浮蠛蠓而上征霄微雲也善曰楚辭曰涉青雲而氾濫兮甘泉賦曰騰清霄而軼浮景又曰浮
蠛蠓而撇天淮南子曰蠛蠓磑而雨春而風言羣而上下至疾曰溢埃風而上征紛翼翼以徐戾兮

焱回回其揚靈戾至也回回光明貌善曰說文曰焱火華也言光之盛如火之華楚辭曰皇剡剡其揚靈王逸曰揚其光也靈叫帝閽使闢扉兮覿天皇于瓊宮叫呼也閽主門也闢開也扉宮門闔也覿見也天皇天帝也善曰楚辭曰吾令帝閽開關兮揚雄甘泉賦曰選巫咸兮叫帝閽聆廣樂之九奏兮展洩洩以彤彤聆聽也廣樂樂名也展信也洩洩彤彤皆樂貌善曰史記曰趙簡子病二日而寤曰我之帝所甚樂與百神遊于鈞天廣樂九奏萬舞左氏傳曰鄭莊公入而賦大隧之中其樂也彤彤姜出而賦大隧之外其樂也洩洩杜預云融融和也洩洩舒散也融與彤古字通考治亂於律均兮意建始而思終律十二律均所均聲也建立也善曰琴道曰琴七絲足以通萬物而考治亂也樂汁圖徵曰聖人往承天助以立五均均者亦律調五聲之均也宋均曰均長八尺施絃以調六律五聲惟般逸之無斁兮懼樂往而哀來孔安國尚書傳注曰斁猒也善曰莊子曰樂未畢也哀又繼之素女撫絃而餘音兮太容吟曰念哉建始念終也素素女也太容黃帝樂師也高誘淮南子注曰素女黃帝時方術之女也善曰史記曰泰帝使素女鼓五十

紡瑟舊注本素下無女字令本有之尚書曰帝念哉既防溢而靖志兮迨我暇以翱翔靖靜也迨及也廣雅曰翱翔浮游也善曰字林曰靖立也毛詩曰迨我暇矣又曰將翱將翔出紫宮之肅肅兮集太微之閬閬天文志曰中宮太極星其一明者泰一常居也旁三星三公後句曲四星一星正妃餘三星後宮之屬也環衛十二星藩臣皆曰紫宮善曰紫宮太微二星名也春秋合誠圖曰紫宮帝太宮也又曰太微其星十二字林曰閬高貌甘泉賦曰閬閬其寥廓閬音郎命王良掌策駟兮踰高閣之將將善曰春秋元命苞曰漢中四星天騎一曰天駟旁一星王良主天馬也漢書天文志曰王良車騎古善馭者漢書曰營室爲淸廟又曰離宮閣道建罔車之幕幕兮獵青林之芒芒善曰罔車畢星也青林天苑也河圖曰桐栢山上爲掩畢三危山上爲天苑彎威弧之拔刺兮射嶓冢之封狼彎引也威弧星名也拔刺彎弓貌善曰楊雄河東賦曰玃天狼之威弧漢書曰狼下有四星曰弧淮南子曰琴戒撥刺高誘曰撥刺不正也河圖曰嶓冢山名此山之精上爲星名封狼拔方割切刺力達切觀壁壘於北落兮伐河鼓之磅

硠壁營壁也壘中壘也北落星名也伐擊也河鼓星名也磅硠聲也
善曰漢書曰羽林天軍西爲壘或曰鉞傍一大星曰北落爾雅曰
河鼓謂之牽牛今荆人呼牽牛星爲檐鼓檐者荷也乘天潢之汎汎兮浮雲漢之湯
湯天潢天津也汎汎流皃也雲漢天河也湯湯水流也善曰樂緯曰
商爲五潢宋均曰五潢天津之别名也毛詩曰倬彼雲漢
倚招搖攝提以低佪劉流兮察二紀五緯之綢繆遹
皇二紀日月也五緯五星也攝提星名形似車禮記曰以日星爲紀
善曰漢書杓端有兩星一内爲矛爲招搖孟康曰近北斗者招搖
劉流繚繞也漢書曰攝提直斗柄所指以建時節故曰攝提越絶書范
蠡曰天貴持盈不失日月星辰紀綱易乾鑿度曰五緯順軌四時和粟
宋均曰和粟氣和而嚴正綢
繆連緜也遹皇往來皃也偃蹇夭矯娩以連卷兮説文曰生子二
人俱出爲娩篡要曰齊人謂生子曰娩善曰偃蹇驕傲之
皃也夭矯自縱恣皃也娩跳也連卷長曲皃娩匹萬切雜沓叢
顤颯以方驤善曰衆多之皃顤音悴棫汨飂淚沛以罔象兮善曰皆疾
皃罔象即仿像也楚辭曰沛罔象而
自浮棫一六切飂力凋切淚音戾爛漫麗靡藐以迭逷

分布遠馳之貌善曰爛漫分散貌藐遠貌迭過也湯突也湯遝音唐凌驚雷之硠磕兮弄狂電之淫裔凌乘也淫裔電貌善曰楚辭曰凌驚雷軼駭電兮硠磕雷聲也上林賦曰淫淫裔裔硠音苦郎切踰痝鴻於宕冥兮貫倒景而高厲痝鴻宕冥皆天之高氣也善曰孝經援神契曰天度痝鴻孳萌宋均曰痝鴻未分之象也楚辭曰貫蒙鴻以東朅兮說文曰宕過也冥窈也凌陽明經曰倒景氣去地四千里其景皆倒在下楚辭曰颯弭節而高厲痝莫孔切鴻胡孔切宕徒浪切廓盪盪其無涯兮乃今窺乎天外宋玉大言賦曰長劒耿耿倚天外據開陽而頫眂兮臨舊鄉之暗藹善曰春秋運斗樞曰北斗七星第六開陽也楚辭曰忽臨睨夫舊鄉兮悲離居之勞心兮情悁悁而思歸楚辭曰將以遺夫離居字林曰悁忿恨也善曰毛詩曰勞心悁悁烏玄切魂眷眷而屢顧兮馬倚輈而徘徊輈車轅也善曰韓詩曰眷眷懷顧毛詩曰屢顧爾僕雖遊娛以媮樂兮豈愁慕之可懷善曰楚辭曰聊假日而媮樂兮出閶闔兮降天途乘焱

忽兮馳虛無閶闔天門也降下也善曰楚辭曰倚閶闔而望兮又曰乘迴風而遠遊服虔甘泉賦注曰猋風也上林賦曰凌驚風歷駭猋乘虛無與神俱猋必遥切雲菲菲兮繞余輪風眇眇兮震余旟楚辭曰雲菲菲而承宇眇眇遠貌周禮曰鳥隼爲旟爾雅曰錯鳥隼爲旟此謂合剥鳥皮毛置之竿頭即禮記所謂載鴻及鳴鳶也繽連翩兮紛暗曖儵眆眃兮反常閭蒼頡篇曰眆眃目視不明貌善曰眆音懸眃音云收疇昔之逸豫兮卷淫放之遐心善曰左氏傳羊斟曰疇昔之羊子爲政毛詩曰逸豫無期楚辭曰神要眇以淫放毛詩曰無金玉爾音而有遐心修初服之娑娑兮長余佩之參參善曰楚辭曰退將復修吾初服又曰長余佩之陸離文章奐以粲爛兮美紛紜以從風御六藝之珍駕兮遊道德之平林周禮曰六藝禮樂射御書數毛詩曰依彼平林結典籍而爲罟兮敺儒墨以爲禽儒家者述聖道之書也以仁義爲本以禮樂爲用墨家者強本節用之書也以貴儉尚賢爲用善曰敺音驅墨墨家流也

玩陰陽之變化兮詠雅頌之徽音善曰孫卿子曰四時代御陰陽交化周易曰四時變化毛詩曰大姒嗣徽音嘉曾氏之歸耕兮慕歷阪之嶔崟善曰琴操曰歸耕者曾子之所作也曾子事孔子十有餘年晨覺眷然念二親年衰養之不備於是援琴鼓之曰歔欷歸耕來兮安所耕歷山盤兮恭夙夜而不貳兮固終始之所服不貳不差貳也服所服事也善曰毛詩曰夙夜在公楚辭曰事君而無貳夕惕若厲以省諐兮懼余身之未勑勑整也善曰周易曰君子夕惕若厲無咎苟中情之端直兮莫吾知而不悳善曰楚辭曰苟余情之端直又曰國無人兮莫我知小雅曰小愧爲悳女六切默無爲以凝志兮與仁義乎逍遙善曰老子曰上德無爲楚辭曰超無爲以志清上林賦曰馳騖乎仁義之塗不出户而知天下兮何必歷遠以劬勞善曰老子曰不出户而知天下不窺牖而見天道河上公曰聖人以己身知人身以己家知人家所以見天下矣毛詩曰之子于征劬勞于野系曰系繫也言繫一賦之前意也

天長地久歲不留善曰老子曰天長地久天地所以長且久者以其不自生故能長生俟河之清秪懷憂秪適也善曰左氏傳子駟曰周諺有之曰俟河之清人壽幾何杜預曰逸詩也言人壽促而河清遲也京房易傳曰河千年一清願得遠渡以自娛上下無常窮六區善曰楚辭曰遠度世以忘歸六區上下四方也周易曰上下無常非爲邪也超踰騰躍絕世俗飄遙神舉逞所欲說文曰逞極也天不可階仙夫稀善曰周髀曰天不可階而升栢舟悄悄悋不飛栢舟詩篇名也注慍怨也悄悄憂貌羣小衆小人在君側也悋恨也其詩曰憂心悄悄慍于羣小又曰靜言思之不能奮飛注不如鳥奮翼而飛去臣不遇於君猶不忍去厚之至也松喬高跱孰能離松赤松子喬王喬離附也結精遠遊使心攜攜離也善曰楚辭曰願輕舉而遠遊公羊傳曰攜其妻子何休曰攜猶提將也迴志朅來從玄謀朅去也善曰劉向七言曰朅來歸耕永自疎獲我所求夫何思夫復也

歸田賦

張平子歸田賦者張衡仕不得志欲歸於田因作此賦凡在曰朝不曰歸田

遊都邑以永久無明略以佐時徒臨川以羨魚俟河清乎未期都謂京都永長也久滯也言久淹滯於京都而無知略以匡佐其時君也字林曰羨貪欲也淮南子曰臨河羨魚不如歸家織網高誘曰羨願也易乾鑿度曰天降嘉應河清清三日變爲赤赤變三日鄭玄曰聖王爲政治平之所致感蔡子之慷慨從唐生以決疑史記曰蔡澤燕人遊學于諸侯不遇從唐舉相舉熟視而笑曰先生曷鼻戴肩魋顏蹙頞顙顄膝攣吾聞聖人不相殆先生乎澤知舉戲之乃曰富貴吾所自取吾不知者壽也願聞之舉曰先生之壽從今以往者四十三歲澤笑而謝去謂御者曰吾持粱刺齒肥躍疾驅懷黃金之印結紫綬於要胥揖讓人主之前食肉富貴四十一年足矣及入秦昭王召見與語大說拜爲客卿遂代范雎爲秦相說文曰慷慨壯士不得志於心也諒天道之微昧追漁父以同嬉諒信也微昧幽隱司馬遷悲士不遇賦曰天道悠昧楚辭曰屈原既放漁父見而問之曰子非三閭大夫歟漁父悠爾而笑鼓枻而去王逸楚辭序曰漁父避世隱身釣魚江湖欣然而樂漁父歌曰滄浪之水清可以濯吾纓滄浪之水濁可以濯吾

足嬉樂也超埃塵以遐逝與世事乎長辭世務紛濁以喻塵埃莊子曰遊乎塵埃之外

於是仲春令月時和氣清儀禮曰令月吉日鄭玄曰令善也原隰鬱茂百草滋榮王雎鼓翼鶬鶊哀鳴雎鳩王鳩也郭璞曰雕類也爾雅曰倉庚黃鸝也鸝音利交頸頡頏關關嚶嚶頡頏上下也毛萇詩傳曰飛而上曰頡飛而下曰頏爾雅曰關關雝雝音聲和也釋訓曰丁丁嚶嚶相切直也注嚶嚶兩鳥鳴也於焉逍遥聊以娛情毛詩曰於焉逍遥廣雅曰逍遥儀徉也爾乃龍吟方澤虎嘯山丘言已從容吟嘯類乎龍虎春秋元命苞曰杓星高則羣龍吟淮南子曰龍吟而景雲至虎嘯而谷風臻仰飛纖繳俯釣長流觸矢而斃貪餌吞鉤觸矢射也吞鉤釣也楚辭曰知貪餌而近斃落雲間之逸禽懸淵沈之魦鰡列子曰詹何以獨繭爲綸芒針爲鉤引盈車之魚於百仞之淵楚王問其故詹何曰蒲且子之弋弱弓纖繳連雙鶬於青雲之際臣因學釣五年始盡其道毛萇詩傳曰魦鮀也字指曰鰡魦屬

于時曜靈俄景係以望舒廣雅曰曜靈日也王逸楚辭注曰望舒月御也俄斜也極般遊之至樂雖日夕而忘劬尚書曰般遊無度感老氏之遺誡將迴駕乎蓬廬老子曰馳騁田獵令人心發狂注曰精神安靜馳騁呼吸精散氣亡故發狂劉向雅琴賦曰潛坐蓬廬之中巖石之下彈五絃之妙指詠周孔之圖書五絃琴也禮記曰舜作五絃之琴以歌南風鄭玄注曰南風長養之風也毛詩曰南風之薰兮可以解吾民之慍兮蔡邕琴操曰伏羲氏作琴絃有五者象五行也周周公孔孔子也揮翰墨以奮藻陳三皇之軌模賈逵國語注曰軌法也鄭玄毛詩箋曰模法也莫奴切苟縱心於物外安知榮辱之所如班固漢書述賈鄒枚路曰榮如辱如有機有樞劉德曰易曰樞機之發榮辱之主也張晏曰乍榮乍辱如辭也

文選卷第十五

賜進士出身通奉大夫江南蘇松常鎮太等處承宣布政使司布政使胡克家重校刊

文選卷第十六

梁昭明太子撰

文林郎守太子右内率府録事叅軍事崇賢館直學士臣李善注上

志下

潘安仁閑居賦

哀傷

司馬長卿長門賦

向子期思舊賦

陸士衡歎逝賦

潘安仁懷舊賦

寡婦賦

江文通恨賦

別賦

志下

閑居賦并序閑居賦者此蓋取於禮篇不知世事閑靜居坐之意也

潘安仁晉武帝時人也

岳嘗讀汲黯傳至司馬安四至九卿而良史書之題以巧宦之目未嘗不慨然廢書而歎漢書汲黯傳曰黯姊子司馬安文深善巧宦四至九卿以河南太守卒班固司馬遷贊曰遷有良史之才李陵書曰能不慨然史記太史公曰始齊之蒯通讀樂毅報燕王書未嘗不廢書而泣漢書司馬安黯姊子也與長孺同傳爲人諂佞善事上下故四至九卿之位

班固曰安文善巧故每讀其傳而歎息黯於減切字林曰慨仕不得志許既切曰嗟乎巧誠有之拙亦宜然言誠有巧宜之理拙固有之西京賦曰小必有之大亦宜然顧常以爲士之生也非至聖無執微妙玄通者鄭玄毛詩箋曰顧念也周易曰用無常道事無軌度廣雅曰軌迹也老子曰善行無轍跡又曰古之善爲士者微妙玄通深不可識河上公曰玄天也言其節志精微與天通也則必立功立事效當年之用漢書平當書曰建功立事可以永年延篤與張奐書曰烈士殉名立功立事也杜預左氏傳注曰效致也是以資忠履信以進德脩辭立誠以居業周易曰履信思乎順又曰君子進德脩業忠信所以進德也脩辭立誠所以居業也僕少竊鄉曲之譽燕丹子夏扶曰士無鄉曲之譽則未可與論行也忝司空太尉之命所奉之主即太宰魯武公其人也舉秀才爲郎臧榮緒晉書曰賈充字公閭封魯公爲司空轉太尉薨贈太宰謚武公又曰岳弱冠太尉舉秀才爾雅曰忝辱也命謂舉命之爾雅曰命告也凡尊者之言曰命孝經曰則周公其人也逮事世祖武皇帝臧榮緒晉書武紀曰帝諱炎字安世崩上號世祖禮記曰逮事父母爲

河陽懷令臧榮緒晉書曰岳出爲河陽令轉懷令漢書河内郡有懷縣河陽縣也尚書郎廷尉平臧榮緒晉書岳頻宰二邑勤於政績調補尚書郎遷廷尉平爲公事免官漢書曰宣帝初置廷尉左右平秩皆六百石平皮命切今天子諒闇之際天子惠帝也諒闇令謂凶廬裏寒涼幽闇之處故曰諒闇領太傅主簿府主誅除名爲民臧榮緒晉書曰楊駿爲太傅輔政高選吏佐引岳爲太傅主簿駿誅除名俄而復官除長安令何休公羊傳注曰俄者須臾之間也漢書音義如淳曰凡言除者除故官就新官也遷博士未召拜親疾輒去官免自弱冠涉乎知命之年禮記曰二十曰弱冠論語子曰五十而知天命孔安國曰知天命之終始八徙官而一進階再免一除名一不拜職遷者三而已矣八徙官謂舉秀才爲郎河陽令懷令尚書郎廷尉平領太傅主簿長安令遷博士也一除名謂太傅主簿府誅除名爲民也一不拜職謂遷博士未召拜親疾輒去官也一進階謂徙懷令爲尚書郎也再免謂任廷尉平以公事免遷博士以去官免也三遷謂廷尉平領太傅主簿及遷博士也雖通塞有遇抑亦拙者之効也周易曰不出户庭知通塞也漢書楊雄曰以爲遇不遇命也廣

雅曰効驗也昔通人和長輿之論余也固謂拙於用多論衡曰博覽古今者爲通人臧榮緒晉書曰和嶠字長輿莊子謂惠子曰夫子固拙於用大尚書周公曰予多才多藝稱多則吾豈敢言拙信而有徵論語孔子曰若聖與仁則吾豈敢左氏傳叔向曰君子之言信而有徵方今俊乂在官百工惟時方今猶正今也廣雅曰方正也尚書曰俊乂在官又曰百工惟時孔安國曰百工皆是言政無非拙者可以絶意乎寵榮之事矣太夫人在堂有羸老之疾漢書曰列侯太夫人如淳曰列侯之妻稱夫人列侯死子復爲列侯乃得稱太夫人左氏傳荀罃曰余羸老矣王隱晉書曰岳母寒以數戒焉尚何能違膝下色養而屑屑從斗筲之役乎孝經曰故親生之膝下以養父母日嚴論語子夏問孝子曰色難左氏傳晉侯謂汝叔齊曰魯侯善禮叔齊曰而屑屑焉習儀以亟方言曰屑屑不静也論語子曰噫斗筲之人何足筭也鄭玄曰筲竹器也容斗二升袁宏後漢紀郭林宗曰大丈夫焉能久處斗筲之役乎於是覽止足之分庶浮雲之志老子曰知足不辱知止不殆注知足之人絶利去欲不辱於身也知可止則止則財利不累於身聲色不亂於耳目終身不危殆也論語孔子

曰不義而富且貴於我如浮雲班固荅賓戲曰仲尼抗浮雲之志**築室種樹逍遥自得**毛詩曰築室百堵漢書景帝詔曰藝種樹可衣食物莊子善卷曰余日出而作日入而息逍遥於天地之閒而心意自得家語曰原憲衣弊衣冠衎然有自得之志**池沼足以漁釣舂稅足以代耕**說文曰稅租也禮記曰夫祿足以代其耕**灌園粥蔬以供朝夕之膳**列女傳曰於陵子仲爲人灌園字書曰粥賣也粥與鬻音義同說文曰膳具食也**牧羊酤酪以俟伏臘之費**鄭玄周易注曰牧養也廣雅曰酤賣也古護切釋名曰酪乳汁所作也漢書秦德公作伏祠孟康曰六月伏日厤忌釋曰伏者何也金氣伏藏之日也四時代謝皆以相生立春木代水水生木立夏火代木木生火立冬水代金金生水至於立秋以金代火金畏火故至庚日必伏庚者金故也臘者風俗通禮傳曰夏曰嘉平殷曰清祀周曰大蜡漢改爲臘臘者獵也言獵取禽獸以祭其先祖故曰臘也秦孝公始置伏始皇改臘曰嘉平**孝乎惟孝友于兄弟此亦拙者之爲政也**論語或謂孔子曰子奚不爲政子曰書云孝乎惟孝友于兄弟施于有政是亦爲政奚其爲爲政包氏曰孝乎惟孝美大孝之辭也友于兄弟善於兄弟也施行也所行有政道即與爲政同也**乃作閑居賦以歌事遂情焉**韓詩序曰勞者歌其事聲類曰遂從意也

其辭曰

傲墳素之場圃步先哲之高衢左氏傳楚靈王曰左史倚相能讀三墳五典八索九丘賈逵曰三墳三皇之書五典五帝之典八索素王之法九丘亡國之戒墳大也言三皇之大道孔子作春秋素王之文也上林賦曰翺翔乎書圃登樓賦曰假高衢而騁力雖吾顏之云厚猶內媿於甯蘧有道吾不仕無道吾不愚尚書曰顏厚有忸怩楚漢春秋韓信曰臣內媿於心論語子曰甯武子邦有道則智邦無道則愚其智可及也其愚不可及也又曰君子哉蘧伯玉邦有道則仕邦無道則卷而懷之何巧智之不足而拙艱之有餘也管子曰巧者有餘而拙者不足於是退而閑居于洛之涘楊佺期洛陽記曰城南七里名曰洛水蔡邕祓禊文曰自求多福在洛之涘毛萇詩傳曰涘猶涯也身齊逸民名綴下士論語子曰逸民伯夷叔齊虞仲夷逸朱張柳下惠少連注逸民者節行超逸也禮記王制祿爵公侯伯子男凡五等禮記曰諸侯之上大夫卿下大夫上士中士下士凡五等陪京泝伊面郊後市南都賦曰陪京之陽薛綜東京賦注曰泝向也楊佺期洛陽記曰洛水之南名曰伊水周禮曰面朝後市鄭玄儀禮注曰面前

也陸機洛陽記曰洛陽凡三市大市名曰金市公觀之西城中馬市在大城之東洛陽縣市在大城南然此市洛陽縣也浮梁黝以徑度靈臺傑其高峙河南郡縣境界簿曰城南五里洛水浮橋方言曰造舟謂之浮梁郭璞曰即今浮橋爾雅曰地謂之黝說文曰黝微青黑色於糾切楚辭曰不能淩波以徑度陸機洛陽記曰靈臺在洛陽南去城三里毛萇詩傳曰傑特立也思玄賦曰松喬高跱孰能離徐爰射雉賦注曰峙立也闚天文之祕奧究人事之終始日月五星天之文也陸賈新語曰楚王作乾谿之臺闚天文謝承後漢書曰姚俊尤明圖緯祕奧字書曰祕密也廣雅曰奧藏也禮含文嘉曰禮天子靈臺以考觀天人之際法陰陽之會易曰歸妹人之終始也其西則有元戎禁營玄幙緑徽其西宅之西也元戎兵車也詩曰元戎十乘以先啓行禁營謂五營也陸機洛陽記曰五營校尉前後左右將軍府皆在城中陸機既不言所處難得而詳也鄭玄禮記注曰徽旌旗之名也谿子巨黍異絭同機史記蘇秦說韓王曰谿子巨黍者皆射六百步之外許慎曰南方谿子蠻夷柘弩皆善材也孫卿子曰繁弱巨黍古之良弓異絭同機言弩絭雖異而同一機也漢書音義張晏曰連弩三十絭共一臂然絭弩弓也李奇曰絭弓也字林曰絭音卷孔安國尚書傳曰機弩牙也本或爲異卷同歸誤也礮石雷駭激矢䖟飛礮石今之

拋石也皆匹孝切廣雅曰駭起也呂氏春秋曰激矢遠法言曰羿激矢范蠡兵法飛石重二十斤爲機發行三百步東觀漢記光武作飛虻箭以攻赤眉廣雅曰虻飛箭名也方言曰凡箭三鐮謂之羊頭三鐮長六尺謂之飛虻郭璞曰此謂今之射箭也鐮稜也

以先啓行耀我皇威詩曰元戎十乘以先啓行西都賦曰耀皇威而講武事

其東則有明堂辟廱清穆敞閑陸機洛陽記曰辟廱在靈臺東相去一里俱魏武所徙三輔黃圖大司徒宫奏曰明堂辟廱其實一也毛詩曰於穆清廟洞簫賦曰又足樂乎其敞閑也

環林縈映圓海迴淵三輔黃圖曰明堂辟廱水四周於外象四海也仲長昌言曰溝池自周竹木自環白虎通曰天子立辟雍者所以行禮樂宣教化辟者象璧圓以法天雍者擁之以水象教化流行也班固東都賦曰曷若辟雍海流

聿追孝以嚴父宗文考以配天毛萇詩傳曰聿述也南都賦曰奉先祖而追孝孝經曰孝莫大於嚴父嚴父莫大於配天又曰宗祀文王於明堂以配上帝文考謂晉文王也尚書曰惟予文考

祗聖敬以明順養更老以崇年言尊祖父以配天所以明順也養三老五更所以崇年也韓詩曰湯降不遲聖敬日躋言湯聖敬之道上聞於天白虎通曰禮三老於明堂所以教諸侯孝也禮五更於太學所以教諸侯弟也

若乃背冬涉春陰謝陽施七發曰於

是皆秋涉冬神農本草曰春夏爲陽秋冬爲陰楚辭曰青春爰謝王逸曰謝去也莊子曰隨四時之施漢書曰陰陽之施化萬物之終始施猶布也

天子有事于柴燎以郊祖而展義左氏傳宰孔曰天子有事於文武杜預曰有祭事也尒雅曰祭天曰燔柴郭璞曰既祭積薪燒之周禮曰以禋祀祀昊天上帝以實柴祀日月星辰以槱燎祀司中司命鄭司農曰三祀皆積柴實牲體焉燔燎而生煙以報陽也禮記曰周人禘嚳而郊稷鄭玄曰禘郊祖宗謂祀祭以食也左氏傳曰天子非展義不巡狩

張鈞天之廣樂備千乘之萬騎史記趙簡子曰我之帝所與百神遊於鈞天廣樂九奏萬舞蔡邕獨斷曰大法駕備千乘萬騎

服振振以齊玄管啾啾而並吹左氏傳卜偃曰童謠云袀服振振音真服虔曰袀服黑服也杜預曰振振威貌也說文曰袀玄服也音均風俗通曰竹曰管郭璞爾雅注曰管長尺圍寸併吹之有底賈氏以爲如篪六孔風俗通曰漢帝時零陵文學奚景仲於泠道舜祠下得玉管後人易之以竹王逸楚辭注曰啾啾鳴聲也

煌煌乎隱隱乎蒼頡篇曰煌煌光明也上林賦曰煌煌扈扈隱隱盛也又曰沈沈隱隱一作殷殷音義同

茲禮容之壯觀而王制之巨麗也春秋考異郵曰飾禮容成文法史記曰孔子陳俎豆設禮容漢書龔遂曰坐則誦詩書立則習禮容史記曰天下之壯觀上林賦曰君未覩夫巨麗

兩學齊列雙宇如一郭緣生述征記曰國學在辟廱東北五里太學在國學東二百步魯靈光殿賦曰萬户如一右延國冑左納良逸爾雅曰延進也國學教冑子太學招賢良太學在國學東尚書曰夔教冑子李尤明堂銘曰夏進賢良祁祁生徒濟濟儒術安革猛詩曰祁祁我徒毛詩曰來假祁祁又曰濟濟多士班固公孫弘贊曰蕭望之以儒術進或升之堂或入之室家語衛將軍文子問於子貢曰吾聞孔子之施教也成之以文德蓋入室升堂七十餘人教無常師道在則是尚書曰德無常師主善爲師蔡邕勸學篇曰人無貴賤道在則尊論語叔孫武叔曰吾亦何常師之有道在則是言有道則可以爲師故髦士投紱名王懷璽言棄紱藏璽咸來學也毛詩曰髦士攸宜爾雅曰髦俊也漢書曰匈奴單于遣名王奉獻西京賦曰懷璽藏紱訓若風行應如草靡論語孔子曰君子之德風小人之德草草上之風必偃此里仁所以爲美論語曰里仁爲美鄭玄曰里者人之所居也居於仁者之里是爲善也孟母所以三徙也列女傳曰孟母舍近墓孟子嬉戲爲墓間之事孟母曰此非所以居子處也乃去舍市旁其子嬉戲爲賈衒孟母又曰此非所以居子處也乃舍學宮之旁其子嬉戲乃設俎豆進退揖讓孟母曰此眞可以居子矣遂居之及孟子長學六藝卒成大儒

爰定我居築室穿池毛詩曰築室百堵莊子孔子曰魚相造于水者穿池而養給長楊映沼芳枳樹籬馮衍顯志賦曰揵六枳而爲籬游鱗瀺灂菡萏敷披瀺灂出沒貌高唐賦曰巨石溺之瀺灂毛萇詩傳曰菡萏荷華竹木蓊藹靈果參差張公大谷之梨梁侯烏椑之柿廣志曰洛陽北芒山有張公夏梨甚甘海內唯有一樹大谷未詳西京雜記曰上林苑有烏椑木廣志曰梁國侯家有烏椑甚美世罕得之椑方彌切周文弱枝之棗房陵朱仲之李西京雜記曰上林苑有弱枝棗廣志曰周文王時有弱枝之棗甚美禁之不令人取置樹苑中王逸荔枝賦曰房陵縹李荆州記房陵縣有好棗甚美仙人朱仲來竊大山肅亦稱學問讀岳賦周文弱枝之棗爲杖策之杖世本容成造麻爲碓磨之磨䃺不畢殖蒼頡篇曰殖種也三桃表櫻胡之别二柰曜丹白之色漢書音義曰櫻桃含桃也爾雅曰荆桃今櫻桃也冬桃子冬熟也榹桃山桃也實似桃而小不解核西京雜記曰上林苑有胡桃出西域廣志曰張掖有白柰酒泉有赤柰石榴蒲陶之珍磊落蔓衍乎其側石榴即若榴也蒲陶似燕薁磊落實貌蔓衍長也博物志曰張騫使大夏得石榴李廣利爲貳師將軍伐大宛得蒲陶梅杏郁棣之

屬繁榮麗藻之飾郁今之郁李棣實似櫻桃也張揖上林賦注曰薁山李也郁與薁音義同郭璞上林賦注曰棣實似櫻桃華實照爛言所不能極也春秋文耀鉤曰春致其時華實乃榮菜則葱韭蒜芋青筍紫薑堇薺甘旨蓼荾芬芳毛詩曰堇荼如飴毛萇曰堇菜也居隱切鄭玄儀禮注曰薟廉薑也韻略曰荾香菜也相惟切與薟同蘘荷依陰時藿向陽崔豹古今注曰蘘荷菜似薑宜陰翳地依陰而生也鄭玄儀禮注曰藿豆葉也曹子建求親表曰葵藿之傾葉太陽綠葵含露白䪥負霜於是凛秋暑退熙春寒往楚辭曰竊獨悲此凛秋字書曰凛寒也左氏傳張趯曰火星中而寒暑乃退老子曰衆人熙熙如登春臺河上公注熙熙淫情欲也熙春陰陽交通萬物感動登臺觀之志意淫故曰熙春廣雅曰熙熾也易曰暑往則寒來微雨新晴六合清朗呂氏春秋曰神通乎六合太夫人乃御版輿升輕軒禮記曰諸侯曰夫人注夫之言扶也言能以禮自扶版輿車名傅暢晉諸公贊曰傅祗以足疾版輿上殿版輿一名步輿周遷輿服雜事記曰步輿方四尺素木爲之以皮爲襻攔之自天子至庶人通得乘之遠覽王畿近周家園周禮曰方千里曰王畿體以行和藥

以勞宣爾雅釋言曰宣徇徧也郭璞注曰皆周徧也杜預左傳注曰宣散也常膳載加舊痾有痊說文曰痾病也莊子曰今余病少痊司馬彪曰痊除也席長筵列孫子柳垂陰車結軌曹子建名都篇曰列坐竟長筵言屈軌不行也司馬相如難蜀父老曰結軌還轅張揖曰結猶屈也陸擿紫房水挂赬鯉馬融髙第頌曰黃果揚芳紫房潰漏張載安石榴賦曰紫房獨熟毛萇詩傳曰赬赤也或宴于林或禊于汜史記曰武帝禊灞上續漢書曰三月上巳宫人皆禊於東流水上自洗濯拂除宿疾垢也風俗通曰禊者絜也仲春之時於水祓除故事取於清絜也爾雅曰窮瀆曰汜郭璞注曰水無所通也爾雅曰水決復入曰汜昆弟班白兒童稚齒王隱晉書曰兄御史釋弟燕令豹禮記曰班白不提挈爾雅曰幼稚也方言曰稚小也稱萬壽以獻觴咸一懽而一喜毛詩曰萬壽無疆史記曰武安君起爲壽如淳曰上酒爲稱壽黃香天子頌曰獻萬年之玉觴論語子曰父母之年不可不知一則以喜一則以懼孔安國曰見其壽則喜見其衰老則懼壽觴舉慈顏和舞賦曰嚴顏和而怡懌浮杯樂飲絲竹駢羅說苑曰公承不仁舉大白浮君廣雅曰浮罰也漢書曰陳平厚具樂飲太尉風俗通曰絲曰絃竹曰管西

京賦曰蓬萊而駢羅頓足起舞抗音高歌楊惲報孫會宗書曰奮袖低卬頓足起舞傅武仲儛賦曰抗音高歌爲樂之方人生安樂孰知其佗佗謂榮貴也國語曰晉文公適齊齊侯妻之女甚善焉文公曰人生安樂孰知其佗退求己而自省信用薄而才劣論語孔子曰君子求諸己曾子曰旦就業夕而自省奉周任之格言敢陳力而就列論語孔子曰周任有言曰陳力就列不能者止論語考比讖賜問曰格言成法亦可以次序也幾陋身之不保尚奚擬於明哲爾雅曰幾近也孟子曰士庶人不仁不保四體毛詩曰既明且哲以保其身此安仁不自保何更擬於昔之哲人而登官位于世也仰衆妙而絕思終優遊以養拙老子曰玄之又玄衆妙之門毛詩曰優哉游哉亦是戾矣鄭玄曰戾止也優游自安止言思不出其位

哀傷

長門賦一首并序

司馬長卿

孝武皇帝陳皇后時得幸頗妒別在長門宮愁悶悲思外戚傳曰陳皇后者長公主嫖女也曾祖嬰與項羽起後歸漢爲唐邑侯傳子至孫午午尚長公主生女初武帝得立爲太子長公主有力取主女爲妃及帝即位立爲皇后擅寵驕貴十餘年而無子聞衛子夫得幸幾死者數焉元光五年坐女子楚服等爲皇后巫蠱祠祭呪詛罷退歸長門宮嫖匹妙切聞蜀郡成都司馬相如天下工爲文奉黃金百斤爲相如文君取酒漢書曰卓氏女文君旣奔相如相如與俱之臨卭賣酒舍文君當壚相如身自滌器於市因于解悲愁之辭鄭玄儀禮注曰于爲也而相如爲文以悟主上說文曰悟覺也陳皇后復得親幸字林曰幸吉而免凶也其辭曰

夫何一佳人兮步逍遥以自虞神女賦曰夫何神女之妖麗何休公羊傳注曰據疑問不知者曰何佳人謂陳皇后也楚辭曰聞佳人兮召予說文曰佳善也廣雅曰佳好也爾雅曰虞度也

郭璞曰謂測度也言忖所爲廢退在長門宮之事魂踰佚而不反兮形枯槁而獨居言精魂踰佚形體枯槁悲悴之甚也蒼頡篇曰佚揚也楚辭曰神儵忽而不反兮形枯槁而獨留槁古老切言我朝往而暮來兮飲食樂而忘人我武帝也言帝昔許朝往暮來幸臨於己今以飲食恣樂而忘於爲人人后自謂也心慊移而不省故兮交得意而相親鄭玄周禮注曰慊絶也言帝心絶移不省故舊交在得意相親而已慊字或從火非爾雅曰省察也慊理兼切伊予志之慢愚兮懷貞慤之懽心蒼頡篇曰懷抱也說文曰慤謹也鄭玄禮記注曰慤愿也空角切願賜問而自進兮得尚君之玉音願君問己因而自進也尚猶奉也毛詩曰無金玉爾音奉虛言而望誠兮期城南之離宮言奉君虛言而望爲誠實離宮即長門宮也在城南脩薄具而自設兮君曾不肯乎幸臨薄具肴饌也史記曰臨親也廓獨潛而專精兮天漂漂而疾風楚辭曰悲愁窮慼兮獨處廓禮記曰祥而廓然鄭玄曰憂悼在心之貌登蘭臺

而遥望兮神怳怳而外淫王逸楚辭注曰怳失意也又曰不安之意也韓子曰神不淫放則身全廣雅曰淫游也蘭臺臺名浮雲鬱而四塞兮天窈窈而晝陰毛萇詩傳曰鬱積也楚辭曰日窈冥兮羌晝晦說文曰窈深遠也雷殷殷而響起兮聲象君之車音言似君之車音也毛詩曰殷其雷殷音隱飄風迴而起閨兮舉帷幄之襜襜楚辭曰裳襜襜以含風王逸曰襜襜搖貌桂樹交而相紛兮芳酷烈之誾誾酷烈誾誾香氣盛也誾魚斤切孔雀集而相存兮玄猨嘯而長吟說文曰存恤問也翡翠脅翼而來萃兮鸞鳳翔而北南脅斂也萃集也心憑噫而不舒兮邪氣壯而攻中憑噫氣滿貌字林曰噫飽出息也乙戒切管子曰邪氣襲內玉色乃衰攻中言攻其中心下蘭臺而周覽兮步從容於深宮好色賦曰周覽九土尚書曰從容以和正殿塊以造天兮鬱並起而穹崇孔安國尚書傳曰造至也郭璞方言注曰鬱壯大也穹崇高貌間徙

倚於東廂兮觀夫靡靡而無窮高誘呂氏春秋注曰閒頃也謂下蘭臺少頃也郭
璞方言注曰靡靡細好也擠玉戶以撼金鋪兮聲噌吰而似鍾音字林曰擠
排也子計切說文曰撼搖也胡感切金鋪以金爲鋪首也噌吰聲也噌音曽吰音宏刻木蘭以爲榱兮飾
文杏以爲梁木蘭似桂木文杏亦木名羅丰茸之遊樹兮離樓梧而
相撐丰茸衆飾貌遊樹浮柱也離樓攢聚衆木貌漢書音義臣瓚曰邪柱爲梧字林曰撐柱也直庚切施瑰
木之欂櫨兮委參差以槺梁方言曰櫨拱也言以瑰奇之木以爲欂櫨委積參差以承虛梁
說文曰欂櫨柱上枅也方言曰㝩虛也㝩與槺同音康時仿佛以物類兮象積石之將
將楚辭曰時仿佛而不見心淳熱其若湯說文曰髣髴見不審諟也尚書曰導河積石將七羊切五色炫以相
曜兮爛燿燿而成光埤蒼曰炫光貌廣雅曰曜照也賈逵國語注曰燿明也緻錯石之
瓴甓兮象瑇瑁之文章鄭玄禮記注曰緻密也錯石雜衆石也言累衆石令之密緻以爲瓴甓采

色閒雜象瑇瑁之文章也爾雅曰瓴甋謂之甓郭璞注曰今江東呼甓爲甗甎張羅綺之幔帷兮垂楚組之連綱尚書曰荊州厥篚玄纁璣組孔安國曰組綬類也周禮曰幕人掌帷幕帟綬之事鄭司農注曰組綬所以繫帷也撫柱楣以從容兮覽曲臺之央央爾雅曰楣謂之梁三輔黃圖曰未央東有曲臺殿央央廣貌白鶴噭以哀號兮孤雌跱於枯楊廣雅曰噭鳴也日黃昏而望絶兮悵獨託於空堂說文曰悵望恨也懸明月以自照兮徂清夜於洞房楚辭曰姱容脩態亘洞房援雅琴以變調兮奏愁思之不可長宋玉風賦曰援琴而鼓之七略曰雅琴琴之言禁也雅之言正也君子守正以自禁也賈逵國語注曰援引也案流徵以却轉兮聲幼妙而復揚宋玉笛賦曰吟清商追流徵幼音要貫歷覽其中操兮意慷慨而自卬言依曲次第貫穿而歷覽之志其中操也中操操之中也論語曰吾道一以貫之琴道曰琴有伯夷之操窮則獨善其身不失其操故謂之操自卬激厲也漢書王章妻謂章曰不自激卬如淳注曰激厲抗揚之意也卬五郎切左右悲

而垂涕兮涕流離而從横自眼出曰涕流離涕垂貌舒息悒而增欷兮蹝履起而彷徨息歎息也悒於悒也楚辭曰憯悽增欷蒼頡篇曰欷泣餘聲也臣瓚漢書注曰躡跟爲跕挂趾爲躧說文曰蹝履也一曰韃鞮屬鞮革履也蒼頡篇曰躧徐行貌蹝與躧音義同揄長袂以自翳兮數昔日之僁殃說文曰揄引也爾雅曰僁過也殃咎也無面目之可顯兮遂顏思而就牀廣雅曰頹壞也言壞其思慮而就牀摶芬若以爲枕兮席荃蘭而茝香芬若荃蘭皆香草也言以爲枕席與君來而幸臨也廣雅曰摶著也段丸切忽寤寐而夢想兮魄若君之在旁琴操聶政之妻曰聶政出遊七年不歸吾常夢想思見之惕寤覺而無見兮魂迋迋若有亡迋迋恐懼之貌狂往切楚辭曰魂迋迋而南行王逸曰迋迋惶遽貌莊子曰君惝然若有亡衆雞鳴而愁予兮起視月之精光楚辭曰目眇眇兮愁予觀衆星之行列兮畢昴出於東方言將曉也淮南子曰西方其星昴畢今出東方謂五月六月也爾雅

曰噣謂之畢又曰大梁昴也望中庭之藹藹兮若季秋之降霜藹藹月光微闇之貌禮記曰季秋之月霜始降夜曼曼其若歲兮懷鬱鬱其不可再更楚辭曰終長夜之曼曼又曰望孟夏之短夜何明晦之若歲曼曼長也一作漫漫又曰心鬱鬱之憂思兮獨永歎而增傷鄭玄周禮注曰鬱鬱不舒散也越絕書計倪曰會稽之飢不可再更更歷也澹偃蹇而待曙兮荒亭亭而復明說文曰澹搖也李奇曰澹猶動也偃蹇佇立貌也楚辭曰思不眠而極曙王逸曰曙明也莊子廣成子謂黃帝曰自汝治天下日月之光益以荒矣然荒欲明貌亭亭遠貌一云將至之意妾人竊自悲兮究年歲而不敢忘管子婦對桓公曰妾人聞之非有內憂必有外患不敢忘不敢忘君也

思舊賦一首 并序

向子期臧榮緒晉書曰向秀字子期河內懷人也始有不羈之志與嵇康呂安友康既被誅秀應本州計入洛太祖問曰聞有箕山之志何以在此秀曰以爲巢許未達堯心是以來見反自役作思舊賦

後爲黃門郎卒

余與嵇康呂安居止接近臧榮緒晉書曰嵇康爲竹林之遊預其流者向秀劉靈之徒呂安字仲悌東平人也其人並有不羈之才鄒陽上梁孝王書曰使不羈之士與牛驥同皁然嵇志遠而疎呂心曠而放其後各以事見法干寶晉書曰嵇康譙人呂安東平人與阮籍山濤及兄巽友善康有潛遯之志不能被褐懷寶矜才而上人安巽庶弟俊才妻美巽使婦人醉而幸之醜惡發露巽病之告安謗已巽於鍾會有寵太祖遂徙安邊郡遺書與康昔李叟入秦及關而歎云云太祖惡之追收下獄康理之俱死魏氏春秋曰康寓居河內之山陽鍾會爲大將軍所昵聞而造之乘肥衣輕賓從如雲康方箕踞而鍛會至不爲禮會深恨之康與東平呂昭子巽友弟安親善會巽婬安妻徐氏而誣安不孝囚之安引康爲證義不負心保明其事安亦至烈有濟世志鍾會勸大將軍因此除之殺安及康康臨刑自援琴而鼓既而曰雅音於是絕矣時人莫不哀之說文曰法刑也嵇博綜技藝於絲竹特妙王肅周易注曰綜理事也臨當就命顧視日影索琴而彈之國語曰先人就世方言曰就終也文士傳

曰嵇康臨死顔色不變謂兄曰向以琴來不兄曰已來康取調之爲太平引曲成歎息曰太平引絶於今日邪康别傳臨終曰袁𡰥甞從吾學廣陵散吾每靳固之不與廣陵散於今絶矣就死命也曹嘉之晋紀曰康刑於東市顧日影援琴而彈

余逝將西邁經其舊廬言昔逝將西邁今返經其舊廬毛詩曰逝將去汝于時日薄虞淵寒冰凄然淮南子曰日入于虞淵之汜凄冷也鄰人有吹笛者發聲寥亮追思曩昔遊宴之好感音而歎故作賦云

將命適於遠京兮遂旋反而北徂論語曰將命者出鄭玄曰將命傳辭者鄭玄毛詩箋曰將奉也徂行也毛詩曰不能旋反爾雅曰適往也濟黄河以汎舟兮經山陽之舊居國語曰秦汎舟於河漢書河内郡有山陽縣瞻曠野之蕭條兮息余駕乎城隅西都賦曰原野蕭條列子曰孔子自衛反魯息駕乎河梁毛詩曰俟我乎城隅踐二子之遺跡兮歷窮巷之空廬二子謂呂安嵇康也風賦曰起於窮巷之閒歎黍離之愍周兮悲麥秀於

殷墟毛詩序黍離閔宗周也周大夫行役過故宗周見周墟盡爲禾
黍故歌黍離之詩毛詩正義曰過故宗廟宮室盡爲禾黍又方
禾黍油油尚書大傳曰微子將朝周過殷之故墟見麥秀之蔪蔪此父
母之國志動心悲作雅聲曰麥秀漸兮黍米黽黽彼狡僮兮不我好惟古
昔以懷今兮心徘徊以躊躇方言曰惟思也說文曰懷
念也韓詩曰搔首躊躇棟宇存而
弗毀兮形神逝其焉如家語孔子謂魯哀公曰君仰視榱桷其
器皆存而不覩其人也孔安國尚書傳
曰如
往也昔李斯之受罪兮歎黃犬而長吟史記曰李斯者楚上
蔡人也年少時爲郡
小吏見吏舍廁中鼠食不絜近人犬數驚恐之斯入倉觀倉中鼠食
積粟居大廡下不見人犬之憂斯乃歎曰人之賢不肖譬如鼠矣在
所自處耳乃從荀卿學帝王之術巳成度楚王不足事六國皆弱無
可爲建功者欲西入秦辭卿曰今秦王欲吞天下此布衣馳騖之時
而遊說者之秋也故斯將說秦矣乃拜斯爲客卿卒用其計謀官至
廷尉二十餘年竟并天下以斯爲丞相二世立用趙高之言以屬中
郎令趙高按治斯斯居囹圄中仰天歎曰嗟乎不道之君何可爲計
哉今反者巳有天下之半而心未寤而以趙高爲佐吾必見寇至咸
陽趙高治斯榜掠千餘不勝痛自誣服斯所以不死自負其辯有功
實無心反二世乃具斯五刑論要斬咸陽斯出獄與其中子三川守

由俱執顧謂其子曰吾欲與若復牽黃犬出上蔡東門逐狡兔豈可得乎遂父子相哭夷三族拜高爲中丞相事無大小輒決於高

悼嵇生之永辭兮顧日影而彈琴託運遇於領會兮寄餘命於寸陰運遇五行運轉遇人所遇之吉凶也領會冥理相會也鄭玄禮記注曰領理也司馬彪曰領會言人運命如衣領之相交會或合或開淮南子曰聖人不貴尺之璧而重寸之陰時難得而易失也聽鳴笛之慷慨兮妙聲絶而復尋洞簫賦曰其妙聲則清淨猒瘱長門賦曰聲幼妙而復揚停駕言其將邁兮遂援翰而寫心言駕將邁遂停不行毛詩曰駕言出遊廣雅曰將欲也胡廣弔夷齊文曰援翰録弔以舒懷兮毛詩曰我心寫兮

歎逝賦一首　并序

陸士衡　王隱晉書曰陸機字士衡吳郡人也少爲牙門將軍吳平太傅楊駿辟爲祭酒轉太子洗馬後成都王穎以機爲司馬參大將軍軍事遂爲穎所害臨刑年四十有三　歎逝者謂嗟逝者往也

言日月流邁人世過往傷歎此事而作賦焉

昔每聞長老追計平生同時親故論語曰久要不忘平生之言孔安國曰平生少時也或凋落已盡或僅有存者何休曰僅劣也賈逵國語注曰僅猶言纔能也余年方四十而懿親戚屬亡多存寡左氏傳富辰曰兄弟雖有小忿不廢懿親暱交密友亦不半在爾雅曰暱近也孫林曰親之近也長笛賦曰密友近賓或所曾共游一塗同宴一室十年之外索然已盡索盡貌以是思哀哀可知矣家語孔子謂哀公曰君以此思哀則哀可知矣乃作賦曰

伊天地之運流紛升降而相襲伊惟也升降謂天地氣上下也禮記曰地氣上齊天氣下降而百化興焉鄭玄曰齊讀曰躋躋升也孔安國尚書傳曰襲因也日望空以駿驅節循虛而警立警猶驚也言日月望空駿驅而去時節循虛驚動而立嗟人生之短期孰長年

之能執能執言不能執持得長年也素問雷公曰請問短期黃帝曰在經論中管子曰導血氣而求長年時飄忽其不再老晼晚其將及楚辭曰時不可兮再得思玄賦曰辰倏忽其不再楚辭曰白日晼晚其將入晼晚言日將暮也懟瓊蘂之無徵恨朝霞之難挹字林曰懟怨也西京賦曰屑瓊蘂以朝飡必性命之可度楚辭曰嗽正陽而含朝霞毛萇詩傳曰挹㪺也挹音揖㪺音俱望湯谷以企予惜此景之屢戢山海經曰湯谷上於扶桑一日方至一日方出郭璞曰上於扶桑在上也一日至一日出言交會相代也毛詩曰誰謂宋遠跂予望之鄭玄曰跂足則可望見之企與跂同字林曰企舉踵也賈逵國語注曰惜痛也戢藏也悲夫川閱水以成川水滔滔而日度高誘淮南子注曰閱揔也毛詩曰滔滔江漢世閱人而爲世人冉冉而行暮夫世之得名緣於君上人之父子相繼亦取其名故以一代之人通呼爲世暮言人之年老也楚辭曰老冉冉而逾絶廣雅曰冉冉進也人何世而弗新世何人之能故言皆滅亡而不能故野每春其必華草無朝而遺露野每春其必華喻人何世而弗

新草無朝而遺露喻世何人之能故夫露之在草無一朝有餘以喻人之居世無一時而能故也王逸楚辭注曰遺餘也經終古而常然率品物其如素楚辭曰長無絕兮終古周易曰品物咸亨鄭玄禮記注曰素故也譬日及之在條恒雖盡而弗寤言命之行逝譬乎日及雖至於盡而不能寤爾雅曰椴木槿櫬木槿郭璞注曰別二名似李樹棗朝生夕隕可食或呼爲日及一曰王蒸潘岳朝菌賦曰朝菌者世謂之木槿或謂之日及雖不寤其可悲心惆焉而自傷廣雅曰惆痛也亮造化之若茲吾安取夫久長爾雅曰亮信也淮南子曰大丈夫無爲與造化逍遥痛靈根之夙隕怨具爾之多喪靈根祖禰也具爾兄弟也南都賦曰固靈根於夏葉毛詩曰戚戚兄弟莫遠具爾箋曰莫無也具猶俱也爾謂進之也王與族人燕兄弟之親無遠無近王俱揖而進之悼堂搆之隤瘁愍城闕之丘荒尚書曰厥子乃弗肯堂矧肯搆瘁猶毀也毛詩曰在城闕兮親彌懿其已逝交何戚而不忘咨余今之方殆何視天之芒芒爾雅曰咨嗟也芒芒猶夢夢也毛詩曰民今方

殆視天夢夢鄭玄曰夢夢亂也爾雅曰殆危也傷懷悽其多念慼貌瘁而尠歡蒼頡篇曰瘁憂也瘁與悴古字通爾雅曰尠少也幽情發而成緒滯思叩而興端舞賦曰幽情形而外揚憀此世之無樂詠在昔而爲言毛詩曰自古在昔居充堂而衍宇行連駕而比軒彌年時其詎幾夫何往而不殘充滿於堂盈衍於宇何往而不殘殘毀也爾雅曰彌終也或冥邈而既盡或寥廓而僅半半平聲協韻說文曰冥窈也廣雅曰寥深也廓空也信松茂而栢悅嗟芝焚而蕙歎毛詩曰如松之茂淮南子曰巫山之上順風縱火紫芝與蕭艾俱死栢悅蕙歎蓋以自喻苟性命之弗殊豈同波而異瀾言人之性命脆促不殊譬水同波而無異瀾也瞻前軌之既覆知此路之良難此路即死路也晏子春秋曰前車覆後車戒啓四體而深悼懼兹形之將然論語曰曾子有疾召門弟子曰啓予足啓予手毒娱情而寡方怨

慼目之多顏廣雅曰毒痛也歸田賦曰聊以娛情方術也多顏謂亡者既多而非一狀也日思往沒之人多在顏也諒多顏之慼目神何適而獲怡爾雅曰怡樂也尋平生於響像覽前物而懷之夫響以應聲像以寫形今形聲既亡故尋其響像魯靈光殿賦曰忽瞟眇以響像步寒林以悽惻翫春翹而有思翹茂盛貌毛詩曰翹翹錯薪觸萬類以生悲歎同節而異時言春秋與往同然存亡異時河圖曰地有九州以包萬類魏文帝與吴質書曰節同時異年彌往而念廣塗薄暮而意迮楚辭曰年洋洋而日往史記伍子胥曰日暮塗遠故倒行而逆施之聲類曰迮迫也阻格切親落落而日稀友靡靡而愈索落落稀貌靡靡盡貌索協韻所格切顧舊要於遺存得十一於千百舊要猶久要也遺餘也言顧久要於遺存之中得十一於千百之内十一者謂通千百而計之十分而得其一言亡多而存寡也久要已見上注樂隤心其如忘哀緣情而來宅忘失也宅居也言樂

易失而哀易居也薛君韓詩章句曰隤猶遺也託末契於後生余將老而爲客言我將欲老死與汝爲客也說文曰契約也論語子曰後生可畏古詩曰人生天地閒忽如遠行客然後弭節安懷妙思天造楚辭曰夕弭節于北渚王逸曰弭安也論衡曰孔子作春秋妙思自出胷中周易曰天造草昧精浮神淪忽在世表表外也言精神不定世表在世之表也寤大暮之同寐何矜晚以怨早寤覺也大暮猶長夜也原夫生死之理雖則長短有殊終則同歸一揆言覺斯理則晚死者何足矜早夭者何傷也繆熙伯挽歌曰大暮安可晨寐猶死也古詩曰潛寐黃泉下指彼日之方除豈茲情之足攪言既寤之則彼死日之方除豈能亂我情乎言不足亂也毛詩曰日月其除又曰秖攪予心毛萇曰攪亂也感秋華於衰木瘁零露於豐草在殷憂而弗違夫何云乎識道言達人之志混齊死生今反感木衰之秋華悲豐草之零露是乃在殷憂而不去何云識道乎言未識也毛詩曰零露團兮又曰在彼豐草韓詩曰耿耿不寐如有殷憂毛萇曰違去也法言曰委大聖而好乎諸子者惡覩

其識道也所深也將頤天地之大德遺聖人之洪寶言將養生而遺榮也爾雅曰頤養也遺棄也周易曰天地之大德曰生聖人之大寶曰位解心累於末迹聊優遊以娛老末迹喻老言解世俗之心累於末聊優游卒歲以娛老年莊子曰解心之繆去德之累容動色治氣意六者繆心者也惡欲喜怒哀樂六者累德者也累猶負也優遊已見上文班固漢書述曰踈克有終散金娛老

懷舊賦一首

并序懷舊賦者懷思也謂思於親舊而賦也

潘安仁

余十二而獲見于父友東武戴侯楊君臧榮緒晉書曰岳父芘琅邪內史潘岳楊肇碑曰肇字秀初滎陽人封東武伯薨謚曰戴芘音毗始見知名遂申之以婚姻言岳有名譽為肇所知漢書曰官皇帝知名者賈弼之山公表注曰楊肇女適潘岳左氏傳晉呂相絕秦曰相好勠力同心申之以婚姻爾雅曰壻之父母相謂為昏姻而道元公嗣亦隆世親之愛賈弼之山公表注曰肇生潭字道元

太中大夫次韶字公嗣射聲司馬臣松之注魏志引劉曄傳曰楊暨字肇晉荊州刺史子譚字道源次韶字公嗣不幸短命父子凋殞論語哀公問孔子弟子孰爲好學孔子曰有顏回者不幸短命死矣今也則亡余既有私艱且尋役于外私艱謂家難也毛詩曰未堪家多難余又集于蓼尋役謂之任也王充論衡曰充罷州役不歷嵩丘之山者九年于茲矣陸機洛陽記曰嵩高在洛陽東南五十里今而經焉慨然懷舊而賦之曰啓開陽而朝邁濟清洛以徑渡洛陽記曰大興在開陽門外應劭漢官儀曰開陽門始成未有名夜有一柱來樓上琅邪開陽縣上言南門一柱飛去光武使視之因刻記其年月日以名門焉楚辭曰不能復陵波以徑渡晨風淒以激冷夕雪暠以掩路埤蒼曰暠白也掩還覆也轍含冰以滅軌水漸軔以凝沍顏延年纂要解曰車跡曰軌車輪謂之軔王逸楚辭注曰軔支輪木也廣雅曰漸漬也字林曰凝冰也杜預曰沍閉也塗艱屯其難進日晼晚而將暮周易曰屯難楚辭曰白日晼晚其將暮仰睎歸雲俯鏡泉流傳穀

七激曰仰歸雲遡遊風西都賦曰鏡清流前瞻太室傍眺嵩丘山海經曰太室之山郭璞曰即中嶽嵩高山也今在陽城縣西漢書曰太室嵩高也戴延之西征記曰嵩高中嶽也東謂太室西謂少室揔名嵩也小説曰昔傅亮北征在河中流或人問之曰潘安仁作懷舊賦曰前瞻太室傍眺嵩丘嵩丘太室一山何云前瞻傍眺哉亮對曰有嵩丘山去太室七十里此是寫書誤耳河南郡圖經曰嵩丘在縣西南十五里東武託焉建塋啓疇如淳漢書注曰塋冢田也賈逵國語注曰一井爲疇巖巖雙表列列行楸崔豹古今注曰堯設誹謗之木今華表也以橫木交柱頭古人亦施之於墓爾雅曰檟大而皵楸郭璞曰老乃皮麤皵者爲楸望彼楸矣感予思尚書曰予思日孜孜旣興慕於戴侯亦悼元而哀嗣墳壘壘而接壟柏森森以攢植古樂府詩曰還望故鄉鬱何壘壘廣雅曰壘重也説文曰壟丘也仲長子昌言曰古之葬植松柏梧桐以識其墳鄭玄周禮注曰植根生之屬森森一作榛榛壘平聲何逝沒之相尋曾舊草之未異禮記曰朋友之墓有宿草而不哭焉鄭玄曰宿草陳根余總角而獲見承戴侯之

清塵毛詩曰總角丱兮孔安國尚書傳曰承奉也楚辭曰聞赤松之清塵名余以國士眷余以嘉姻史記豫讓曰智伯以國士遇我我故以國士報之自祖考而隆好逮二子而世親歡攜手以偕老庶報德之有鄰毛詩曰君子偕老家語孔子曰詩云皇皇上帝其命不忒天之與人必報有德論語孔子曰德不孤必有鄰今九載而一來空館閴其無人周易曰闚其戶閴其無人埤蒼曰閴靜也陳荄被于堂除舊圃化而爲薪鄭玄禮記注曰宿草陳根也方言曰荄根也音皆說文曰除殿堦也步庭廡以徘徊涕泫流而霑巾說文曰廡堂下周屋禮記曰孔子泫然流涕張平子四愁詩曰側身北望涕霑巾泫胡犬切宵展轉而不寐驟長歎以達晨毛詩曰展轉伏枕漢書曰劉向或夜觀星宿不寐達旦獨鬱結其誰語聊綴思於斯文楚辭曰遭沈濁而汙穢兮獨鬱結其誰語

寡婦賦一首

并序寡婦者任子咸之妻也子咸死安仁序其寡孤之意故有賦焉少而無夫曰寡

潘安仁

樂安任子咸賈弼之山公表注曰任護字子咸奉車都尉有韜世之量與余少而歡焉廣雅曰韜藏也言度之大包藏一世也雖兄弟之愛無以加也范曄後漢書曰姜肱與二弟仲海季江友愛天至不幸弱冠而終不幸弱冠並已見上良友既沒何痛如之毛詩曰伐木丁丁鳥鳴嚶嚶雖有兄弟不如友生孫卿子曰夫人必將擇良友而友之其妻又吾姨也賈弼之山公表注曰楊肇次子適任護爾雅曰妻之姊妹同出爲姨郭璞曰同出謂俱已嫁也毛詩曰邢侯之姨左氏傳曰蔡哀侯娶於陳息侯亦娶焉息嬀將歸過蔡蔡侯曰是吾姨也杜預注曰妻之姊妹曰姨少喪父母適人而所天又殞家語曰女年十五有適人之道適謂往嫁也杜預左氏傳注曰婦人在室則父天出則夫天喪服傳曰父者子之天夫者婦之天蔡伯喈女賦曰當三春之嘉月將言歸於所天孤女藐焉始孩潘岳集任澤蘭哀辭曰澤蘭者任子咸之女也涉三齡未沒喪而殞余聞而悲之遂爲其母辭左氏傳晉獻公使荀息傅奚齊公疾召之曰以是藐諸孤辱大夫其若之何注曰言其幼稚與諸子縣藐廣雅曰

藐小也字林曰小兒笑也孟子孩提之童無不知愛其親者趙岐曰孩提謂二三歲之閒始孩笑可提抱者禮記內則曰子生三月孩而名

斯亦生民之至艱而荼毒之極哀也尚書曰不忍荼毒孔安國曰荼毒苦也

昔阮瑀既歿魏文悼之並命知舊作寡婦之賦魏文帝寡婦賦序曰陳留阮元瑜與余有舊薄命早亡故作斯賦以叙其妻子悲苦之情命王粲等並作之余遂擬之以叙其孤寡之心焉其辭曰

嗟予生之不造兮哀天難之匪忱毛詩曰閔予小子遭家不造天難匪忱言天行禍難不由誠信也爾雅曰忱信也少伶俜而偏孤兮痛忉怛以摧心伶俜單孑貌偏孤謂喪父也古猛虎行曰少年惶且怖伶俜到他鄉伶力丁切俜匹成切毛詩曰勞心忉忉又曰勞心怛怛毛萇曰忉忉憂勞也又怛怛猶忉忉也覽寒泉之遺歎兮詠蓼莪之餘音寒泉謂母存也蓼莪謂父母俱亡也毛詩曰爰有寒泉在浚之下有子七人母氏勞苦又曰蓼蓼者莪匪莪伊蒿哀哀父母生我劬勞蓼音陸莪音俄情長慼以永慕

兮思彌遠而逾深長笛賦曰長慼慼不能閑居兮曹子建應詔詩曰長懷永慕伊女子之有
行兮爰奉嬪於高族毛詩曰女子有行遠父母兄弟箋曰行道也婦人生而有適人之道尚書曰嬪于虞孔安國曰奉行婦道於虞氏承慶雲之光覆兮荷君子之惠渥慶雲喻父母也史記曰若煙非煙若雲非雲郁郁紛紛蕭索輪菌是謂慶雲楚辭注曰慶雲喻尊顯君子謂夫也毛詩曰既見君子不我遐棄詩傳曰渥厚也
顧葛藟之蔓延兮託微莖於樛木葛藟二草名也言二草之託樛木喻婦人之託夫家也毛詩曰南有樛木葛藟纍之毛萇曰木下曲曰樛纍猶蔓也藟力水切樛居虯切纍力追切懼身輕而施
重兮若履冰而臨谷曹植鸚鵡賦曰怨身輕而施重恐往惠之中虧丁儀妻寡婦賦曰恐施厚而德薄若履冰而臨淵毛詩曰惴惴小心如臨于谷又曰戰戰兢兢如履薄氷遵義方之明訓兮憲女史
之典戒蔡邕袁公夫人碑曰義方之訓如川之流毛萇詩傳曰古者后夫人必有女史奉蒸甞以效
順兮供洒掃以彌載禮記曰天子諸侯宗廟之祭春礿夏禘秋甞冬蒸又曰女於大夫曰備掃灑毛

萇詩傳曰灑掃也又曰教成之祭牲用魚芼之以蘋藻所以成婦順也毛萇詩傳曰洒灑同班婕妤自傷賦曰供灑掃於帷幄永終死以爲期爾雅曰彌終也彼詩人之攸歎兮徒願言而心痗毛詩曰願言思伯使我心痗毛萇傳曰痗病也音妹何遭命之奇薄兮遘天禍之未悔魏文帝善哉行曰自惜奇薄少離凶殃爾雅曰遘遇也言夫之早隕者遇天未悔禍之時言天降禍于己未有悛悔之心也左氏傳曰天其悔禍于我榮華暐其始茂兮良人忽以捐背丁儀妻寡婦賦曰榮華暐其始茂所將奄其俱泯楚辭曰及榮華之未落王逸曰榮華喻顏色也孟子曰齊人有一妻一妾而處室者其良人出必猒酒肉而後反劉熙曰婦人稱夫曰良人孔安國曰捐棄也靜闔門以窮居兮塊煢獨而靡依丁儀妻寡婦賦曰靜閑門以却掃塊孤惸以窮居易錦茵以苫席兮代羅幬以素帷丁儀妻寡婦賦曰刷朱闕以白堊易玄帳以素幬桓子新論曰吾謂楊子曰君數見乘輿錦繡茵席禮記曰父母之喪寢苫枕塊爾雅曰蓋謂之苫注茅苫也江東呼爲蓋楚辭曰蒻阿拂壁羅幬張爾雅曰幬謂之帳纂要曰在上曰帳在旁曰帳單帳曰幬幬丈尤切命

阿保而就列兮覽巾箑以舒悲列女傳曰齊孝孟姬曰后妃下堂必從傅母保阿就列就其房列之位也箑扇也口嗚咽以失聲兮淚橫迸而霑衣韓詩外傳曰嗚歎聲也毛萇詩傳曰咽憂不能息也家語曰公父文伯卒其妻妾行哭失聲丁儀妻寡婦賦曰涕流迸以淋浪字書曰迸散走也波諍切愁煩冤其誰告兮提孤孩於坐側誰告言告誰也丁儀妻寡婦賦曰含慘悴其何訴抱弱子以自慰王粲寡婦賦曰提孤孩兮出戶與之步兮東箱坐側靈坐之側也時曖曖而向昏兮日杳杳而西匿楚辭曰時曖曖其將罷王逸曰曖曖昏昧貌楚辭曰日杳杳而西頹丁儀妻寡婦賦曰時翳翳而稍陰日亹亹以西墜曹植贈白馬王詩曰白日忽西匿雀羣飛而赴楹兮雞登棲而斂翼秦嘉贈婦詩曰啾啾雞雀羣飛赴楹丁儀妻寡婦賦曰雞斂翼以登棲雀分散以赴羣爾雅曰雞棲於弋爲榤鑿垣而棲爲榯棲雞宿處歸空館而自怜兮撫衾裯以歎息楚辭曰私自怜兮何極毛詩曰抱衾與裯寔命不猶毛萇詩傳曰衾被也裯單被也思纏緜以瞀亂兮心摧傷以愴惻張昇與任彥堅書曰纏緜

恩好庶蹈高蹤楚辭曰中瞀亂兮迷惑又曰心悶瞀之屯屯王逸曰瞀亂也瞀莫遘切曜靈曄而遄邁兮四節運而推移楚辭曰曜靈曄而西征廣雅曰曜靈日也易乾鑿度孔子曰天有春秋冬夏之節故王四時顏延年曰春夏秋冬曰四時時名一節故言四時遄速也古麻九歎篇曰寒暑推移遄速也天凝露以降霜兮木落葉而隕枝毛萇詩傳曰隕墜也仰神宇之寥寥兮瞻靈衣之披披曹植九詠曰葛蔓滋兮冒神宇廣雅曰寥深也空廓寥廓也楚辭曰靈衣兮披披退幽悲於堂隅兮進獨拜於牀垂楚辭曰日暮黃昏羌幽悲王粲神女賦曰登筵對兮倚牀垂耳傾想於疇昔兮目彷彿乎平素左氏傳羊斟曰疇昔之羊子爲政杜預曰疇昔猶前日也楚辭曰時髣髴以遙見曹植任城王誄曰目想宮城心存平素字林曰彷相似也佛不審也素昔也言平生昔日之時也雖冥冥而罔覿兮猶依依以憑附冥冥幽昧也蘇武詩曰胡馬失其羣思心常依依依依思戀之貌小雅曰憑依也痛存亡之殊制兮將遷神而安厝丁儀妻寡婦賦曰痛存亡之異路將遷靈以大行厝置也孝經曰卜其宅兆而安厝之龍

轜儼其星駕兮飛旐翩以啓路丁儀妻寡婦賦曰駕龍轜於門側旐繽紛以飛揚爾雅曰緇廣充幅長尋曰旐禮記有龍輴鄭玄注曰龍輴畫轅爲龍也說文曰轜喪車也音而毛詩曰星言夙駕禮記曰孔子之喪公西爲志焉設旐夏也然旐喪柩之旌也爾雅曰廣幅曰旐凶幡即今之旒旐楚辭曰前飛廉以啓路輪按軌以徐進兮馬悲鳴而踻顧李陵詩曰轅馬顧悲鳴楚辭曰僕夫悲余懷兮馬踡局而不行局與踻古字並通渠足切潛靈邈其不反兮殷憂結而靡訴殷憂見上文毛詩曰心之憂矣如或結之靡訴言無所告訴也睎形影於几筵兮馳精爽於丘墓家語曰俯察机筵其器存而不覩其人說文曰睎望也廣雅曰睎視也左氏傳樂祁曰心之精爽是謂魂魄自仲秋而在疚兮踰履霜以踐冰丁儀妻寡婦賦曰自銜恤而在疚履春冬之四節韓詩曰惸惸余在疚凡人喪曰疚鄭玄毛詩箋曰在殷憂病之中周易曰履霜堅冰至雪霏霏而驟落兮風瀏瀏而夙興丁儀妻寡婦賦曰風蕭蕭而日勁雪翩翩以交零毛詩曰雨雪霏霏楚辭曰秋風瀏以蕭蕭王逸曰瀏風疾貌霤泠泠以夜下兮水溓

潗以微凝丁儀妻寡婦賦曰霜凄凄而夜降水潗潗而晨結說文曰霤屋水流也又曰潗潗薄冰也力檢切意忽怳以遷越兮神一夕而九升老子曰惚兮怳兮其中有象楚辭曰惟郢路之遼遠魂一夕而九逝庶浸遠而哀降兮情惻惻而彌甚東觀漢記上賜東平王蒼書曰歲月騖過山陵浸遠願假夢以通靈兮目炯炯而不寢陳琳神女賦曰儀營魄於髣髴託嘉夢以通精楚辭曰夜炯炯而不寐炯公冷切夜漫漫以悠悠兮寒凄凄以凜凜夜漫漫已見上文楚辭曰去白日之昭昭襲長夜之悠悠毛詩曰秋日凄凄說文曰凜凜寒也氣憤薄而乘胷兮涕交橫而流枕丁儀妻寡婦賦曰氣憤薄而交縈撫素枕而歔欷長笛賦曰泣血泫然交橫而下亡魂逝而永遠兮時歲忽其遒盡丁儀妻寡婦賦曰神爽緬其日永歲功忽其已成楚辭曰歲忽忽而遒盡毛萇詩傳曰遒終也廣雅曰遒忽也容貌儡以頓顇兮左右悽其相愍家語曰儡乎若喪家之狗禮記曰喪容儡儡鄭玄曰儡儡羸貌鸚鵡曰容貌慘以顦顇丁儀妻寡婦賦曰顧顏貌之豼豼對左右而掩涕洞簫賦曰桀

跖鬻蔄傳偪頓顡說文曰偪敗也洛罪切絁普檻切感三良之殉秦兮甘捐生而自引毛詩
秦風曰黃鳥哀三良也國人刺穆公以人從死而作是詩左氏傳文公六年秦穆公卒以子車氏之三子奄息仲行鍼虎爲殉皆秦之良也杜
預曰以人從葬爲殉妻言願亦如三良死從於夫也自引自殺也漢書主簿謂王嘉曰君侯宜引決鞠稚子於懷抱
兮羌低徊而不忍王粲寡婦賦曰欲引刃以自裁顧弱子而復停史記曰楚懷王稚子蘭毛詩曰母兮鞠我
出入腹我毛萇曰鞠養也鄭玄曰腹懷抱也獨指景而心誓兮雖形存而志隕韓詩
曰謂余不信有如皦日楚辭曰辭靈脩而隕志重曰仰皇穹兮歎息私自憐兮何極
皇穹天也省微身兮孤弱顧稚子兮未識如涉川兮無梁若
陵虛兮失翼周易曰利涉大川楚辭曰江河廣而無梁丁儀妻寡婦賦曰鳥淩虛以徘徊上瞻兮
遺象下臨兮泉壤象謂形像也以其已化故謂之遺也窈冥兮潛翳心存兮
目想魏太祖祭橋玄文曰幽靈潛翳心存目想奉虛坐兮肅清愬空宇兮曠朗

愬亦訴字廓孤立兮顧影塊獨言兮聽響楚辭曰廓抱影而獨倚丁儀妻寡婦賦曰賤妾煢煢顧影爲儔顧影兮傷摧聽響兮增哀遥逝兮逾遠緬邈兮長乖國語聲子曰楸舉奔鄭緬然引領南望賈逵曰緬思貌也四節流兮忽代序歲云暮兮日西頹楚辭曰日月忽其不淹春與秋兮代序毛詩曰歲聿其暮古詩曰凜凜歲云暮說文曰頹墜也霜被庭兮風入室夜既分兮星漢迴韓子曰衛靈至濮水夜分而聞有鼓琴者魏文帝雜詩曰天漢迴西流夢良人兮來遊若閶闔兮洞開楚辭曰倚閶闔而望兮王逸曰閶闔天門怛驚悟兮無聞超惝怳兮慟懷方言曰怛痛也悟覺也莊子曰君惝然若有怳巳見上文慟懷兮奈何言陟兮山阿爾雅曰大陵曰阿墓門兮肅肅脩壟兮峨峨毛詩曰墓門有棘方言曰無墳謂之墓秦晋之間或謂冢爲壟孤鳥嚶兮悲鳴長松萋兮振柯楚辭曰秋風兮蕭蕭舒芳兮振條廣雅曰振動也哀鬱結兮交集淚橫流兮滂

沲楚辭曰鬱結紆軫兮又曰涕流交集班婕妤自傷賦曰雙涙下兮橫流毛詩曰涕泗滂沲蹈恭姜兮明誓詠栢舟兮清歌毛詩序曰柏舟恭姜自誓也衛世子早死其妻守義父母欲奪而嫁之誓而不許終歸骨兮山足存憑託兮餘華班婕妤自傷賦曰願歸骨於山足依松柏之餘休要吾君兮同穴之死矢兮靡佗毛詩曰柏舟恭姜自誓也衛世子恭伯早死其妻守義父母欲奪而不許注恭伯僖侯之世子也曹植文帝誄曰願投骨於山足報恩養於下庭毛詩曰穀則異室死則同穴又曰髧彼兩髦實維我儀之死矢靡佗毛萇曰矢誓也之至也言至己之死信無佗心

恨賦

意謂古人不稱其情皆飲恨而死也

江文通

劉璠梁典曰江淹字文通濟陽考城人祖耽丹陽令父康之南沙令淹少而沉敏六歲能屬詩及長愛奇尚異自以孤賤厲志篤學泊於強仕漸得聲譽嘗夢郭璞謂之曰君借我五色筆今可見還淹即探懷以筆付璞自此以後材思稍減前後二集並行於世卒贈醴泉侯謚憲子宋

桂陽王舉秀才齊興爲豫章王記室天監中爲金紫光祿大夫卒

試望平原蔓草縈骨拱木斂魂爾雅曰試用也毛詩曰野有蔓草左氏傳秦伯謂蹇叔曰中壽爾墓之木拱矣注兩手曰拱古蒿里歌曰蒿里誰家地聚斂魂魄無賢愚人生到此天道寧論於是僕本恨人心驚不已列女傳趙津吏女歌曰誅將加兮妾心驚直念古者伏恨而死至如秦帝按劒諸侯西馳說苑曰秦始皇帝太后不謹幸郎嫪毒茅焦上諫始皇按劒而坐戰國策蘇代曰伏軾而西馳削平天下同文共規禮記曰書同文車同軌華山爲城紫淵爲池過秦論曰踐華爲城因河爲池上林賦曰丹水更其南紫淵徑其北雄圖既溢武力未畢方架黿鼉以爲梁巡海右以送日鄭玄毛詩箋曰方且也紀年曰周穆王三十七年伐紂大起九師東至于九江叱黿鼉以爲梁列子曰穆王駕八駿之乘乃西觀日所入一旦魂斷宮車晚出史記王稽謂范雎曰宮車一日晏駕是事之不可知三也韋昭曰凡初崩爲晏駕者臣子之心猶謂宮車當駕而晚出風俗通曰天

子夜寢早作故有萬機今忽崩隤則爲晏駕若乃趙王既虜遷於房陵淮南子曰趙王遷流房陵思故鄉作山木之嘔聞者莫不隕涕高誘曰趙王張敖秦滅趙虜王遷遷徙房陵房陵在漢中山木之嘔歌曲也薄暮心動昧旦神興楚辭曰薄暮雷電高唐賦曰使人心動左氏傳曰昧旦丕顯別豔姬與美女喪金輿及玉乘杜預左氏傳注曰美色曰豔史記曰爲之金輿鏓衡以繁其飾玉乘玉輅也置酒欲飲悲來塡膺漢書曰上置酒沛宮鄭玄禮記注曰塡滿也千秋萬歲爲怨難勝戰國策楚王謂安陵君曰寡人萬歲千秋之後誰與樂此也至如李君降北名辱身冤漢書武帝天漢二年李陵爲騎都尉領步卒三千出居延至浚稽山與匈奴相值戰敗弓矢並盡陵遂降孫卿子曰功廢而名辱社稷必危拔劒擊柱漢書曰漢高巳併天下尊爲皇帝羣臣飲爭功醉或妄呼拔劒擊柱弔影慙魂曹子建表曰形影相弔晏子春秋曰君子獨寢不慙於魂情往上郡心留鴈門漢書有上郡鴈門郡並秦置裂帛繫書誓還漢恩漢書曰常惠教漢使者謂單于言天子射上林中得鴈足有係帛書蘇武等在某澤中李陵書曰欲如前書之言報恩於國主耳朝

露溘至握手何言漢書李陵謂蘇武曰人生如朝露何久自苦如此楚辭曰寧溘死以流亡王逸曰溘奄也史記繆賢曰燕王私握臣手曰願結交潘岳邪夫人誄曰臨命相決交腕握手若夫明妃去時仰天太息漢書元帝竟寧元年春正月呼韓邪單于來朝詔掖庭王廧爲閼氏應劭曰王廧王氏之女名廧字昭君文頴曰本南郡人也琴操曰王昭君者齊國王襄女也年十七獻元帝會單于遣使請一女子帝謂後宮欲至單于者起昭君喟然而嘆越席而起乃賜單于石崇曰王明君本爲王昭君以觸文帝諱改之戰國策曰樊於期仰天太息流涕紫臺稍遠關山無極紫臺猶紫宮也古樂府相和歌有度關山曲搖風忽起白日西匿爾雅曰颫颻謂之飇颫音扶颻與搖同登樓賦曰白日忽其西匿潘岳寡婦賦曰日杳杳而西匿隴鴈少飛代雲寡色漢書曰凡望雲氣勃碣海代之間氣皆黑望君王兮何期終蕪絶兮異域鬻子曰君王欲緣五常之道而不失則可以長矣李陵書曰生爲異域之人至乃敬通見抵罷歸田里東觀漢記曰馮衍字敬通明帝以衍才過其實抑而不用漢書曰高后怨趙堯乃抵堯罪馮衍說陰就書曰衍與先事自歸上書報歸田里漢書曰時多上書言便宜輒下蕭望之問狀下者或罷歸田里閉關却埽塞

門不仕 司馬彪續漢書曰趙壹閑關却掃非德不交吴志曰張昭稱疾不朝孫權恨之土塞其門 左對孺人顧弄稚子 禮記曰天子之妃曰后大夫妻曰孺人稚子見寡婦賦 脫略公卿跌宕文史 杜預左氏傳注曰脫易也賈逵國語注曰略簡也揚雄自叙曰雄爲人跌宕 齎志沒地長懷無已 馮衍說陰就書曰懷抱不報齎恨入冥鸚鵡賦曰眷西路而長懷毛萇詩傳曰懷思也 及夫中散下獄神氣激揚 臧榮緒晉書曰嵇康拜中散大夫東平呂安家事繫獄亹閱之始安嘗以語康辭相證引遂復收康王隱晉書曰嵇康妻魏武帝孫穆王林女也淮南子曰古之人神氣不蕩乎外漢書谷永上疏曰贊命之臣靡不激揚 濁醪夕引素琴晨張 嵇康與山巨源書曰濁醪一盃彈琴一曲又贈秀才詩曰習習谷風吹我素琴 秋日蕭索浮雲無光 鄭玄禮記注曰索散也 鬱青霞之奇意入脩夜之不暘 青霞奇意志言高也曹毗臨園賦曰青霞曳於前阿素籟流於森管漢書武帝李夫人賦曰釋輿馬於山椒奄脩夜之不暘張衡司徒呂公誄曰玄室冥冥脩夜彌長孔安國尚書傳曰暘明也音陽 或有孤臣危涕孽子墜心 孟子曰孤臣孽子其操心也危其慮患也深登樓賦曰涕橫墜而弗禁字林曰孽子庶子也然

心當云危涕當云墜江氏愛奇故互文以見義遷客海上流戍隴陰漢書曰匈奴乃徙蘇武北海上無人處使
牧羝羊史記曰妻莭齊人也戍隴西此人但聞悲風汨起血下霑衿琴道雍門周說孟嘗君曰幼無
父母壯無妻子若此人者但聞秋風鳴條則傷心矣毛詩曰鼠思泣血尸子曰曾子每讀喪禮泣下霑衿亦復含酸茹
歎銷落湮沈廣雅曰茹食也又曰湮沒也銷猶散也若迺騎疊跡車屯軌此言榮貴
之子車騎之多也吳都賦曰躍馬疊跡楚辭曰屯余車其千乘王逸曰屯陳也黃塵帀地歌吹四起山陽公載
記曰賈詡鳴鼓雷震黃塵蔽天李陵書曰邊聲四起無不煙斷火絶閇骨泉裏煙斷火絶喻人
之死也王充論衡曰人之死也猶火之滅火滅而耀不照人死而智不慧巳矣哉孔安國尚書傳曰巳發端歎辭春
草暮兮秋風驚秋風罷兮春草生綺羅畢兮池館盡
琴瑟滅兮丘壟平琴道雍門周曰高臺既巳傾曲池又巳平墳墓生荆棘狐兔穴其中自古
皆有死莫不飲恨而吞聲論語子曰自古皆有死穆天子傳七萃之士曰古有死生張奐與崔

元始書曰匈奴若非其罪何肯呑聲

別賦

江文通

黯然銷魂者唯別而已矣黯失色將敗之貌言黯然魂將離散者唯別而然也夫人魂以守形魄散則形斃今別而散明恨深也說文曰黯深黑也楚辭曰魂魄離散家語孔子曰黯然而黑賈逵曰唯獨也況秦吳兮絕國復燕宋兮千里言秦吳燕宋四國川塗既遠別恨必深故舉以爲況也文子曰爲絕國殊俗立諸侯以教誨之或春苔兮始生乍秋風兮蹔起言此二時別恨逾切是以行子腸斷百感悽惻鮑昭東門行曰野風吹秋木行子心腸斷風蕭蕭而異響雲漫漫而奇色荆軻歌曰風蕭蕭兮易水寒尚書大傳帝唱曰卿雲爛兮體漫漫兮舟凝滯於水濱車逶遲於山側楚辭曰船容與而不進淹迴水以凝滯廣雅曰凝止也毛詩曰周道逶遲毛萇曰逶遲歷遠貌櫂容與而詎前馬

寒鳴而不息楚辭曰纖齊揚以容與掩金觴而誰御橫玉柱而霑軾韋誕詩曰旨酒盈金觴清顏發朱華毛萇詩傳曰御進也論曰鼓琴者於絃設柱然琴有柱以玉爲之袁淑正情賦曰解蘊麝之芳衾陳玉柱之鳴箏楚辭曰涕潺湲兮霑軾居人愁臥怳若有士鮑昭東門行曰居人掩閨卧莊子曰君惝然若有亡日下辟而沈彩月上軒而飛光軒檻版也見紅蘭之受露望青楸之離霜巡曾楹而空揜撫錦幕而虛涼曾高也空息也掩掩涕也涼悲涼也典略曰衛夫人南子在錦帷中廣雅曰帷幙帳也纂𦂳要曰帳曰幕知離夢之躑躅意別魂之飛揚說文曰蹢躅住足也蹢與躑同馳戟切躅馳録切曹植悲命賦曰哀魂靈之飛揚故別雖一緒事乃萬族孔安國尚書傳曰族類也至若龍馬銀鞍朱軒繡軸周禮曰馬八尺已上爲龍後漢書明德馬皇后曰前過濯龍門上見外家問起居者車如流水馬如遊龍辛延年羽林郎詩曰銀鞍何煒爚翠蓋空踟躕尚書大傳曰未命爲士不得朱軒鄭玄曰軒輿也士以朱飾之軒車通稱也魯連子門客謂陳無宇曰君車衣文繡帳飲東都送客金谷漢書曰高祖過

沛帳飲三日又漢書曰踈廣字仲翁東海蘭陵人也廣兄子受字公子廣爲太子太傅公子爲少傅甚見器重朝庭爲榮廣謂受曰吾聞知足不辱知止不殆功成身退天之道也廣遂退稱疾篤上疏乞骸骨上以其年老皆許之加賜黄金二十斤皇太子賜五十斤公卿大夫故人邑子爲設祖道供帳東都門外送車數千兩辭决而去蘇林曰長安東都門也石崇金谷詩序曰余元康六年從太僕卿出爲使持節青徐諸軍事征虜將軍有别廬在河内縣金谷澗中時征西將軍祭酒王詡當還長安余與衆賢共送澗中

琴羽張兮簫鼓陳燕趙歌兮傷美人

琴羽琴之羽聲說苑曰雍門周以琴見孟嘗君微揮角羽張晏甘泉賦注曰聲細不過羽漢武帝秋風辭曰簫鼓鳴兮發櫂歌古詩曰燕趙多佳人美者顔如玉

珠與玉兮豔暮秋羅與綺兮嬌上春驚駟馬之仰秣聳淵魚之赤鱗

言樂之盛也韓詩外傳曰昔伯牙鼓琴而淵魚出聽瓠巴鼓琴而六馬仰秣成公綏琴賦曰伯牙彈而駟馬仰子野揮而玄鶴鳴

造分手而銜涕感寂漠而傷神

謝宣遠送王撫軍詩曰分手東城闉呂氏春秋曰聖人不以感私傷神

乃有劒客慙恩少年報士

漢書李陵曰臣所將屯邊者奇材劒客也又曰郭解以軀藉友報仇少年慕其行亦輙爲報讎

韓國

趙廁吳宮燕市史記曰聶政者軹深井里人也濮陽嚴仲子事韓哀侯與韓相俠累有郤嚴仲子告聶政而言臣有仇聞足下高義故進百金以交足下之驩聶政拔劒至韓直入上階刺殺俠累又曰豫讓者晉人也事智伯智伯甚尊寵之趙襄子滅智伯讓乃變姓名爲刑人入宮塗廁欲刺襄子故言趙廁又曰專諸者棠邑人也吳公子光具酒請王僚酒既酣使專諸置匕首魚炙之腹中而進既至王前專諸以匕首刺王僚王僚立死又曰荆軻者衛人也至燕燕與高漸離飲於燕市旁若無人後荆軻爲燕太子丹獻燕地圖圖窮匕首見因以匕首揕秦王**割慈忍愛離邦去里瀝泣共訣抆血相視**伏虔通俗文曰與死者辭曰訣史記曰令太子請辭訣矣鄭玄毛詩箋曰往矣決別之辭訣與決音義同廣雅曰抆拭也泣血已見恨賦抆武粉切**驅征馬而不顧見行塵之時起**史記曰荆軻遂發就車不顧**方衘感於一劒非買價於泉裏**言衘感恩遇故効命於一劒非買價於泉壤之中也尉僚子吳起曰一劒之任非將軍也**金石震而色變骨肉悲而心死**燕丹太子曰荆軻與武陽入秦秦王陛戟而見燕使鼓鍾並發群臣皆呼萬歲武陽大恐面如死灰色戰國策曰武陽色變史記曰聶政刺韓相俠累死因自

皮面決眼屠腹而死莫知其誰韓取政尸暴於市能知者與千金乆之莫知政姊曰何愛妾之身而不揚吾弟之名於天下哉乃之韓市抱尸而哭曰此妾弟軹深井里聶政自殺於尸旁晉楚齊聞之曰非獨政之賢乃其姊亦烈女莊子仲尼謂顏回曰夫哀莫大於心死

或乃邊郡未和負羽從軍司馬相如檄蜀文曰邊郡之士聞烽舉燧燔漢書曰有障徼曰邊郡服虔曰士負羽揚子雲羽獵賦曰蒙楯負羽杖鏌邪而羅者以萬計遼水無極鴈山參雲水經曰遼山在夊免高句麗縣遼水所出海內西經曰大澤方百里鳥所生在鴈山鴈出其間孟子曰大山之高參天入雲謝承後漢書劉詡曰程夫人富貴參雲

閨中風暖陌上草薰薰香氣也日出天而耀景露下地而騰文鏡朱塵之照爛襲青氣之烟煴楚辭曰經堂入奧朱塵筵些王逸曰朱畫承塵也或曰朱塵紅塵楚辭曰芳菲菲兮襲人易通卦驗曰震東方也主春分日出青氣出震此正氣也司馬彪注曰襲入也攀桃李兮不忍別送愛子兮霑羅裙言當盛春之時而分別不忍也左氏傳趙盾曰括君姬氏之愛子杜預曰括趙盾異母弟趙姬文公女也至如一赴絕國詎相見期琴道曰雍門周以琴見孟嘗君孟嘗君曰

先生鼓琴亦能令悲乎對曰臣之所能令悲者無故生離遠赴絕國
無相見期臣爲一揮琴而太息未有不悽愴而流涕者絕國絕遠之
國視喬木兮故里決北梁兮永辭王充論衡曰睹喬木知舊都孟子曰故國者非爲喬木有
世臣也孟子見齊宣王曰所謂故國世臣之謂注非但見其木當有累世脩德之臣也楚辭曰濟江海兮蟬蛻決北梁兮永辭左右
兮魂動親賓兮淚滋蘇武詩曰淚爲生別滋可班荆兮贈恨唯罇酒兮
敘悲左氏傳曰楚聲子與伍舉俱楚人舉將奔晉聲子將如晉遇之於鄭郊班荆而坐相與食蘇武詩曰我有一罇酒欲以贈
遠人願子留斟酌敘此平生親值秋鴈兮飛日當白露兮下時怨復怨兮遠
山曲去復去兮長河湄毛詩曰居河之湄爾雅曰水草交曰湄又若君居淄右妾
家河陽漢書有淄川國又河內郡有河陽縣淄或爲塞同瓊珮之晨照共金爐之夕
香毛詩曰有女同車顏如蕣華將翺將翔佩玉瓊琚司馬相如美人賦曰金爐香薰黼帳周垂君結綬兮千
里惜瑤草之徒芳結綬將仕也顏延年秋胡詩曰脫巾千里外結綬登王畿漢書曰蕭育與朱博友長安語曰蕭

朱結綬宋玉高唐賦曰我帝之季女名曰瑶姬未行而亡封于巫山之臺精魂爲草寔曰靈芝山海經曰姑瑶之山帝女死焉名曰女尸化爲䔄草其葉胥成其花黄其實如兔絲服者媚於人郭璞曰瑶與䔄並音遥然䔄與瑶同慙幽閨之琴瑟晦高臺之流黄張載擬四愁詩曰佳人贈我筩中布何以報之流黄素環濟要略曰間色有五紺紅縹紫流黄也春宮閟此青苔色秋帳含兹明月光毛詩曰閟宮有侐毛萇詩傳曰閟閉也班婕妤自傷賦曰應門閉兮玉階苔劉休玄擬古詩曰羅帳延秋月夏簟清兮晝不暮冬釭凝兮夜何長張儼席賦曰席爲冬設簟爲夏施夏侯湛釭燈賦曰秋日既逝冬夜悠長織錦曲兮泣已盡迴文詩兮影獨傷織錦迴文詩序曰竇韜秦州被徙沙漠其妻蘇氏秦州臨去别蘇誓不更娶至沙漠便娶婦蘇氏織錦端中作此迴文詩以贈之符國時人也儻有華陰上士服食還山列仙傳脩芊者魏人也華陰山下石室中有龍石段其上取黄精食之後去不知所之術既妙而猶學道已寂而未傳方言曰寂安静也守丹竈而不顧鍊金鼎而方堅南越志曰長沙郡瀏陽縣東有王喬山山有合丹竈

不顧不顧於世也鍊金鼎鍊金爲丹之鼎也抱朴子曰鄭君唯見授金丹之經又曰九轉丹内神鼎中史記曰黄帝采首山銅鑄鼎鼎成龍下迎黄帝也方堅其志方堅也**駕鶴上漢驂鸞騰天**列仙傳曰王子晋吹笙作鳳鳴遊伊洛之間道士浮丘公接上嵩高三十餘年後上見桓良曰告我家七月七日待我緱氏山頭果乗白鶴住山下望之不能得到舉手謝世人數日去祠於緱山下雷次宗豫章記曰洪井西鸞崗鶴嶺舊説洪崖先生與子晋乗鸞鶴憩於此張僧鑒豫章記曰洪井有鸞岡舊説云洪崖先生乗鸞所憩處也鸞岡西有鶴嶺王子喬控鶴所經過處**暫遊萬里少别千年**神仙傳曰若士者仙人也燕人盧敖者秦時遊北海而見若士曰一舉而千里吾猶未之能今子始至於此乃語窮豈不陋哉馬明先生隨神女還岱見安期生語神女曰昔與女郎遊於安息西海之際憶此未久已二千年矣**惟世間兮重别謝主人兮依然**說文曰謝辭也**下有芍藥之詩佳人之謌**詩溱洧章刺乱也兵革不息男女相棄淫風大行莫之能救云維士與女伊其相謔贈之以芍藥注芍藥香草也箋曰伊因也士女往觀因相與戲謔行夫婦之事其别則送與芍藥結恩情也漢書李延年歌曰北方有佳人絶世而獨立**桑中衛女上宫陳娥**衛陳二國名也毛詩桑中章曰期我

乎桑中要我乎上宫送我於淇之上注桑中淇上上宫所期之地箋云此思孟姜之愛厚己也此我期於桑中要我於上宫期我於淇水之上又竹竿章衛女思歸適異國而不見荅思而能以禮也女子有行遠父母兄弟箋云行道也女子之道當嫁耳不以荅違婦道也又燕燕章衛莊姜送歸妾也注莊姜無子陳女戴嬀生子名完莊姜以爲己子莊公薨完立而州吁殺之戴嬀於是大歸莊姜送於野作詩以見己志方言曰秦晉之間美貌謂之娥

春草碧色，春水淥波，送君南浦，傷如之何。（楚辭曰子交手兮東行送美人兮南浦）至乃秋露如珠，秋月如珪，（陸雲芙蓉詩曰盈盈荷上露灼灼如明珠遁甲開山圖曰禹遊於東海得玉珪碧色圓如日月以自照目達幽冥）明月白露，光陰往來，與子之別，思心徘徊。是以別方不定，別理千名，（千名言多也南都賦曰百種千名）有別必怨，有怨必盈，（蔡琰詩曰心吐思兮胷憤盈）使人意奪神駭，心折骨驚，（亦互文也左氏傳衛太子禱曰無折骨）雖淵雲之墨妙，嚴樂之筆精，（漢書曰王褒字子淵楊雄字子雲漢書曰嚴安臨淄人也徐樂燕無終人也上疏言時務上召見乃拜樂安皆爲郎中）金閨之諸彦，蘭臺之羣英，金閨金馬門也史記曰金門官者署承明金馬著作之庭東方朔曰公孫弘等待詔金馬門蘭臺臺名也傅毅班固等爲蘭臺令史是也論衡曰孝明好文人並徵蘭臺之官文雄會聚賦有淩雲之稱辯有雕龍之聲史記荀卿趙人年五十始來游學於齊鄒衍之術迂大而閎辯奭也文難施齊人爲諺曰談天衍劉向別録曰鄒衍之所言五德終始天地廣大書言天事故曰談天彫龍赫赫修鄒衍之術文飾之若彫鏤龍文故曰彫龍赫誰能摹暫離之狀寫永訣之情者乎

文選卷第十六

賜進士出身通奉大夫江南蘇松常鎮太等處承宣布政使司布政使胡克家重校刊

傳古樓景印